季季集

台灣作家全集

短篇小說卷

出版說明

《臺灣作家全集》是臺灣新文學運動以來最有意義的選輯，也是臺灣文學出版上最具示範的創舉。全集係以短篇小說爲主體，以作家個人爲單位，涵蓋一九二〇年至九〇年代的重要作家，縫合戰前與戰後的歷史斷層，有系統地呈現了現代文學史上臺灣作家的精神面貌。

在內容上，包括日據時代，由張恆豪編輯；戰後第一代，由彭瑞金編選；戰後第二代，由林瑞明、陳萬益編選；戰後第三代，由施淑、高天生編選。全集計劃出版五十冊，後每隔三年或五年，續有增編，一人以一冊爲原則，戰前部分則因篇幅不足，有二人或三人合爲一集。

在體例上，每冊前由召集人鍾肇政撰述總序（文長兩萬字，首冊爲全文，其它則爲濃縮），精扼鈎畫出臺灣新文學發展的歷程、脈絡與精神；並由各集編選人執筆序言，簡要介紹作家生平及作品特色；正文之後，則附有研析性質的作家論，及作家生平寫作年表、小說評論引得，期能提供讀者參考。臺灣面臨歷史的轉捩點，瞻前顧往之際，本社誠摯希望能對臺灣文學的出版、推廣、教育及研究上有所貢獻。

台灣作家全集

短篇小說卷

一九七六年二月，在家中抽菸沉思。(王信攝影)

一九四八年與大弟新輝合影

一九六九年七月，接受《幼獅文藝》專訪神情。（凌明聲攝影）

一九九〇年二月，北京拜訪錢鍾書先生。（蔣勳攝影）

一九七五年夏天，抱女兒小曼散步於永和街頭。

一九八二年十月，訪問花蓮芥菜種會未婚媽媽之家。(李建勳攝影)

一九六九年，劉其偉先生所繪季季水彩畫像。

一九八八年五月，陪保羅·安格爾（左二）、聶華苓（右二）夫婦拜訪雕刻家朱銘（右一）。左一爲朱銘夫人。（焦桐攝影）

澀果的滋味

季季

這書中的許多生命已經顯得我至為熱淚。並非我生性好哭；不是的，我常常是只把眼淚咽回心中的人。也並非現代人的眼淚已太廉價；不是的，它因某些時候眼淚是這樣的美麗而真實；這樣的叫人難以下咽！

我相信流淚是真誠的人性至情；這至情或因你領受人間的極美和深愛，或因你觸及生命的哀傷和慘烈。不論是前者或後者，能夠無一聲只靜靜盡情流淚的人，在我眼中都是幸福的人。許多寂寂的夜晚，懷著這種幸福，我靜靜的寫著她們的故事，靜靜的任眼淚滴落。淚水未曾模糊我的眼睛，它只讓我更清晰知覺我和她們同在。

季季手跡

一九八二年四月，與白先勇（中）、黃凡（左）在台北敦化南路白宅合影。（陳雨航攝影）

一九八三年六月，與席慕蓉（中）、荆棘（左二）、曉風（左一）合影。

台灣作家全集

短篇小說卷

緒　言

鍾肇政

時代的巨輪轟然輾過了八十年代，迎來了嶄新的另一個年代——九十年代。發軔於二十年代的台灣文學，至此也在時代潮流的沖激下，進入了一個極可能不同於以往的文學年代。

然則這九十年代的台灣文學，究竟會是怎樣的一種文學？

在試圖回答這個問題之前，我們似乎更應該先問問：台灣文學又是怎樣一種文學？

曰：台灣文學是台灣本土的文學、台灣人的文學。

曰：台灣文學是世界文學的一支。

倘就歷史層面予以考察，則台灣文學是「後進」的文學：比諸先進國的文學，即使是近鄰如日本，她的萌芽時期亦屬瞠乎其後，比諸中國五四後之有新文學，亦略遲數年。

只因是後進的，故而自然而然承襲了先進的餘緒，歐美諸國文學的影響固毋論矣，即日本文學、中國文學等也給她帶來了諸多影響。易言之，先天上她就具備了多種特色集於一身，因而可能成爲人類文學裏新穎而富特色的一支——當然這種說法恐難免落入過分單純化機械化的發展論，未必完全接近實際情形。事實上，一種藝術的發芽與成長，土地本身的人文條件與夫時代社經政治等的變易更動，在在可能促進或阻礙她的發展。證諸七十年來台灣文學的成長過程，堪稱充滿血淚，一路在荊棘與險阻的路途上踽踽而行，備嘗艱辛。

職是之故，若就其內涵以言，台灣文學是血淚的文學，是民族掙扎的文學。四百年台灣史，是台灣居民被迫虐的歷史。隨著不同的統治者不同的統治，歷史上每一個不同階段雖然也都有過不同的社會樣相與居民的不同生活情形，而統治者之剝削欺凌則始終如一。七十年台灣文學發展軌跡，時間上雖然不算多麼長，展現出來的自然也不外是被迫虐被欺凌者的心靈呼喊之連續。

台灣文學創建伊始之際，我們看到台灣文學之父賴和以文學做爲抗爭手段之一的筆跡。他反抗日閥強權，他也向台灣人民的落伍、封建、愚昧宣戰。他身體力行，諸凡當時的抗日社團如文化協會、民衆黨和其後的新文協等，以及它們的種種活動，他幾乎是每役必與，並驅其如椽之筆發而爲〈一桿稱子〉、〈不如意的過年〉、〈善訟的人的故事〉等小說與〈覺悟下的犧牲〉、〈南國哀歌〉等詩篇，爲台灣文學開創了一片天空，樹立了不朽典範。

中期，我們又有幸目睹了台灣文學巨人吳濁流之出現。第二次世界大戰進入最慘烈階段之際，在日本憲警虎視眈眈下，吳氏冒死寫下《亞細亞的孤兒》，戰後更在外來政權戒嚴體制的獨裁統治下，他復以《無花果》、《台灣連翹》等長篇突破了統治者最大的禁忌。他不但爲台灣文學建構了巍峨高峰，還創辦《台灣文藝》雜誌，創設台灣第一個文學獎「吳濁流文學獎」，培養、獎掖後進，傾注了其後半生心血，成爲台灣文學的中流砥柱。

七十星霜的台灣文學史上，傑出作家爲數不少，尤其在時代的轉折點上，每見引領風騷的人物出現，各各留下可觀作品。此處暫不擬再列舉大名，但我們都知道，在統治者鐵蹄下，其中尙不乏以筆賈禍而身繫囹圄，備嘗鐵窗之苦者，甚或在二二八悲劇裏飲恨以終者。以所驅用的文學工具言，有台灣話文、白話文、日文、中文等等不一而足，蔚爲世界文壇上罕見奇觀，此殆亦爲台灣文學之一特色。日據時，曾有「外地文學」之稱，輓近亦有人以「邊疆文學」視之，唯她既立足本土，不論使用工具爲何，其爲台灣文學則無庸否定，且始終如一。

不錯，七十年來她的轉折多矣。其中還甚至有兩度陷入完全斷絕的眞空期，其一爲戰爭末期所謂「決戰下的台灣文學」乃至「皇民文學」的年代，以及戰後二二八之後迄國府遷台實施恐怖統治、必需俟「戰後第一代」作家掙扎著試圖以「中文」驅筆創作、接續斷層爲止的年代。一言以蔽之，台灣文學本身的步履一直都是顚躓的、蹣跚的。到了七十年代，鄉土之呼聲漸起，雖有鄉土文學論戰的壓抑，反倒造成台灣文學的欣欣向榮，入了八十年代，鄉土文學不僅成爲文壇主流，益以美麗島軍法大審之激盪，衝破文學禁忌成了不可遏止之勢，於是有覺醒後之政治文學大批出籠，使台灣文學的風貌又有了一變。

八十年代已矣。在年代與年代接續更替之際，正如若干年來每屆歲尾年始，報章上總會出現不少檢討與前瞻的論評文學，也一如往例悲觀與樂觀並陳，絕望與期許互見。有一明顯的跡象是嚴肅的台灣文學，讀者一直都極少極少，在八十年代末期的消費社會、資訊多元化社會以及功利主義社會裏，文學的商品化及大衆化傾向已是莫之能禦的趨勢，於是當市場裏正如某些論者所指摘，充斥著通俗文學、輕薄文學一類作品，純正的文學乃又一次陷入危殆裏。

然而我們也欣幸地看到，八十年代末尾的一九八九年裏民主潮流驟起，舉世爲之震動。繼六四天安門事件被血腥彈壓之後，卻有東歐的改革之風席捲諸多社會主義共產國家，連蘇聯竟也大地撼動，專制統治漸見趨於鬆動的跡象。(草此文之際，世人均看到蘇俄首任總統終告產生。) 這該也是樂觀論者之所以樂觀之憑藉吧。

不錯，新的人類世界確已隨九十年代以俱來。即令不是樂觀者，不免也會睜大眼睛看著世局之演變並對它有所期待才是。而九十年代台灣文學，自然也已是呼之欲出！君不見繼八九年年尾大選、國民黨挫敗之後，台灣的民主又向前跨了一步，即令有第八任總統選舉的權力鬥爭以及國大代表之挾選票以自重、肆意敲詐勒索等醜劇相繼上演於國人眼睜睜的視野裏，但其爲獨大而專權了數十年之久的國民黨眞正改革前的垂死掙扎，彰彰在吾人耳目。

在九十年代台灣文學即將展現於二千萬國人眼前之際，《台灣作家全集》（以下稱「本全集」）的問世是有其重大意義的。過去我們已看到幾種類似的集體展示，計有《日據下台灣新文學》（明集，共五卷，明潭出版社，一九七九年三月）、《光復前台灣文學全集》（八卷，後再追加四卷，遠景出版社，一九七九年七月）、《本省籍作家作品選集》（十卷，文壇社，一九六五年十月）、《台灣省青年文學叢書》（十卷，幼獅書店，一九六五年十月）等四種。無獨有偶，前兩者均爲戰前台灣文學，後兩者則爲清一色戰後台灣作家作品。而其中，除最後一種爲個人結集之外，餘皆爲多人合集。値得一提的是後兩者出版時，白色恐怖仍在餘燼未熄之際，前兩者則是鄉土文學論戰戰火甫戢、鄉土文學普遍受到肯定之後，因此可以說各各盡了其時代使命。

本全集可以說是集以上四種叢書之大成者。其一，是時間上貫穿台灣新文學發軔到輓近的全局；其二，是選有代表性作家，每家一卷，因而總數達數十卷之鉅，堪稱自有台灣新文學以來之創舉。是對血漬斑斑的台灣文學之路途上，披荆斬棘，蹣跚走過的前輩們，以及現今仍在孜孜矻矻舉其沉重步伐奮勇前進的當代作家們之獻禮，也是對關心本土文學發展的廣大海內外讀者們的最大禮物。

（註：本文爲《台灣作家全集》〈總序〉的緒言，全文請看《賴和集》和《別冊》。）

目錄

尋找一條可以逆流的河
——季季集序

林瑞明

季季，本名李瑞月，一九四五年生，雲林二崙人。一九六三年虎尾女中畢業後，放棄大專聯考，而北上參加救國團的文藝寫作研究隊。未參加聯考，除了考期與開訓的日期相撞之外，季季認爲「我並不以爲現今的大學教育能夠給我什麼助益。」這樣的選擇，充分顯示出她寫作上的早熟與定見。季季是一九六〇年代拒絕聯考的女子，而當年即以〈兩朵隔牆花〉獲得文藝寫作研究隊小說創作首獎；隔年獨自上台北，到台大夜間部旁聽幾門課，在永和租了一間小屋，隨即展開了她的寫作生涯。爲了生活，曾學過打字，試做過店員，當過雜誌校對，後來因《皇冠》發行人平鑫濤擬定皇冠基本作家辦法，季季成爲第一批十五位簽約的作家之一，保障了基本的生活，而得以專心寫作，在文壇上闖出一片天地。

季季自述十四歲時接觸王藍的《藍與黑》，開啓了對文學的興趣。高中時代即熱心寫作，出發的比同一世代的人早，自然無法免除六〇年代整個時代氣氛與主流文壇的影響。寫作初期的年輕季季，尚無緣認識日據時代以來台灣文學的傳統，甚且獨撐台灣文學命脈的《台灣文藝》（吳濁流創辦），恐怕當年也瞧不上眼。這是四、五〇年代出生的文藝青少年，在六、七〇年代一般的現象。季季後來曾說：「民國五十至五十五年之間，我們很流行看存在主義的小說、存在主義的電影，聽『世界末日』的流行歌曲等，都讓人覺得生命是有點浪漫而無可奈何的東西，當時年輕人的社會、氣氛是這樣，我當然是受影響，這不是有意模仿，我也生活在那種氣氛裏，所以我表達的就是那樣的東西。」季季初期的小說，流露出熱情、幻想、虛無、浪漫的色調，〈屬於十七歲的〉一文，呈現出季季早熟的天慧。關於小丑父子兩代的揷曲，學校老門房無來由的挨了一刀而死，留下半殘廢的妻子與兩個幼小的兒女，皆能在輕描淡寫中呈現出生命中深刻的無奈；一九六五年在《幼獅文藝》五月號發表的〈擁抱我們的草原〉，則難免受到戰鬥文藝的影響，描寫了「渴望戰爭」的心理，這是時代氣氛的影響。季季初期的作品，結集出版的有《屬於十七歲的》（皇冠，一九六六年四月）、《誰是最後的玫瑰》（水牛，一九六八年四月）、《泥人與狗》（皇冠，一九六九年五月），這麼多的作品中，磨鍊了她的寫作技巧與敍述能力，雖然大多是個人對於生活的感受，也不時閃現季季觀察人生的敏銳的眼光。

稍後結集的短篇小說有《異鄉之死》（晚蟬，一九七〇年一月）、《月亮的背面》（大地，一九七三年六月），這是季季邁入創作成熟期的作品。在現實生活中，亦經歷了婚姻與離婚，對人生有了更深刻的觀照。〈尋找一條河〉是一篇現代主義的作品，從情人的脫隊出遊，於樹林中聽到水聲，而前往探尋河流，歷經繁複的意象，黑蜘蛛與網、自然界的聲音……等等，而將簡單的情節，鋪陳成具有象徵意義的生命之追尋，展現了小說藝術的魅力；〈河裏的香蕉樹〉，以小學生的敍述觀點，觀看在學校旁開小店的肉瘤伯與從賺食寮仔帶回來的賺食查某（歐巴桑）之間的一段姻緣，整篇小說揚溢著溫暖的色彩。肉瘤伯死後，歐巴桑有了兩個月的身孕，終於四十多歲的歐巴桑在衆人的關心之下，生下了眼睛睜不開的孩子。即使可能不幸，但卑微的生命既然延續了，也終將如早先歐巴桑爲了養鷄補身，將因佔地方而連根挖起丟到河裏的香蕉樹，漂到河裏突起的泥地上，還是生根發芽，在惡劣的環境中生存下來；相較之下，小說中一再提及「賺食寮」舊址改爲浸信會的建築用地，反倒成嘲弄世俗的道德法則了。季季在〈河裏的香蕉樹〉，傳達了生命的尊嚴與人間的溫情。

一九七一年底發表的〈寂寞之冬〉，主角是南部小鎮的一位由中年逐漸邁入老境的王醫生，小說中描寫了焦慮、欲求不滿的王醫生，面對「天天樂公共茶室」的誘惑，透過周遭的鄉村男女、妓女、新興的政客以及小鎮的變化，將王醫生內心與行動的掙扎，更加深刻的襯托出來。評論家葉石濤在〈季季論〉中，評價爲辛克萊・路易斯〈大街〉的台灣縮小版。季季卓越描寫村鎮生活，以及塑造人物的藝術技巧，使〈寂寞之冬〉靈活的捕捉了六〇年代轉型期的社會面貌。季季的二崙同鄉後起之秀宋澤萊，在〈打牛湳村〉系列作品之中，亦展現了同樣的能力。一九七二年初發表的〈琴手〉，徘徊於浪漫與寫實之間，從賣身的女人的手，彷佛是彈琴的手，而回想起妻子因夢想成演奏家失敗而自殺；賣身的女人的手，果然是彈琴的手，而且是牧師之女，只因要撫養家中收留的衆多孩子，單靠課餘去教鋼琴，無論如何是不夠的，而終於瞞著家人走上賣身之路。英文名叫PIANO的女子宣稱「我一點也不怕神會遺棄我，我知道神看得見我的心是清淨的。」彷佛是一則傳奇。然而名叫PIANO的賣身女子在「爲了肉體派的男人而存在的」人肉市場，是否眞能免於人肉販子的壓榨、剝削，是否被黑暗社會巨大的網籠罩而脫身不得，小說省略了這些，始得以成就救贖的寓言。

〈月亮的背面〉，是一篇溫馨的小品，淡筆中寫出了對死去的丈夫之懷念；〈群鷹兀自飛〉，以倒敘、回憶的手法，寫了一則借腹生子的故事，對於重男輕女的觀念以及人性的虛僞面有著深刻的描寫，懷孕中出走生子的愛眞是個堅強的女性。這一篇小說，已開啓了季季顯獻給「所有跌倒又再爬起並繼續勇敢前行的同胞手足」之一系列的未婚媽媽作品：《澀果》（爾雅，一九七九年十二月）。季季在這一系列的作品中，充分發揮了女性作家的母性關懷，本集中選錄〈苦夏〉、〈菱鏡久懸〉兩篇。

一九七四年發表的〈拾玉鐲〉，季季描寫鄉下大家族後代趁祖母拾骨重葬爭奪陪葬物的情形，反映了金錢掛帥之下的唯利是圖，堂姊的自私、貪婪、市儈，相對於三叔及他的傻兒子，對比出社會價值觀的巨大轉變，是季季非常傑出的作品；一九七八年發表的〈鷄〉，描寫勞苦大衆的生活瑣事，季季以詼諧的手法表現了阿苦仙的辛酸苦楚，透過阿苦仙描寫了農村人到台北討生活的精神壓力和經濟負擔。

季季在文壇出發的很早，創作風格具有多樣繁複的面貌。女性、母性是其作品的基底，更可貴的是季季從沒忘記自己是鄉下人。在散文集《攝氏20—25度》（爾雅，一九八七年七月）後記中，季季回顧自己的寫作生涯感謝她的父親，文中提及「特別是我的父親，他最了解離開永定之後的大女兒，像他一樣努力、誠懇的生活著。雖然在台北住了二十三年，並未淪爲虛僞或虛榮的都市功利主義者；仍然保有鄉下人的素樸與務實，不敢荒廢應該耕耘的土地。」在收於同一文集中的〈永定三傑漸凋零——追念日列大伯及他們的時代〉，也多少透露了季季家族的秘密。那麼，葉石濤在一九七八年底的〈季季論〉期待「季季怎樣地統合浪漫與寫實，從鄉土的社會和歷史攝取養分，寫出台灣婦女生活中的『詩與眞實』應當是她今後追求的課題吧！」對於寫作越來越愼重的季季，葉石濤的期盼，在九〇年代的台灣文壇仍是最深的期盼吧。

屬於十七歲的

那個以產糖聞名的南部小鎮是很樸實恬靜的。我的中學生活在那裏渡過。六年的數學我都是補考才及格的。其他的功課，有時很好，有時很壞。我所謂的好壞是指考試成績。那要看我碰到考試時唸書的興趣和情緒來決定它的高低。我是一個喜歡變化心靈生活的野女孩，不是一個接受刻板教育的好學生。

夏季我們坐在課堂上課的時候，沉悶的風飄來很濃的糖味。我到現在仍然記得那種味道是多麼令人噁心。因爲我的胃不好，我不喜歡那種帶有酸性的味道。

我們的學校是個環境幽雅怡人的省立女中。每一個去參觀的來賓都說它是全省最美的學校。那個走起路來下巴肉都會抖動的胖校長最高興聽這種讚美。我們卻總埋怨著每天要抹地板和打著赤脚沖洗教室；以及在烈日下勞動服務。我們不是懶惰和不情願，只是喜歡神經質的無端埋怨，做得起勁，埋怨也起勁。不爲何種特別理由，只因我們是一羣年輕的金鳥，棲在十七、八歲的抖動樹梢，喜歡吱喳亂叫、窮湊熱鬧。然而，不管那些埋怨曾經如何強烈，畢竟一切都已過去了。就像一地遁入天際的煙雲，僅遺人一份隱約縹緲的記憶。

在我升上高三那年的九月，南部的秋天吹著不流動的悶風，加上那種似乎比炎夏還高的溫度，使我有一種夏天閉起門窗在屋內烤火的感覺：燙啊。——非憑經驗，僅靠想像。

學校的禮堂是一座古老的建築。日制時代的遺物。由木板釘成的外表已經斑剝陳舊了，變成褐黑且帶有因風雨剝蝕過久遺下的苔痕，內部則漫著一種令人噁心的陳年霉味。老式的大鋼琴，遠遠看去有些像停在堂上的棺木，覆蓋著紅色裏襯的黑布。一些由綠、白混合成的校旗，在陳年的霉味裏顯不出一點威風：筆直的佇立，不見陽光不迎清風的萎縮。給人一種什麼樣的感覺呢？就像兩排無生命的殭屍在那裏爲誰守衛，非常呆板的在爲它的主人站崗。另外還有些什麼呢？有很多很多深咖啡色的長板櫈。每一條板櫈可以坐四個人。一共可以坐九百多的樣子。但是現在我們已有一千五百多人了，它失去了作爲禮堂的原始功用，變成了專用的音樂教室。本來它是禮堂兼音樂教室的。因爲這樣，我第一次看到那個綽號叫瘋狗的體育老師。我不知道今天是不是我最後一次看到他。自從他在那年元旦走後，我便以爲我不再看到他了。我甚至已忘記了這個曾經使我強烈同情著的小丑和另外一個飄零的女人。我是個粗心大意的健忘鬼。但今天我又看到他了。在中山南路的槭樹道旁，我正在幻想秋天的槭葉該紅得多使人心動，正在回想去秋爸爸從阿里山帶回來送我的楓葉上，我題的那首小詩，我默唸著：那片嬰兒的紅，鑲滿秋的天，我便看到了他。他拿著小公事皮包，低著頭走著，深沉的暮色浸著他孤獨的身影。如果是秋天，會有幾絲嬰兒的紅滴在他的髮上再隨風飄走吧？現在還是夏天呢。這般炎炎悶悶的夏呵，走在太陽底下我便以爲我的頭髮在燃燒。他呢？他的頭髮仍然閃著光。雖然現在已經黃昏了。他的頭低得非常低，爲什麼呢？他沒看到我，我也沒叫他。一種無法自釋的情緒和莫名其妙的心理使我不願叫他。等他走過很遠很遠了，我才忍不住回過頭來，站在槭樹下看他。他仍然低著頭，慢慢的走著，走向那一灘更濃的暮色裏。多麼凄然落寞的身影啊。那麼緩慢的躑躅，好像他要走向天涯海角，世界的盡頭，卻又使人擔心他走不到那個地方！爲什麼他要低著頭走那麼慢呢？做什麼去呢？他的高墊跑車呢？呵！我不忍心再看他的背影了，我急切的轉回頭來，大踏步的向前走去。好像我也要走向海角天涯，世界的盡頭。呵，世界的盡頭，它在哪裏？如果眞走到世界的盡頭，能再見到他麼？以後我會不會再碰到他呢？誰能肯定一堆五光十色的珠子中，兩粒紅的在碰過一次或多次之後，永遠不再碰或能碰到幾次呢？人生本來就是一大串偶然的奇妙組合，就像一首交響樂，快樂或悲傷，都令人不明白那些個鬼玩意竟會弄出那麼又怪又美的聲音。人生是莫名其妙的交響樂。

那天，因爲我們是全校的最高班了，我們便坐在最前面。老師們分別坐在主席台兩側的帳篷下的長椅上。他們不會被太陽晒到；也不必裝著很專心的去聽主席台上的公式化訓話。有一些還很悠閒的搖著扇子，不管它是鵝毛的、檀香的、紙的，反正那種悠閒得使人覺得虛無的樣子令人嫉妒！我們坐在炎炎的太陽下，校長如果發現我們的擦汗動作連續三次，便要叫教官來把我們抓起來罰站。我正是那種在太陽下最會流汗又最無法忍受流了汗不擦的蠢女孩。因此，在校長還在致開學典禮的訓詞，說著一大堆我老早就聽厭了的道理時，我被他看到了。他說：高三的同學不要隨便亂動！我知道我受到了第一次的警告，校長是認識我的。在我唸初三的時候，因爲我寫了一篇短文被他認爲損及校風，叫我去訓了幾次話，並且在我要結束初中生活的前四天記了我一個警告，我中學六年唯一的操行懲罰。以後升上高中我又因參加一些校外的作文比賽或育樂活動得到他的頒獎或記功。可以說他認識我已有三年了。我又坐在這麼醒目的位子上，難怪他要叫我不要亂動了。他知道我數學不好，每次碰到我都笑著問我最近數學怎麼樣？公共場合他是很嚴肅的，私下卻非常和氣慈祥。他的太太已經因難產死掉了。大女兒在學校教博物，小女兒還在唸大學。

在我受到警告之後，我便裝著我是注意的在聽他每學期都千篇一律的官式差勁演說。我還在心裏向自己禱告：不要流汗，不要再擦汗了。然而，世界上多的是背道而馳的事；我心裏越記掛什麼事，它越容易發生；我越禱告，汗流得越多，越忍不住偷偷的去擦。唉，倒霉！又被胖校長看到了。他看我的眼光，是用嚴肅揉合起來的責備、不耐煩、敵視等等；所有他能表現的壞情緒，都在那一剎的注視中讓我無言承受。

因為早上趕車我總來不及吃早飯，餓著肚皮站在陽光下簡直使我難以忍受：覺得全身無力，站立不穩。然而，我生下來就是個健康的女孩，我沒有被熱和餓所沖暈，只是覺得背上的汗像一條滾熱的岩漿，朝下直流，流、流、流……我看到了我的導師，一個中大外文系畢業的英文教師。他坐在帳篷裏看我。對於一個導師，他的學生當衆受罰是一件使他難堪的事。如果我的導師是一個我不喜歡的差勁老師，我便不介意這件事所給他的難堪，並且可能故意造成使他難堪。但我的導師是個老好人呢。他從高一便開始教我們英文。他喜歡在課餘教我們讀詩。那個時候我會背很多英文詩，我對英文有很濃的興趣。但是畢業以後我就忘光了。現在我什麼都不記得。生活不再是很單純、很定一了！一些雜亂，一些成長的穢質把人的思想弄得很疲乏。記憶力衰退使人容易淡忘許多事。不管好的、壞的，曾經有過的一些什麼，都如風、如煙、如雲，任你百般追尋，它已隱幽潛形、飄逸無蹤。

導師仍然用他慈祥關懷的眼光看著我。我站在那裏接觸到他的眼光便難過得拚命恨自己爲什麼要流那麼多汗，並且忍不住去擦？然而，流汗是人類的正常生理現象，爲什麼要恨自己呢？爲什麼要恨自然的事呢？可恨的是校長的不近人情；連學生擦汗的權利他都要剝奪。這樣無知的壓抑人類某些應有的合理現象的人，實在蠢得夠可惡呀！況且我對他的差勁演說毫無興趣，我又討厭看他的小眼睛和浮腫的肥臉，便看著帳篷下的老師們。看新老師們的臉孔和打瞌睡的化學老師。要命！有一個我不認識的新老師竟然在看我。我想因爲我是所有高中學生中唯一被罰站的，顯眼些，他才會看我。只那麼一剎那，我就強烈的感到那種臉孔的噁心。他的皮膚又黑又亮，頭髮抹著閃光的油，長長的直垂到耳際。他的眼睛看人是往上吊的，嘴巴尖尖的，嵌著兩片厚嘴唇。他看我的神情好像在看一件沒有生命的雕塑品；那麼不在乎，並且帶著一種像輕視又像譏諷和漠不關心的味道。我討厭這樣被凝視，遂皺著眉頭調開視線。現在主席台換上總務組長在報告本學期的工作概要。校長坐在帳篷下的位子上，用手支著額頭，顯然是閉著眼睛在假寐。爲什麼他能假寐，我不能擦汗？

我感覺輕鬆了一些，便不在乎起來了。我看著操場右前方的籃球場，那個看門的退伍軍人仍然像他每天所做的，在那裏打掃落葉。他的背已經很彎了，頭髮卻不怎麼白，又矮、又黑、又瘦的樣子，已有五十幾了；黑皮臉上的皺紋一年比一年多。在我高一的時候，他結了婚。我還記得那天他太太穿著廉價租來的白禮服。腳上卻穿著黑色平底有帶子的學生鞋。他的太太是個沒有父母的台灣養女，左眼、左手、左腳大概因爲小時候曾得過腦膜炎、痲痺症或什麼嚴重的大病，全都殘廢了，嘴巴也歪向左方；上翹的嘴唇露出黃色的門牙。頭髮的圓捲像一束凋零的玫瑰，風一吹便忙亂的張牙舞爪起來，有點像被激怒了的野獸的頭。每次看見人總是傻傻的笑著，聲音像一個患了感冒的三歲男孩看到他所喜愛的餅乾。她整個人給人一種笨醜得如無生命的幽靈的感覺。但她生的女兒卻很伶俐活潑，甚至漂亮得令人驚奇。現在她就在離她爸爸不遠的草地上追逐著一羣墨綠色的雞，輕快的跑、響亮的笑，毫不覺得她的孤單和寂寞。她的媽媽前幾天又生下一個男孩子，此刻是在床上用她沒有殘廢的右手撫著奶子讓那個小男孩吮奶吧？她貧血的臉色是否有足夠的奶讓那個小男孩吸吮呢？我並不擔心老邁的門房養不起他的妻子和兒女，我所擔心的是未來可能發生的事。他已有五十多歲了，他太太才二十五、六的樣子，如果以後他死了，那個目不識丁又行動不便的女人，帶著兩個（或更多個？）年幼的小孩怎麼辦呢？該是怎樣渺茫的一種哀傷呵！她的傻笑模樣，老門房彎背掃地的蒼老身影，小女孩無知的天眞嘻笑，時時在我心裏流盪。我總是這麼愛替別人付出我太多的關心。這樣一種蠢人的作爲，世界上有多少多事的蠢蛋呢？如果每一個人都是這樣蠢蛋的話，戰爭從那裏跑出來呢？戰爭完全是自作聰明的人搞的鬼把戲。我媽媽說，我在防空壕裏吃她的奶。那個時候戰爭還沒結束，轟炸機每天來回跑好幾趟。那是很久很久以前的事，當我還是個嬰兒。現在，我已經長大了。現在——

現在，校長又走上主席台，我便不敢再胡思亂想了。那些被介紹到的老師都像很和善、很有學識教養的樣子。除了那個令我感到噁心的臉孔。最後他也被介紹到了。一個體育老師。

然而他並不是我們的體育老師。我們的體育老師是個早白了頭髮的四十五歲江西人。

爲了考大學，技能科的功課在高三是全被忽略掉了。每兩週我們才有一次體育課，那節體育課我們只需做幾個體操動作，老師便叫我們自己玩球，他就坐在石頭上抽起菸來。他是個菸鬼。有一次爲了太太不給他錢買菸，把他太太打得手臂上石膏。他太太是以前我們的音樂老師；上了石膏的手不能彈琴和指揮，便叫我們自己亂唱，那個籃球打得很好的楊黑皮就教我們唱風靡音樂。我一支都沒學會，只感覺到禮堂裏的霉味使人不能呼吸，不能張開口來說話。雖然天花板上的吊扇呼嚕呼嚕的響著，把凍死了的霉味吹開，但我還能敏感於那份彆扭的味道。黑皮有時候捏我一把，問我在做什麼，我便很勉強的張開嘴巴笑著，裝作很用心的在跟她學唱歌。其實我一點興趣也沒有。我不喜歡風靡音樂，但並不討厭黑皮。而黑皮現在已經死掉了。在我高一的時候，她從火車上摔下來，腦都裂了，紅的、白的一大灘，把炎陽下的枕木染成血色。她的靈位擺在一個很幽靜的廟裏。每個禮拜六下午，她們跑去看電影，我就沿著竹林的小路慢慢走，走到廟裏擺靈位的地方聽尼姑誦經，並且看著靈位上黑皮那張牙齒露出來的照片。看到她死了的笑容，我便會同時想起那個裂了的腦袋瓜和黑皮母親的慟容。我也不知道爲什麼每個週末都要沿著竹林小路去看她？是我懷念她呢？或我喜歡廟裏的沉寂氣氛？如果是屬於前著，黑皮生前並不是我的好朋友；或許我懷念的只是那個碎裂了的腦袋瓜吧？如果是屬於後者，便是那種氣氛是我日常生活所沒有而正是心裏所希求的。那麼我每個週末都去便是我需要在那裏獲得什麼；也就是我必須在廟裏以外的世界逃避一些什麼。那些什麼是什麼呢？我不知道。有時我對自己感到茫然。或許我根本就不該找這些理由來解釋我的行爲。很多事情是沒有理由的；甚至是不應該有理由。

除了很少幾個特別愛運動的同學外，大部分同學都躲到樹蔭下去背埃及文化或氣候類型。而我既不打球也不背書，總是找幾個和我一樣頑皮的同學，一起在林蔭下聊天。雖然我已那麼倒霉的成了她們的班長，仍然是一個在某些方面不太守規矩的學生。我們聊些什麼呢？哪個新老師該取什麼樣的綽號呀？幾何老師追地理老師追得如何啦？白髮理化老師的十八歲小新娘肚子大起來了吧？以前還說嫌他太老，老要逃走呢！根本就不去管老師交待了我們一些什麼功課或者爲那要命的聯考著急。有時候，我們叫老門房的女兒來，她還不能很流利的說話，但她笑得那麼可愛，我就喜歡她那種帶有稚氣的純眞。每次看她，我就傻傻的凝視著她，一句話都說不出來。似乎在爲逝去的某些感傷，又像不是；只是用牙齒把手指頭咬得緊緊的看著她。如果那種凝視就代表著一份深刻無言的感傷的話，是在爲我逝去的童年之純眞感傷吧？雖然自己的幼稚依舊，但它已在生命的爐中被熔入更多的煤滓，再無那份可貴的純眞之火焰熊熊燃燒了。而那個小女孩，她懂得什麼呢？她只是愉快的笑著、比著、跳著。她不知道她自己所擁有的快樂正是別人在失去那種快樂之後所眷戀的；並且因那種眷戀而深深感到悲傷和嫉妒的。就像我小的時候，我每天笑著，人家問我美不美，我就說我美得像一朵花。一朵花？現在想起來，那只是一朵含苞的花吧！唉，我小的時候，她小的時候，人類小的時候，宇宙小的時候……幼稚的純眞啊，赤裸的原始野蠻之微笑啊，逝去的就像被風飄向遠遠的海洋的落葉，抓都抓不到，看也看不著的虛緲的感嘆啊！

感嘆！那麼長長的一聲「唉——。」從風中傳來。接著是「累死人啦！」老門房說的。穿著補了又補的半袖卡其上衣，在前面花園除過草回來，總那麼滿身大汗的嘆息著。畢竟是有一把年紀了呵！五十幾的人啦！還那麼辛勤勞碌，爲的什麼呀？半殘廢的妻和幼小的兒女？人到底是爲誰而活？爲什麼而活？不僅僅是爲自己吧？然而，若不僅僅爲自己而活的話，那個綽號叫瘋狗的體育老師是爲誰而活呢？我們站在樹蔭下聊天便能看見在大操場上的他。老是穿著褪了色的紅棉毛衫，泛黃的白長褲，上不上體育課都是那付裝扮。頭髮仍然長長的垂到耳際，在陽光下閃著要滴下來的油光。就像他的生活，每天都那麼固定而刻板不變。抹那麼多的油，有什麼快樂呢？就像頭上好端端頂一個正在破裂的油瓶一樣，叫人看了都爲他不安。然而，他知道那樣會使人爲他不安、爲他感到不快樂麼？人最莫名其妙的就是不能互相肯定對方的感覺，也因此不能爲對方改變自己給別人的感覺。

他教體育課總是先叫學生做體操，然後叫她們跑運動場，然後叫她們輪流擲鉛球、打羽毛球或玩躱避球。那些初一學生看來總是那麼乖，上課規規矩矩的，不敢有一絲苟且偷懶。不僅僅是體育課，上什麼課她們都是那麼文靜的。不像我們高三學生這麼油條、這麼散漫。以前自己唸初一也是那麼規矩的，現在呢？現在我們似乎什麼都敢做了。上課我們喜歡打赤脚，帶著酸糖味的風便使我們伏在桌子上睡著了。如果不睡覺就輪流吃一包零食，看一本被撕成好幾份的小說，或者以筆記傳遞字條批評老師的言行、衣飾和某種鎮上正在流傳的、非正統的羅曼史。而老師們對我們一點辦法也沒有。想起來，時間和經驗給予人的進步並不是單方面的。好的在進步，壞的也在進步，難道人的長大只是因爲人有這雙重的進步麼？

雖然那個體育老師沒教我們，但我幾乎每天都看見他的。早上我們升完旗在操場上做體操時，他會騎著他新買的高墊跑車到籃球場那裏轉一圈。那個老門房正在掃落葉，他太太用沒有殘廢的右手在鳳凰樹下洗衣服。瘋狗騎著跑車在那裏轉來轉去，一圈又一圈的繞著三個籃球場轉。爲什麼要每天那樣呢？那樣使他得到什麼快樂呢？我們都不明白他那樣做是爲什麼。他騎得非常緩慢，並且愛做出許多有希區考克性的小動作。有時候猛猛的刹車讓自己差點跌下來，那個半殘廢的女人便抬起頭來看看他，又低下頭去洗衣服了。她每次看人都是那樣的，傻傻的凝視一下，把她本來就合不攏的嘴巴張大一些，笑笑，不說一句話。她不是啞巴，只是不愛說話罷了。逢到人家說她的女兒漂亮，她就很呆板的哼哼低笑幾聲，用她的獨眼凝視她女兒的笑，她粗糙暗黑又略顯蒼黃的臉只有在那種時刻才浮滿笑意；就像一片冬天枯黃的草原上突然被撒了一大把紅玫瑰一樣。雖然枯萎了，總還替那一大片寂寞如死的蒼黃淒涼點綴了一點耀眼的紅。

那一點耀眼的紅。瘋狗的棉毛衫。每天黃昏，我送教室日誌去給導師簽名，就會看到那一點耀眼的紅沉在一把竹黃的籐椅裏。一個人在那裏寂寞無聊的抽著煙。整個辦公室也只有他那麼一點紅，耀眼而孤獨寂寞的紅。每一個老師對他似乎都無好感，也不愛理他。他似乎也不在乎別人對他的感覺，也不愛主動找人搭訕。每天降完旗我走進辦公室，總會看到他在那兒孤單且帶著些許茫然的抽著菸，或靜靜地拿著喝剩了茶葉的玻璃杯，若有所思的望著辦公室前面那一片草地和它的邊緣，那一排芙蓉花的紫紅花屍在秋季的黃昏悠然飄落。

像某些短命的花屍會每天飄落一樣，黃昏也飄落了。然而，它不是凋零。花的飄落代表著一份凋零的蒼涼，對它本身是一種永恆的毀滅，黃昏卻只不過像一池謝了又放的睡蓮，短暫的休止之後又以一種亙古不變的豐姿悠然展現。

黃昏，我們四點一刻就降完旗了，但是我每天五點才離開學校。這段時間我和苦瓜、錦雞、猴子、阿喬五個人跑上科學館四樓的陽台去看落日。我們可以看見糖廠那四根綠色的大煙囪，在黃昏染上一層沉沉的黃、暮暮的紅。糖廠公園那一排椰樹擺動著枝梢，我會對她們埋怨糖廠夏季那陣風中飄來的酸糖味。但是她們卻說那種味道最好，並且懷念起在糖廠冰室吃冰的事來。糖廠的冰又好又便宜，有一次黃昏下大雨，我們走到那裏去吃冰。那個時候夏季剛開始不久，冰室裏一個顧客也沒有，因爲冰廠已經沒有冰了，我們一個人要了一瓶沙士，像老人家飲酒那樣，越喝話越多。大概是談別人的男朋友的事吧？就那麼聊了一小時。聊到最後我們都像百戰榮歸的英雄，用近乎無理性的瘋狂舉動把沙士的瓶子狠狠的往地上摔去，一大灘未喝完的沙士，像一大灘沸騰的褐色的血，在灰色的水泥地上淌開來。一大堆綠色的玻璃碎片像被分屍了的綠色肢體。那種分屍的破裂聲很響很響，一直到現在，我想起那堆綠色的分屍物和那灘從綠色的瓶中淌出來的、如它的無生命血液的水，就會聽到那種使人覺得能炸開人心的聲響在寧靜的天空神經質的跑出來。也不明白爲什麼要那麼做？爲什麼要瘋狂的去尋求那種發洩？或許只因爲我們喜歡那種殘酷的毀滅聲吧？爲什麼在我們十七歲的時候，我們就會欣賞並且去追尋那種享受呢？爲什麼我們喜歡殘酷的毀滅聲呢？爲什麼？爲什麼？人總喜歡想爲什麼？問爲什麼？在我很小、很小的時候，一個老師對我說教育兒童首先要教他懂得應用「爲什麼」這三個字，等我大了我才明白，這句話完全是騙小孩的鬼話。很多事我們不必去追根究柢，不必去明白它是爲什麼。我們知道它這樣或那樣就夠了。我們寧願迷糊；因爲迷糊使我們無憂，給我們快樂。就像每個週末我都去廟裏看黑皮死亡的微笑一樣，什麼事我們儘可不找理由來解釋我們的行爲；我們不必懂得我們爲什麼這樣做，我們只要懂得我們在做什麼，我們對自己的心靈負責，我們心安，我們便活得滿足而有意義。

我們多給了冰室的服務小姐二十元，然後像喝醉了的醉漢，大搖大擺的背著書包狂笑著走出冰室。我們在陽台上回憶起這件事便大笑起來。我們笑自己像個神經病，我們眞的像神經病嗎？我們只不過很忠實虔誠；抑且可以說很自私的在做人：做一個有赤裸心靈的眞人。這個世界眞人太少。眞人並不清高，也沒有資格說曲高和寡。他們被視爲病態，被人當玩偶看待。但是我們不在乎別人的觀點和感覺，也沒有必要去在乎。我們仍然那樣笑。每個黃昏在陽台上盡情狂笑。盡情說話。好話、壞話都說。有一次我們談起那個處女的電影。一部北歐的電影。那個處女遭人強暴在樹林裏死了，人家把她的屍體移開來，那塊地便裂開了，一股流泉從那個裂開的洞裏奔出來。處女之泉。我已記不清它全部的內容了，只記得北歐的冬，包著黑頭巾的老婦人縮著脖子在火爐旁弄早餐，以及那個處女，穿著聖潔的白袍，騎著走在曠野的馬，金色的髮閃著光。白色的袍隨著風飄著、飄著，飄到最後變成那股死亡的泉流；處女的泉流。苦瓜說，爲什麼泥土會迸裂出那種泉流呢？我們是處女，如果有一天倒在地上死掉了，泥土也會迸裂出那種泉流嗎？苦瓜這樣說完便大笑起來，我們也跟著笑了。我們不知道我們會不會，也不明白那到底是怎麼回事。有一些事，我們不必去明白；甚或不應該明白。不管那種泉流的成因是什麼，我們感受的只是那種淒然的哀傷，以及那種使人難以忘懷的奧妙；女性的奧妙啊。

每天我們亂找話說。到了五點我便對她們說再見。她們的家就在學校附近，可以晚些回家，我還要坐三十分鐘汽車才到家呢。在汽車上如果人不擠我就看書，否則我就睡覺。我不愛在汽車上和人說話，有一些蠢蛋喜歡對我誇耀她某科考了滿分，某科題目太容易，不符合聯考標準。我才不管聯考和大學，我對升大學根本沒有興趣。唸高中已夠使我厭煩了。我關心的只是我是不是每天都如我所企望的活著？活得快不快樂？聯考還很遠呢！才十月呵！對於那些看不見的遙遠，我們何必懷那麼大的期盼呢？蠢蛋呵！蠢蛋！

蠢蛋！你說瘋狗蠢不蠢呢？我離開科學館的陽台下樓去，穿過三道走廊便會看見他。他每天都在校門旁邊那排柏樹旁邊的草地上翻觔斗，或做一些我們從未看過或學過的非常滑稽的體操動作，使那些俯在欄杆上的初中小女孩迎著落日嘻嘻哈哈的笑著。她們笑得越大聲，他便做得越起勁。就像馬戲團的小丑，看到觀衆因他的滑稽動作而大笑，自己也張開嘴跟著快樂的笑起來，一邊笑、一邊表演，那麼洋洋自得，一點羞慚也沒有。每次我從那裏經過，我都要抽空站在那裏看。然而，我笑不出來。我很小的時候看過一個叫吃耳光的人的電影。那不是一個好電影。但我卻一直記得那個小丑表演時淒然的笑和表演後感傷的淚。假舞台上的小丑已使我付出那麼多心痛的憐憫，眞舞台上的小丑角色所引起我的悲傷更遠甚於那個吃耳光的人了。每次我站在那裏總覺得有一種隱隱的傷痛在呑噬著我。我多麼希望我能捕捉那種小丑的笑臉，並且希望自己能了解他那樣做的喜悅而減少我心裏的悲憫感覺；我不知道一個小丑的功用是不是只是做他生活週圍的人的點綴？他能引起某些俗人無知的快樂，他便認爲那是他的快樂麼？便認爲那就是他生活的目的麼？然而，他心裏是不是眞正覺得快樂呢？眞正以別人的笑認作自己的快樂呢？我不但爲他感到可憐，並且輕視和痛恨他。我所以爲他感到悲哀，因爲他受人輕視和痛恨。但是他自己怎麼想呢？他知道他自己受人輕視麼？他毫無自卑感麼？他每天黃昏在草地上表演，是爲了什麼呢？他最少也有三十五歲了，連羞恥之心都沒有麼？他如果不是心靈麻木到無法感覺，便是他根本就不在乎，或者根本就輕視別人的感覺。不管它對不對，我這樣猜想。但他自己怎樣想呢？

呵！他自己自大的說：「我是王……我能統治別人的心靈和情緒……」

他說話的神氣，好像他眞的是一個偉大的王。什麼樣的王呢？心靈的王？個人心靈的王是自己，人類心靈的王是文學家、哲學家、音樂家、美術家、建築家和發明家，他是什麼呢？他說他是王！

那天我走進廟裏的大門就看到一輛非常眼熟的高級跑車。然後，我看見了他，躺在草地上。我走近他站著，他閉著眼，臉色很安詳。慢慢的，他睜開了眼睛。先是用手揉揉他的眼睛，然後，用一種深沉而帶有懷疑的眼色看著我。他說：

「妳……妳不是開學典禮那天被罰站的高三二班班長麼？」

「是呀：瘋……馮老師，你在這裏做什麼呀？」

「我來休息。誦經的聲音眞好聽。」

「她們不會趕你走麼?」

「她們是誰呀?」

「尼姑呀!」

「她們要趕也趕不走,也沒有理由趕我。我沒偷東西、也沒擾亂秩序。我只是躺在草地上休息呀!唸佛的聲音眞好聽!」

「爲什麼要來這裏休息呢?」

「木魚的聲音眞好聽,使人入眠。」他說,有些答非所問。

我心裏昇起一種悲傷的感觸。容或,他所尋求的只是這份木魚的節奏和佛經的裊繞所構成的和諧;那麼他爲什麼每個黃昏都要在校門旁邊的草地上表演那些小丑動作呢?那樣他能得到什麼呢?他躺在草地上,閉著眼;身上仍著那一點耀眼寂寞的紅,頭髮仍然那麼油。他臉上的膚色,黃中泛著一層在烈日下晒久的黑紅。如果在他臉上抹上很厚的白粉、紅的粉、黑的粉,會變成一個戲台上怎樣的小丑呢?啊,小丑!小丑!令我憐憫,令我痛恨的小丑!我突然像慷慨激昂的問他爲什麼要表演那些小丑動作?他說:

「那樣不好麼?」

「那樣使人輕視、痛恨和憐憫!」我說。

他聽了卻哈哈的大笑了起來,笑得我眞有些驚恐無措。那種笑聲,比戲台上小丑的笑聲還可怕！

「哈哈哈！妳輕視我？痛恨我？憐憫我？我是王！王要受人輕視、痛恨和憐憫？世界上的小丑都是王。世界上的人的心靈全被這羣王所統治！」

然後他不笑了，他的臉色變得很凝肅，並且開始說一個含有自剖性的故事：

我很小就沒有母親。她是一個戲子。有一次在後台被人暗殺了。我從小就跟著戲班子走，我父親在戲班子裏當小丑，我母親死了以後，他照顧我長大。在我八歲以前，每天我都坐在觀衆席上看戲台的表演。我父親的節目總是得到最多的喝彩。我眞喜歡我父親。後來我進學校去唸書，總有人笑我，說我父親是三花臉，是個小丑！慢慢的，我不再坐在觀衆席上看我父親表演。我感到羞恥。我覺得我父親又賤又可憐。我不再喜歡我父親。有一次他帶我去江邊散步，很多小孩跟著我們指指點點，我知道他們在說那個三花臉來了。我掙脫了我父親的手，很快的跑走了。我沿著階梯跑到江邊的石頭上坐著。我父親後來也來了，問我爲什麼這樣？我就哭起來了；我說我不喜歡他當小丑，他說爲什麼呢？我說那是使人感到羞恥的事。他說：

「羞恥？爲什麼會呢？我很喜歡我的職業，我不願放棄。我有使人快樂的力量，爲什麼要放棄？我是王，我能統治人的心靈！」

但是那時我才十二歲，我根本不懂使人快樂有什麼偉大。那天晚上，當我父親又到戲台上做他那醜惡的表演時，我便偷了我父親的錢逃走了。一直到現在，我沒再見過我父親，也不知道是否還在人間？但我沒忘記他的話：我是王，我能統治人的心靈，我有使人快樂的力量。父親啊，父親！我懂得你的話了，但我已離開你這麼久，這麼遙遠！你在那裏呀？呵呵！白日放歌須縱酒，青春作伴好還鄉！兒離開你已有十八年了呀！十八了呀！父親啊！父親！

他的故事本來平平穩穩的，說到後來卻激動的哭起來了。他一哭，我心裏更難過了。如果不是我這麼多事去追問他，他也不會這麼傷心激動的。爲什麼我總愛這麼多事呢？有一些事，我不必去明白的，爲什麼我要問呢？現在他號啕得這麼大聲，廟裏那些沒事的尼姑全跑出來看了。我背著書包站起來，她們問我怎麼回事，我說他懷念起他的父親了。他俯在草地上拚命叫著：父親！父親！好像他的父親被活埋在那裏似的。而我是在那裏待不下去了，我替他感到難過，也恨自己的多事。我不再說什麼，跑到糖廠公園旁邊的紅色河堤上坐著，拚命抓石頭扔下水。紅色的河堤靜靜的，遠處那一排迎風的芒花在落日下變成金紅色。我仍然死命地扔著石頭。唉，這個週末過得沒意思極了。連黑皮死亡的微笑都沒看到，卻看到了瘋狗的眼淚。禮拜一到學校碰到他怎麼辦呢？瘋狗！爲什麼人家稱他瘋狗？哦哦哦！他說他是人類心靈的王！

到了禮拜天，那個我一直掛慮的悲劇便發生了。報紙登著一大堆人圍著，地上一個屍體躺著的照片。禮拜六下午高中的籃球校隊和校外的籃球校隊作友誼賽，男中的學生要進去看，老門房不讓他們進去，有一個沒良心的、不要命的混蛋小子便抽出了他的傢伙。就是那把要命的刀，把整個淒慘的悲劇殘酷地解剖開了。那個半殘廢的女人，帶著兩個幼小的兒女，怎麼辦呢？

禮拜一我們到學校，升完旗校長就對我們正式宣布這個我們都已知道了的不幸。然後我們便排隊到廟裏去弔靈。那個前天我在那裏看瘋狗號啕的大廟堂擺著老門房的靈位。很多很多的白色的花圈，很多很多哀戚的臉，很多很多裊繞的煙雲。那個半殘廢的女人跪在靈前向人叩謝。她白色的頭垂著，看不到她的臉。她的哀傷全在她那一身白色上流露出來。她一點聲音都沒有，我們只能看見她的頭不停地左右搖動著，好像不願意相信她所面臨到的是一種已定型了的事實。然而，不相信又有什麼用呢？一切要發生的不幸終究是一朵含苞的黑玫瑰；遲早會盛放它使人斷腸的血花。那個彎背的老門房在天上傷心的撒雨吧？他知道他的妻和他的兒女將如何孤苦無依麼？

他的妻和他的兒女仍然住在那個夏季屋頂蓋滿紅色鳳凰花的小木屋裏。現在夏天已過去很久了，甚至秋天也過去了，我們從那裏走過就會聽見在風中盪漾得很淒清的、半殘廢女人的號啕。嘶啞了的嗓子，能叫出多少內心無可奈何的呼喚呢？她碰到人再也不會傻傻的笑著，看人的眼神死死地，憂戚的臉色像一個被捏造好了的塑像，和人講話也是那樣的。有時候人家和她說話說到一半，她就斷斷續續的哭起來，低著頭抽搐著，讓抖動的肩膀流洩出她無言的怨情。多麼落寞無依的哀傷呵！像一棵傍著河堤生長起來的樹，堤防突然崩毀了，自己立在不安全的風暴中，找不到一點依靠的力量。她的女兒似乎不知道她們遭遇了什麼事，每天早上，我們在操場升旗的時候，仍然可以看見她在鳳凰樹下追逐那一羣墨綠色的雞，叫嚷著、嘻笑著，似乎那羣雞便是她的生活重心，而那個重心除了無憂的快樂、稚氣的微笑，什麼都沒有。她不懂得眞正噬心的悲傷是什麼，就像她的媽媽生下弟弟時，她不懂得那種喜悅的意義。那麼小而無知的年紀，懂得什麼叫生、什麼叫死呢？等她長大懂事以後，回憶起父親的死亡，回憶起這段追逐雞羣的歲月，會有多少感傷的內疚啊？那個時候，她在哪裏呢？如果她們搬走了，她該會時時記起那座黑漆的小木屋和門前那排夏季燃燒著枝梢的鳳凰樹吧？還會記起有一個烈日的午後，很多人圍著一個蒼老的流血屍體，正是自己老邁的父親吧？就像我以後會時時記起她追逐雞羣的嘻笑和老門房彎彎的背影一樣。那個時候，我在哪裏呢？嫁人了吧？她呢？上學了吧？她媽媽呢？白了頭髮坐在快斷了腿的籐椅裏回想著她丈夫死亡時，那一灘灰褐色的血吧？……她的弟弟呢？呵！這樣遙遠的幻想，誰知道以後會怎麼樣呢？

而那個叫瘋狗的體育老師仍然不改他的習慣，每天早上騎著高墊跑車在籃球場繞圈子，黃昏在草地上作他的小丑表演；做他人類心靈的王！自從上次在廟裏惹得他號啕大哭後，我沒再和他說過話，也不對任何人談這件事。我學會了在某些無形的秘密方面作有限度的隱瞞。他呢？他也不動聲色。碰到我時，看我的神色就像開學典禮那天看我的神色一樣。好像我和他仍舊很陌生，什麼事都沒有發生過。我呢？每次碰到他便想起他俯在廟前草地上哀號的樣子，和那種使人感到凄然的聲音。每個週末我仍然去看黑皮死亡的微笑，但沒再在那裏遇到瘋狗。每天黃昏我步下科學館穿過走廊看到他在草地上的表演，便會想起他在廟前的草地上說的話：

「我有使人快樂的力量。」

「我能統治人的心靈。」

「我是王。」

就因他是「王」，就能使那個心靈的眞實正被某種悲劇的空虛之煙窒息著的少婦臣服麼？

那件事，是奇妙、滑稽得出人意外的。對我來說，這些年一直迷惑著我，一直以一種神秘緩慢的姿態在我記憶裏散步，在我心靈裏蝸行的，便是這個罷？

那個時候，冬天已經來了，並已深了。我們換上黑外套、黑長褲、白襯衫，打淺藍領結的冬季制服。看起來是很神氣瀟洒的，然而還是很冷。河風從北面吹來，夾雜著河底一些不甘寂寞的、喜歡跑進女孩子眼睛探索少女神秘的風沙。那是比乳臭未乾的男孩子的追求信和癡愚的凝視更使人感到可惡和可怕的。冬季的女孩是怕冷又怕風沙的。學校裏卻正忙著要出元旦壁報。平常我們一天要上六至七小時的課，根本沒時間去做，只好利用禮拜天正好那天是個有仁慈的太陽，沒有風雨來訪的大晴天，苦瓜、錦雞、阿喬她們都來幫忙。猴子來陪我們聊天。她是一個矮胖個子的迷糊女孩，因爲自己已有幾年歷史的滑稽綽號，幾乎已忘了自己的眞名。只有在課堂上老師點名的時候，她才記得自己不是一隻猴子而是一個叫侯瑩的女孩。她喜歡說笑話，做手勢和吃零食。她的代數比我好一點，但是考試如果不作弊也常常吃鴨蛋，然而歷史永遠保持班上的最高分。

禮拜天學校正門是不開的，我們就從後門出入。那小木屋正好在後門旁邊。我們做壁報總是急就章的：紙呀！筆呀！水彩呀！漿糊呀！有了這個沒那個，又要吃零食，大家高興就騎著小不點的墨綠跑車輪流上街跑。小不點負責寫毛筆字，她是班上最女性化的女孩，笑起來用手摀著嘴，垂著像被油蒸過的眼皮，看都不敢看人的；臉上還很快飛起紅暈來。她寫的字像一株挺俊的蘭花，一看就叫人舒服得想吻它。她寫字寫到一半抬起眼皮說：「眞想吃烤玉米啊！」苦瓜就騎著跑車上街買。那個時候已經上午十點一刻左右了。

苦瓜回來卻說：

「喂喂！眞妙啊，我看到瘋狗的跑車停在小木屋的前面。」我們跑去看，瘋狗正在爲那半殘廢的女人淘米；她自己則正光著胸脯坐在床沿餵她的小男孩吃奶。她的女兒在床上哭著。那一羣已長大了的雞在外面已脫光了衣服的鳳凰樹下散步；以及唱牠們自己的歌。我裝作我是要來帶那小女孩出去玩的樣子，若無其事的把她抱到我們編壁報的教室去。我們問她爲什麼哭？她說：

「馮叔叔不買糖給我吃。我媽媽打我。我媽媽兇。我爸爸……他……他不打我。他上街買糖給我吃，還——還不回來。」

「馮叔叔好還是爸爸好？」

「嗯，有一次——馮叔叔帶我去看電影，好多人跳舞啊。馮叔叔問我好不好看，我說好看嘛，跳舞眞好看！他又說我叫他爸爸好不好？我說我爸爸才不是你。我爸爸上街買糖還沒回來。嗯——，他——他怎麼當我爸爸呢？我爸爸才不穿那麼紅的衣服，像人家跳舞一樣。」

她答非所問似的說著，然後停下來吃烤玉米，眼睫還滯留著上下跳躍的淚光。吃了兩排玉米她又自己說起來：

「有一次，馮叔叔帶我睡覺，後來我起來尿尿，聽到馮叔叔睡覺的聲音好大啊，我媽媽卻在哭。風聲又很大，我眞害怕，好像有鬼要來了一樣。我跑去和媽媽睡，我說媽媽爲什麼哭啦？她說爸爸買糖還不回來嘛！」

又咬一口玉米，接著說：

「哼——嗯，我爸爸去哪裏買糖呢？買那麼久還不回來！妳知道去哪裏麼？阿姨？」她抬起頭來問我，眼睛不停的閃動著，並且熱烈的燃燒著一種近似渴盼、又像思念，而卻揉合著懷疑的光。我很勉強的笑著說：

「不知道呢！買什麼糖買這麼久！」

「是嘛！」她說，用手剝著玉米的衣裳。

這個可憐無知的小女孩，她不知道她的父親已遠遠地離開了她，離開了有糖買、有烤玉米吃的地方。他永遠也吃不到糖和玉米了。但是，誰知道，他去的地方到底是一個什麼樣的地方呢？也許那裏也有糖和玉米罷？

可憐的寡婦啊，那個自稱是人類心靈的王的小丑，是一根粗實的浮木，使妳覺得抓住它有了依靠了麼？曾幾何時啊，看到妳在廟內那一身飄滿淚痕的白袍、聽到妳在木屋內淒然的無助哀號，此刻呢？此刻所有死亡的餘燼全化成新燃的岩漿，任冬再冷，也不凝固了？我想像得到的，曠野的淒傷枯枝需要新的火焰來燃燒。

等我們元旦放完假回到學校，他們已搬走了；很出人意外的搬走了。小女孩純眞的嬉笑、半殘廢女人的亂髮、瘋狗身上那一叢在凋萎的冬季顯得特別耀眼寂寞的紅，全被北風吹走了。很少有人馬上明白那是怎麼回事，也沒有人知道他們搬到哪裏；正像在天際飄盪的彩色絲線，沒有人知道它飄向何處？只有那座矮小的、馱載過多少冷暖滄桑的小木屋，當他們自以爲去追求另一份生命的眞實時，留下它悲傷憤怒的在冬的懷中怨泣；像一個黑而長的洞，當風起時，聽到它在神秘的原始森林裏呼喊著：

我寂寞啊；

我空虛啊。

誰知道他們去追求的另一份眞實，是不是也只是一個寂寞空虛的黑洞，或者會變成那個黑洞的呼喊呢？是不是所有人類所做的，也都只是這種形式的展現和循環呢！

十七歲啊，我的十七歲，若說我的生命也將成爲那樣的黑洞，妳乃洞口一首明朗多變而俏皮的提琴小品，在那樣的呼喊裏，妳的歌聲會超越過那種使人窒悶的黑洞之絃，在我心裏流淌妳的歌聲如泉吧？不管它包含著多少快樂、多少無知和朦朧的憂傷，請千萬不要對我停止妳的歌聲啊。雖然，我清楚的知道，我已經十九歲了。

——原載一九六五年四月五日《聯合報》

尋找一條河

一、那麼我是誰？

又是蜘蛛！又是蜘蛛！我舉臂一揮，手裏的粗樹枝把它撥開了。

空氣陰森而窒悶，這是蜘蛛的樂園。一個屬於這些形狀古怪、膚色透明而又令人感到汚穢恐怖的動物的王國。牠們在這片土地之上的空間結網爬行、呑食蟲蚊、繁殖後代，看起來閒適而肥壯。忙碌和歡樂無聲地交替過去，牠們的生命是永世的黯啞。而我們現在竟要手執武器，不斷破壞這個恐怖王國，穿越這片沉寂世界，去尋找一條會唱歌的河。

旅行團的那些老人們午睡時，我和恆茂從旅館溜出來。順著旅館後面的石階，我們去看了一處種植各種高山花卉的花園。恆茂看中了一盆觀音座蓮。可是我們小小的口袋竟買不下小小的一盆它。然後我們又去山頂墳場看楓葉。幾世的楓葉長在幾十尺高的尖端，望得我們頸子痠麻。

後來我們就在鐵道上走。很多年沒走鐵道了。我和恆茂一邊走、一邊數：一、二、三、四，沒走幾步就掉在鐵道外，只得從頭數起：一、二、三、四、五、六……

就是沿著鐵道這樣走過來時，走在前面的恆茂首先聽到了那河的歌聲。他轉過頭來，雙手平衡，踮起足尖，以一種神祕的微笑說：

「妳聽，妳聽到了什麼嗎？」

我停止喘息，屏著氣站在枕木上。

「嗯，我聽到了。」

我聽到一陣節奏活潑輕快的聲音自鐵道左側的樹林流瀉出來。

「妳猜這到底是什麼聲音？」他說。

「是水聲，」我說。

「是河水穿越某種東西的聲音，」他補充說：「譬如穿越石頭、樹枝，或成堆的雜草。這些東西是河水演奏的音符。」

「跟我們平地的小河不一樣的聲音。」

「胡說！我們平地的小河哪有什麼聲音啊？」他睜大眼睛說：「頂多只是一條嗚咽的小河罷了。」

「你才胡說，哪有什麼嗚咽？根本就是一點聲音都沒有的小河。」

「好了，不管那些。現在讓我們去尋找這條會唱歌的河吧。」

「什麼，要去找它？它在哪兒呀？」

「從左邊的樹林進去一定可以找到。它躲在樹們的懷中歌唱呢。」

「這樹林長著那麼密、那麼高大的樹，沒有路，怎麼進去？算了，我們還要去看神木呀。」

「哎呀，一棵被雷打得半死的老樹有什麼好看的？而且我也不相信沒有路，即使沒有，我們也可以走出一條路來。」

我坐在鐵道上，望著恆茂興奮的臉在陽光下閃動。恆茂，我們眞的可以走出一條路來麼？爲了尋找一條河而走出一條新的路麼？

「咦，妳看，樹林這邊有一個小小的缺口，一定是有人進去過了。」

我轉過頭去，注視著那個小小的缺口。

「可是——你看，那麼多密集的蜘蛛網！」

「天啊，妳竟然怕這些軟綿綿的小東西麼？妳的勇氣和野勁都留在台北麼？或者那些細胞突然都死光了？」

我仍然坐在軌道上。山頂墳場那些幽靈們的席夢思在秋日的陽光下閃爍楓紅的光彩。面對躲在冷冷的青石下，永遠和我的生命路線平行的長眠者，我的腦裏一片空白。我只知道要和恆茂在一起，只有這個單純至聖的愛之意念，是此刻沖走空白的一道洶湧的清流。我拍拍屁股站起來，一躍跳到恆茂的面前拍了一下他的肩膀。

「終於不是一個膽小懦弱的黛玉！」他說。

「勇氣的細胞又復活了嘛！」我說。

「現在我們要找兩根樹枝作我們的武器。」

他開始在山溝裏撿樹枝。

「武器要做什麼？」

「跟蜘蛛搏鬥呀，現在牠是我們的敵人了。」

「哦，全世界最柔軟的敵人！」

「那妳還怕牠們幹麼？」

「誰說怕呀？只是對那些密布的、沾滿灰塵的網感到厭煩罷了。看起來又髒又悶，說不定裏面一點氧氣都沒有。」

「不會悶死妳，放心好了。」

恆茂遞了一枝給我。他自己拿著的那枝彎著頭，好像枴杖。現在他站在缺口上，握著枴杖的頭，揮劍般地猛力一揮，一個一個透明的網被撕開了，黏附在樹枝上變成一絲一絲長長的緞帶。肥胖而午寐著的蜘蛛們驚惶地醒來，像裹小脚般力不從心地四處奔跳。恆茂把牠們甩到脚下用力一踩，沒有些微的掙扎和哀叫。死是靜默的。這是動物中唯一的共同點吧？

如是，牠們生命的終站是我們前進的起點。更多蜘蛛的生命結束了，更多蜘蛛的家園摧毀了；而更長、更不可測的路在我們面前等待。秋日午後的清新空氣和明亮陽光向我們告別，我們進入樹林，被高大伸著尖刺葉子的樹們層層包圍，一種陰溼、恐怖，充滿偉大自然力的新世界面貌刺激著我們探險的熱情。垂著長長的紅色果子的菇婆芋、渾圓晶瑩的紫豆、深色肥大的傘狀菌，以及很多古怪的野生植物在這被阻礙而又被不斷開拓出來的新路上亭亭而立。陌生而摻雜著驚悸的興奮，慢慢滲進我被蜘蛛懊惱著的心胸，終至於整個地淹沒了。

而那時而歡樂高歌、時而輕柔低吟的河的旋律依然淸晰地滑進我們的耳朵。多麼可笑而又好像嚴肅得不能批評的舉動啊，只是爲了尋找一條不知在何處唱歌的河，我們竟要冒險跋涉一段滿布蜘蛛、驚恐艱難的路程。要耗費多少體力和時間才能得到那誘引我們的、視界與心靈的滿足？二十歲的我思索著，進而恍然地感動了；生命就是這樣吧？不斷地被某種誘引而冒險前進。

如是，我的厭煩被隔絕在森林之外，而沉悶閉塞的心胸開放了，溢滿陰涼新奇的喜悅。我蹲下去撫摸那些據說有毒而卻顏色嬌豔有若櫻桃的菇婆芋果子；那些採下來大概可以串成項鍊的小紫豆；那些據此地人說味道鮮美、運到城市可以賣得高價的野菇。我貪婪地採摘它們，大把大把地裝進我的風衣口袋。當兩個長長的口袋都裝滿，好像兩條胡瓜般垂在我的兩側時，我突然痛心地後悔了。哦，爲什麼我沒想到帶一個聖誕老公公的大揹包來呢？爲什麼？是我被塵世封鎖了的心，無法測知這旅程的中途有如許豐美的存在吧？在這靜肅的林間，想起來可笑而又可恥的，我的手提箱裏裝著的，是一些白的、紅的、黑的脂粉，長的、短的、寬的、緊的美服，和小花園鞋莊買的鑲珠拖鞋。在那五彩繽紛的城市住久了，竟使人習慣而痲木得幾乎忘記世界有另外的風貌。哦，只是昨日，我還呼吸著那裏的空氣，還坐在煙霧迷漫的咖啡間，聽著一些堂皇的交響樂或俚俗的小品，看著燈籠似的吊燈，和一羣朋友們聊著什麼存在主義、什麼嬉痞運動、什麼新表現派電影，並且批評掛在牆上展覽的什麼抽象畫，空泛地吹擂著什麼未來的志向，比較著某人某人得到國外獎學金的多寡。……而一切只是昨日，已是昨日。在林的懷抱裏，我想伸出手，擊碎那些朦朧的吊燈，揮走那些坐談的昨日。

「喂——碧姍，妳走不動了麼？」

恆茂轉過身來呼叫遙遙落在後面的我。我微笑地看著他，加快腳步趕上去。

「妳還不耐煩麼？」他又說。

「不，只是有點累了。」

「不想走了？」

「不，只是想休息一下。」

「越休息越不想走了。」

「不會，坐一下就好。」

我們在石塊上坐下來。

「妳的口袋裝了什麼東西？」他說。

我掏一把給他看。

「難怪妳走那麼慢！」他大笑起來。

「我喜歡嘛。」

「妳突然變得沒腦筋了，裝著這麼多東西走路，怎麼不累？等我們要回去的時候再採，不是一樣麼？」

「我迫不及待啊，這裏的一切都這樣好，這樣新奇！」

「那妳要謝我吧？如果沒有我，妳一輩子也不會來這裏呢。」

「哼，如果不是爲了那條河，你也不會帶我來這裏。」

「妳聽，河的聲音是不是大了一點？可見我們更接近它了。」

嘩——嘩——嘩，河的聲音好像一步一步地，以一種特定的旋律在呼喚爲它興奮、爲它迷惑的我們。

「可是還要走多久才會到呢？我的脚好痠！」

「我們再開始走的時候妳就算時間吧。等我們回來的時候在這裏立一個標示，告訴以後被河聲引進來的人，到那條河還要多少時間。」

他幾乎是嘲弄的、玩笑的說。

而光線轉暗了，說不定等一下連錶的指針都看不淸楚。那時我們是否要以心跳來計算時間呢？

我們繼續往前走。恆茂仍然走在前面揮動樹枝，剷除那些纒繞的蜘蛛網。他那興奮的手臂，揮動樹枝的背影，好像英勇的武士無懼地迎戰一路而來的敵人。這不停舞動的背影使我眩惑了，突然對這背影感到陌生。那內心剛強固執、外表溫文敦厚、幾乎有點蒼白柔弱的影子，怎麼變成一個威武抖擻的武士了？只有他那活躍的音樂細胞的蠕動，是此刻唯一喚醒某種意識的媒介。然而，那不停的歌聲已經無法撫平我的眩惑。那突發的陌生感併發症般地使我內心升起冰水一般寒顫顫的恐懼。好像在我面前走的是一個不知何種面目的陌生人——說不定是一個異世靈魂的化身；而我的後面——也許正有一個三頭六臂的怪獸以一種貓的肉足無聲地跟隨著，隨時會一把挾住我的脖子，然後一口一口地吸食我鮮紅的血，藕色的骨髓。或者一條四百公斤的巨蟒突然綑住我的雙腳，讓我絆倒在溫溫的、軟綿綿的蛇身上，發出一聲絕世的驚叫。或者一隻長著黑長毛的大狗熊，一躍咬碎我的腦袋，以鮮嫩的腦漿享受一頓豐盛的晚餐，讓休克之後的恆茂拖著一具沒有頭而仍淌著殷紅血流的屍體回去……呼——！呼——！一陣一陣零下三十度的冷氣在我四周迴旋。每一個毛細孔鼓起小小的嘴巴，在我身上作循環性的抗議。冰冷而不被冷氣凍結的汗珠從心底跳到額頭，掉入幾世的泥土。我加快腳步，差不多是快跑地爬上一級長著青苔、有點溼滑的階梯。

「恆茂！恆茂！等一等我！」

我嚇得快哭出來似地淒厲地喊著，右腳滑動了一下，整個身子朝前摔下去。階梯是一把冰過的刀，我的下巴是一道不上麻藥的傷口。哎喲——哎喲——我要死了呀！

「妳怎麼啦？碧姍。唉，妳怎麼搞的嘛！」

恆茂跑過來扶起我，用手拼命按摩我大概青腫了的下巴。

「跟妳說不要採那些什麼鬼豆子，妳偏偏不聽！」他一邊揉著、一邊罵我。

「誰叫你走那麼快——」

我哇的一聲，抱緊恆茂大哭起來。所有的驚恐和委屈都化作串串淚珠，一股腦兒拋到恆茂臉上去。

「妳累了，我們休息一下。」

他抱著我，輕拍著我。靜寂的樹林回響著哀號。是風，或是那河的水？哦，不，那是我；是被幻想謀害了的我底哭聲。

「我們從來沒走過這麼長又這麼難走的路，難怪妳累成這個樣子！」

我從他懷裏回頭去看我們來時的路。只是一條崎嶇陰溼的小路；躺在陰暗的樹羣中間，哪有什麼鬼怪猛獸？

「妳還在發抖，怎麼搞的？」

「怕——我怕死了。」

「怕什麼呢？」

「怕後面突然有什麼東西來纏住我、捏死我。」

「傻瓜，會有什麼東西？妳們女孩子都是這樣，最愛無中生有的胡思亂想。」

「你不知道，你揮手撥開蜘蛛網的背影一點也不像你以前的背影；我突然想，那也許不是你——。」

「哈，我不是我，那麼我是誰？我是什麼？」

二、一種叫仙女的蜘蛛

「妳不敢走後面，那麼我來走好了。」他扶著我站起來：「不過，要撥開那麼多蜘蛛網，妳會很累啊？」

「不會，你可以做的事我也可以做。」

說完我拿起樹枝一躍而上，走在恆茂的前面，順手一揮就是一堆銀絲。恆茂又開始唱歌。那陣被剛才的慌亂攪得似乎消失了的河聲又在林中回響。它的旋律仍然那麼明朗輕快，好像出自一個沒有一絲憂煩的嬰兒咯咯地笑聲。這聲音和恆茂此刻的歌聲時常揉和在一起，聽起來竟那麼和諧，有如久經訓練的二部合唱。恆茂現在比我快樂，這感覺使我嫉妒。似乎他一直就比我快樂，總是巧妙地安排著自己愉快而又勤奮唸書的生活。旅行、看電影、聽音樂、唱歌、看書，這就是他的生活。不像我除了和朋友東拉西扯閒聊就什麼事也不做。恆茂也參加閒聊，可是他和我不一樣，我幾乎和那批朋友一樣狂熱地把閒談當作生活的主題；而恆茂似乎只把它當作一種類似遊戲的消遣。

事實上，我和恆茂就是在某一次的座談會中認識而戀愛起來的。那次座談會的第二天，恆茂寫信給我，說他喜歡我這種坦爽熱情的樣子。可是不久之後，有一天他突然對我說：

「我看妳太愛聊天了。妳想，一個花瓶如果整年都插著玫瑰或菊花，是不是太單調了？」

「有的人就是那麼熱愛玫瑰的嘛！」

我賭氣地頂著他。可是馬上悟到他是不喜歡我老是去參加座談的。不過這領悟並沒有使任性的我改變。即使要來參加旅行的前一天，我們不是還在地下室裏談東論西，小鳥吱喳叫麼？

然而，森林的旅途終於在此喚醒我的迷醉，剎那間對那種讓時間在嘴的開閉中溜走的生活感到深入心肺的厭倦。恆茂帶我遠離市塵來參加登山的旅行，是有其善意的詭計；而不單只是一種消遣吧？

眞的，在這濃密的森林懷中，我的思緒變得前所未有的清醒理智。單純的綠、原始味的香，戰勝了城市的霓虹和脂粉。起先不耐煩的心緒慢慢轉爲平和，終至於沉溺在一種狂喜之中。那惡夢般的幻覺只是一種轉變的過程吧？現在我手執武器，揮劍斬絲，一腔開拓的勇勁啦。

「累不累？」恆茂說。

「不，一點也不呢。」

「現在妳的興頭似乎比我大了。」

「唔，我好喜歡，喜歡我們走的這條路，以及這條路上的一切。」

「啊，現在妳終於喜歡了。」

「我不像你會憑一種直覺就喜歡什麼。大概是我的感覺比較遲純吧？」

「不管快和慢，反正能走出舊的窠臼，接受新的現實，總是一件好事情。」

「眞的。不然的話，我們就要半途而廢了。」

「那我就把妳丟下來，自己去找那條河。我不喜歡那種走一半路的人，太脆弱了。」

「哦，眞的？」

「當然是眞的。」

「這樣說，那條河比我重要了？」

「整個地說，也許妳比它重要，可是，現在它眞的比妳重要。我一定要找到它。」

「你想它是什麼樣子？它會給你什麼？」

「我想它和普通的河沒有多大差別。它會給我們什麼也是一種未知。不過，會發出那麼誘引我的聲音的河，一定有某種令我折服而願意爲它冒險前進的東西吧。」

「這種東西大概是一種潔淨的甘泉。」

「是甘泉也不錯。甘泉是森林懷中鮮活的血。不過，即使什麼都沒有而只是一條污色的河也不令我失望。這有點像一位偉大的歌唱家，雖然醜得走了樣，仍能以純淨高昂的歌聲折服千千萬萬的聽衆。咦，妳聽，那河的聲音怎麼突然變小了？好像一種啜泣的聲音。」

「說不定我們走錯了路。」

「不會，只有這條路，不會錯的。」

「如果我們眞的走錯路，怎麼辦？」

「我們可以再找一條對的路。」

「那要再費多少時間啊？」

「那有什麼辦法？你要找到它，你就得不計較一切。」

「可是天已經晚了，我們難道要摸黑走回去麼？」

「怕什麼呢？即使是摸黑，也是我們走過的路，難道會回不去麼？」

我又用力一揮，打死一窩蜘蛛。「回不去」這三個字突然使我全身顫抖了一下，好像猛然被人從背後塞進一團冰。眞的，如果我們回不去怎麼辦？坐在這陰溼黑暗的林中聽著那河多變的旋律，靜待明日的曙光從細密的林梢灑在我們被疲累和飢餓所困的臉上麼？在靜待黎明的過程中，我和恆茂將做什麼？以擁抱當瞌睡的棉被，以接吻作飢餓的美食麼？那時，固執的恆茂將後悔得哭泣，以鹹鹹的淚水不斷潤溼我乾渴的唇吧？而我說不定會不停地哀號，歇斯底里地尖叫，並且捶打撕扯恆茂的胸膛，告訴他我們的愛情已經被恐怖揑死，再也不能復活……

我一昂頭，更用力刮下一團絲網，五、六隻掙扎的蜘蛛被我使勁一打，碎爛了。哦，天啊，爲什麼我老是想著悲哀、喪氣、可怖的情景？一種異乎平常的神經質使我忽而被開拓征服的快感淹沒，忽而又被四周的陰森啃噬得好像連骨都要斷掉。這時我不得不承認，對那條善於變奏的河，我並沒有多大的狂熱。只是因爲恆茂喜歡它，而我要跟著恆茂，做他想做的事。只是這樣，我只是一個依附追隨的影子。不錯，剛才我曾經非常興奮，對新鮮的、挺拔清靜、高昂雄壯的森林面貌激升狂熱的愛戀，可是，它的面貌此刻在我的視界和感覺中被某種神經扭曲了。它變得猙獰恐怖，彷彿隨時會有某種異物來扼殺我。眞的，我又怕起來了，而且越來越怕。一把冰過的刀一步一步地逼近我，恆茂走在後面，揉和起來的兩種歌聲一直在林中迴旋。可是我現在怕的是前面，是一路迤邐千萬里的蜘蛛。那成千成萬、肥軟無骨的織絲動物好像正在成羣團結起來，要對我發動某種致命的攻擊！

一張網，一張很大、很透明，織得非常精緻有如藝術作品的網中，一對猩紅色的眼睛突楞楞地俯視著我。我的腿軟了一下，跌坐在台階上。一千對猩紅色的眼睛在我眼前滾動旋轉，每一對都放射出刺目的光芒。一時之間森林火花四迸，紅光滿天。我是一具被抽乾血水的、焦灼的僵屍，臥躺在生死兩極的界碑——

「碧姍——碧姍——碧姍——我在這裏，妳看呀！睜開眼看，我在這裏。」

我在這裏，這裏是哪裏？是誰在說碧山？哪裏還有碧色的山？火光已把每一棵綠色的樹移植在黑色的國度。可是——

「碧姍——碧姍——我在這裏呀！」

這個「我」是誰？一雙溫暖的手在按摩我的太陽穴，那麼輕、那麼勻。「我在這裏，我在這裏」，他在喚醒我走出那個界碑，回到他的身邊。這是誰？誰有一雙這樣好的手，把我拉回悠悠醒轉而卻欲振乏力的意識中。我緩緩、緩緩地卸去重壓，睜開眼來看他。他的臉正被另一種焦灼燃燒，大顆的汗珠盈盈欲墜。緊抿的嘴的弧線注滿痛楚、矛盾和疑惑。

「恆茂——！啊——！」

「啊——妳醒了！」

我微笑地看著他。這一聲叫喚好像把我完全拉回來了，溫暖的血液又在體內迅速循環，我幾乎聽見它忙碌奔跑的足音。

恆茂低下頭來吻著我。欲墜的汗珠，這時都拋到我的臉上來，使它溼熱一片。這是驚悸的汗？抑或安慰的淚？我幾乎分不清了。他的短短的鬍鬚摩擦著這片溼熱。然後，他突然狂暴地用牙齒啃噬我，用唾液浸潤我。

「碧珊！」

「唔——」

「我眞想謀害妳。」

「我不怕。」

「可是我不敢。」

「因爲你要去找那條河。」

恆茂突然放開我坐起來。

「眞的，最重要的是要找到那條河。」

「恆茂，如果我不要再走，你怎麼辦？」

「妳不會的。妳一定會走下去。」

他的自信和肯定使我沉默無以爭辯。眞的，我想回去，可是他如果堅持再走，我怎麼能和他背道而行？他是固執的，一直是那樣固執。而正是那固執吸引了我、說服了我。

「我知道妳很累了。可是我想那條河距我們不遠了。妳聽，現在是有若萬馬奔騰的蹄聲，浩蕩澎湃、滾滾而來。這不是一種對我們的鼓舞麼？」

他興奮地搖晃我的雙肩：

「來吧，快點，我們馬上要找到那條河了。」

他把我拖起來，重新面對我們未完的路途。

「可是我好怕。」

「我走在後面，妳還怕什麼？」

「怕前面。你看，剛才我就是被那隻怪物嚇昏了的。」

「什麼？」他哈哈大笑起來：「妳是被牠嚇昏的？我以爲妳是累昏的呢！」

「你看，牠跟別的蜘蛛不一樣：牠的身子特別長，牠的臉是長圓形，牠的眼睛猩紅色，鼓楞楞地怒視著我們。」

恆茂跨前一步，右手一揮，那個精緻的藝術作品瞬間七零八碎，無處棲身的蜘蛛又無聲地在他的脚下歸於塵土。

「膽小鬼，這樣不是解決了麼？」他說。

我羞澀而感激地對他笑著。

「這種蜘蛛據說是有毒的，有的人說牠叫人面蜘蛛，有的人說叫仙女蜘蛛，不過動物學上的學名叫什麼我不知道。」

「那你怎麼知道那些俗名的？」

「好像是去圓通寺還是仙公廟的山路上有這種蜘蛛，我聽同學說的。」

「會不會咬死人？」

「誰曉得？那些說牠有毒的人都不是動物學家，或許沒有毒也說不定呢。」

「一定是有毒人家才會說，如果沒有毒，人家爲什麼要說有呢？」

「有人喜歡誇張事實，有人喜歡亂放空氣，又有人喜歡以謊言取悅，誰知道是眞是假？有毒、無毒？反正我們可以弄死牠，妳還有什麼好怕的？」

我們又開始走。可是這次不分什麼前後了，恆茂的左手挽著我的右手，一起拾階而上。

「妳知道，妳和我走這條路，找那條河，我會一輩子感激妳。」

「如果我們分開了呢？」我戲謔地說。

「那也一樣。不過我們怎麼會分開？除非妳不愛我了。」

「不，我只是隨便說的。」

「我們不但不會分開，而且要死在一起。」

「才不會，現在醫學家都說女人比男人長壽，而且我還比你小兩歲。」

「那是科學的統計。可是有些事是科學不能詮釋的、一種神秘的巧合。」

「恆茂，現在就想到死未免太早了，反正我們是不是死在一起，那要別人來證明。」

「是啊。不過我總是想，兩個人死在一起是一種幸福，一種愛的滿足和完成。」

「你越說越玄了。你看，你自己還不是喜歡無聊的幻想！」

「哼!我大概四、五天幻想一次,而妳大概一天就有四、五十個幻想。」

我們相視大笑了。這種嘲弄的戲謔一直是我們在一起時的主調。

三、永恆的天空

恆茂唱起「松林裏的小河」。我跟著他哼起來。我們要找的,不正是一條藏在松林裏的小河麼?那河的聲音現在更大了,好像是萬股流泉一起衝在巨大的岩石上。

「妳聽,好雄壯的聲音!」他說。

「大概快到了吧?」

「前面有一個小轉彎,過了那個轉彎大概就可以看到了。」

「想到水,我好渴了。」

「我們可以去喝河水。」

「你想那是什麼味道?」

「妳不是說可能是潔淨的甘泉麼?」

「哼,說不定是一股滾滾的汚臭水。」

「我想不會。有人住的地方才會有汚穢的水。山裏的水一定是淸淨透明的。」

「眼見爲憑,我們還是少猜疑吧。」

「走快點，馬上要到轉彎了。」

我們走到轉彎，可是前面仍是沒有盡頭的、滿布蜘蛛網的小徑。仍是密密的樹。那些好像高入雲霄的樹們排列在我們的前後左右，好像睜著千百雙眼睛在注視我們，猜測我們的去處。

走過轉彎不久，有三、四棵被雷擊斃的樹。銀灰色的、筆直蕭條的樹梢上端露出一角小小的橘紅色天空。這是我們進入樹林之後看到的最大塊天空。在蒼綠的樹林上端浮游著的橘紅色晚霞看起來是那樣的鮮豔動人，我好想停下脚步多看兩眼，可是恆茂似乎沒有感覺到一般，拉著我的手急著往前走。我回頭依戀地看它，那似乎是我所看過的最美的天空；一片永恆的天空。

再往前步上三十個階梯，天空灑下來的橘紅色天光變成一種歷史，我們又走在陰暗的林中，依靠微弱的光線指點我們的未來去路。

因爲走過轉彎仍沒看到河，恆茂似乎有點惱怒、焦急而喪氣地沉默起來。他走得更快了，好像恨不得插翅飛去。

「眞奇怪，明明走得很近了，現在聽起來又像遠了。」他自言自語著。

眞的，剛才雄壯的水聲變小了，小到好像雨點落在水裏：滴嗒滴嗒滴——嗒——滴嗒滴嗒滴嗒——滴——嗒……

「恆茂，說不定根本就沒什麼河呢。」

「沒有河，那些變化多端的水聲從哪兒來的呢？」

從哪兒來的呢？我忽然又害怕起來。

「不會沒有河，只是我們還沒找到它。」他又說。

「好奇怪的河，怎麼有那麼多種聲音？」

「這就是它吸引我們的地方啊。」

呼！呼！因爲走得太快，我和恆茂氣喘如牛。

「累了吧？」他停下來問我。

我大喘著氣，把頭靠在恆茂胸膛上：一面急鼓咚咚咚地震動我的耳膜。

「我們都累了，恆茂。」

「唔，眞的，而且我餓了。」

「我不但餓，而且渴得要命。」

「休息一下，體力恢復了還可以再走。」

他拉著我坐下來。如果不是喉嚨因爲乾渴而發痛，我眞想大哭一場。而恆茂那焦急、疲累的樣子，使我的淚在心的深處滴淌。突然，我聽到恆茂的嘴有咀嚼的聲音。

「你在吃什麼？恆茂。」

「沒有，我在褲袋裏摸到幾片瓜子殼兒。」

「哦。」

我仍把頭靠在恆茂的肩上。恍忽間我看到城市的五彩霓虹不停閃爍。咖啡屋內播放俏皮的小步舞曲。濃濃的咖啡香瀰漫著，整盤的點心躺在桌子中央，靜待飢餓了的嘴分屍。著白衣的女侍們端著一碟碟的木瓜、西瓜、柳橙去餵食人們維他命C。還有果汁、檸檬水，還有各色香甜可口的冰淇淋……

「而我們什麼都沒有啊！」

「妳餓得發抖了。」他說。

「嗯。」

「我們可以試試就地取材。去年我和同學在嘉義的小山裏吃到一種很鮮美香甜的黃色果子，是爬藤的，那個住在山裏的同學說那種東西叫西番蓮。」

「這裏哪有什麼爬藤的東西？你看，只有菇婆芋，那是有毒的。野香菇，那是曬乾了去做配料的。還有就是紫色的豆子以及一些鋸齒類植物。」

「妳想紫色的豆子可不可以吃？」

「我也不知道，我們從來沒看過那種豆子。」

「可以試試看。」他採了一把。

「算了，恆茂，說不定那也是有毒的呢。」

可是他已經吃進去了。

「嘿，不錯呀，酸酸的，有點甜呢。」

「眞的那麼好吃麼？」

「眞的，」他遞了幾顆給我：「妳吃吃看，我們怎麼那麼傻，走了兩三個小時都沒想到試試看。不會有毒的，有毒的東西哪有這樣好吃？」

我吃了三顆。起先是酸酸的，慢慢的嘴裏的唾液變得很甜。

「怎麼樣，不錯吧？」

恆茂得意地笑著。他已經把四周的豆子採得精光。

「我們再走吧，」他站起來說：「現在有豆子吃，我們還怕什麼?妳聽，那河的聲音又大了。我注意了幾次，每次我們停下來休息時，它的聲音就特別大，等我們開始再走的時候，它的聲音又變小了。」

「俏皮的河！」

「像妳！」

「我才不俏皮！」

「妳有一張俏皮的嘴，喜歡罵人。」

「有些人實在可惡，由不得人想罵嘛！」

「現在這社會的人都有一張很薄的臉皮，一顆最敏感的心。所以還是少罵人好，不然會惹禍的。妳不記得爲了妳批評文研社的活動，現在學校的社團都不歡迎妳去參加了。」

「我才不稀罕參加那些鬼活動。現在要請我去，我都不想加入呢。反正那些什麼會、什麼社的，都是那些愛出風頭的人幹的！」

「妳看，又是這種罵人的口氣。」

「眞的那樣嘛！又不是憑空捏造。」

「文研究的社長就是因爲妳批評的是事實，才氣得聯絡別的社團不讓妳加入的。妳如果是造謠，說不定他反而不在乎呢。妳有時眞是天眞，還沒把事情看清楚呢。」

「管它，反正我也不在乎。」

「妳從沒什麼憂愁，就是因爲有不在乎這法寶！」

恆茂說完大笑著，用手猛拍一下我的肩膀，我也笑了。媽媽給了我一輩子快樂的血液，難道要我把它們自我體內擠出去麼？有時我眞看不慣恆茂那只比我大兩歲的拘謹世故，爲了一些芝麻大的小事不敢得罪人而悶得握緊拳頭說：明天我一定要講出來，非講不可！等過了明天他就說：算了，我還是忍下來，不過我眞氣得心痛。他時常這樣，最後他總是自我安慰地說：如果連這點小事都不能忍，還能做什麼事呢？有一次我問他爲什麼會喜歡我這種不在乎得近乎放肆的女孩子，他說：

「人都喜歡自己身上沒有的東西嘛！」

接著他就說：「所以我們兩個可以中和中和。」

他那樣說只是一種玩笑，事實上他從來也沒想過要把他的個性放得更開朗些。他似乎認爲那樣很好，而且是對的。而我不十分明白我的不在乎對不對。我只知道我很快樂：沒有心計、沒有卑忍，我的赤裸的心靈是一塊樂土，不種植憂愁的胚芽。

四、早升的星

樹林裏已經沒有一點亮光。偶爾我從樹梢窺見一顆早升的星，寂寞地襯在藍色的天空。恆茂一邊揮動樹枝、一邊咀嚼豆子，似乎很安然地前進著。他固執他的尋找，一點都不想退縮回去。我們已經吃了很多豆子，可是飢餓仍像蠶一樣，不斷繁殖地啃食我們的胃葉。從恆茂急促的呼吸裏，我聽出他的飢餓、焦急、近乎想退縮的矛盾的扭絞。這時我們變成一對啞巴。樹和蜘蛛也是一羣啞巴。沉寂黑暗的大地，只有它的血脈——那歌唱的河——不斷地流轉。而它現在又變調了。宏大壯麗的法國號突然中止，出現一組明麗的小步舞曲。像風鈴一般悅耳的水聲急促忙碌地穿越岩石，好像急著去參加管絃樂演奏會。它們輕快明朗的脚步以六聲帶八音路的立體音響響徹樹林：樹林變成喧嘩多彩的演奏會場。

「妳聽，水上組曲裏的小步舞曲也沒有這麼好聽。」

恆茂興奮地大叫。沉默的武裝解除了，我們歡愉地聆聽那一個個奇妙音符的跳躍。

「下次我一定要帶錄音機出來旅行，把自然界的各種聲音錄回去賣給作曲家，給他們創作的靈感。」

「哈，你想做生意了。」

「我只是突然這樣想而已。」

「那一定是賠本生意，太貴了貧窮的作曲家買不起，只好廉價出售。可是錄一次音要花費多少的金錢、時間和體力呢？」

「如果我還有飯吃，我就願意做賠本生意。不過那時妳如果是我的太太，說不定會反對我那樣做。」他說完甜蜜地笑起來了。

「你好自大呀！」我擰著他的胳臂說：「你怎麼知道我一定要嫁給你呀？」

他一下子抱緊我，狂亂地吻著我。

「你不嫁給我，嫁給誰？這次妳逃不掉了。」

他把滿嘴的熱氣哈到我的臉上來。

「天很晚了，恆茂。」

「不晚，一點也不晚。」

「恆茂，我們還沒找到那條河呀！」

「不找了，我要找的是妳，妳就是一條河。」

我沒有反抗，我知道恆茂找不到我、找不到那條河。恆茂，我會給你，但不是現在；不是在這恐怖黑暗的森林讓我初嚐痛苦與歡樂，這破壞的美之完成曾是我奇妙的夢想，而那一日還沒來到。它不是現在，恆茂，它是一個遙遠的美夢。

「這次妳逃不掉了。」他又說。

「啊，恆茂，不要，不要現在。」

「現在和以後都是一樣，妳是我的！」

「不，不一樣。」

「一樣，現在和以後都是我的，一輩子都是！」

他的瘋狂熱吻像驟雨一般潑灑在我的胸膛上。此刻他是某種怪獸，不留情地，一步一步在襲擊我、扼殺我。疲累了的我的堅持，突然崩潰了，我分不清以後和現在是怎麼回事。它變成一剎。這短短的一剎，我的生命進入另一種開拓。一種初耕的泥土。

五、暖流

我的血將淌在這片原始的土地上，在此安眠。每一種的開拓都是那樣的緊張、艱難，要付出你的血、你的汗，有意或者無意；有形或者無形。我們的開拓在這裏完成，但它的歷史軌跡將貫穿我們整個的生命，成為一次再一次的交流。

此刻，我們累了，非常非常的累了。樹林已是伸手不見五指。我看不見恆茂的臉。我的手撫摸他的唇、他的鼻、他額上的汗。他靜靜地，均勻地呼吸著，好像睡著了。而我是如此地清醒，清醒地傾聽那誘引我們進入另一種開拓的河聲。它不再是明朗華麗的小步舞曲，也不再是萬馬奔騰的澎湃。它是一首和諧地、徐緩地、低沉地大提琴組曲。它的每一個音符是一股某一定溫度的暖流，正在溢出河岸，爬上林地，慢慢地流向我；好像我一伸手就可觸摸到它溫暖的流體。

「恆茂——」

「唔——」

「你在想什麼？」

「那條河——」

「什麼？」

「我還想再去找那條河。」

——原載一九六九年五月《幼獅文藝》

河裏的香蕉樹

我相信生命中必有一條可以逆流的河。

怪樹

噹噹噹，噹噹噹……

清脆嘹亮的鐘聲又響起來了。這是週末最後一次的鐘聲。上勞作課的丁老師在班長喊起立的時候，只跟我們點點頭就走了出去。自從她的肚子一天比一天大以後，她就沒法彎下身來回禮了。丁老師已經生了兩個女兒，教我們算術的林老師——她的丈夫——說，希望丁老師這次能生個男孩。

我們的導師是阮老師，他教我們國語和常識。阮老師是第一個來我們村裏住下來的外省人，不過她的太太是湖山岩那邊的人，阮老師也學會說台灣話了。他常常說，在他們的老家，一塊銀圓可以買五十擔白米，我簡直想像不出那塊銀圓到底有多大。

丁老師走了不久，阮老師就來分配我們本週的大掃除。第一排擦右邊的玻璃，第二排擦左邊的，第三排掃教室，第四排抹桌椅……他像往常那樣吩咐著。可是我卻覺得阮老師今天說話有點怪，往常講話很快的他，今天怎麼結結巴巴的，說一句頓一下，而且臉上的眉毛和肌肉不時地扭動著。

我們開始打掃的時候，阮老師走到隔壁五年乙班和林老師說一、兩句話就急急地走了。平時他一定看著我們大掃除的。他走了以後，林老師在五甲和五乙兩個教室間來回走著，大概阮老師拜託他監督我們吧？我站在窗台上擦玻璃，聽到在掃走廊的班長鍾大明問林老師，我們導師爲什麼走了？

「他說肚子痛回去休息一下，等一下再來給你們補習國語。」林老師說。

可是掃除完了，阮老師還沒有回來。學校裏的老師差不多都回去了，只有在談戀愛的張老師和李老師還坐在辦公廳聊天。六年級的廖老師正在補習，沒有參加補習的學生都回去了。我們卻還在等阮老師來上課，男生們有的玩著向課外活動組借來的跳棋，有的玩彈珠。我們六個女生在教室前面的沙地上跳繩。太陽下山了，辦公廳旁邊那棵向日萎萎縮地彎下頭，好像睡著了。當初那棵向日葵突然在花圃的一角冒出來，而且一天天長大，大得比我們高出三、四個頭時，我們一直猜不透它到底是不是要一直高到天上去；那是一種有點荒謬的期待。我們每天都跑去比一比它又長高了多少，眞希望它有一天揷入雲霄。三八的王阿美每天都說，如果這棵「怪樹」長到天上去，她就要每天攀上天去採仙桃。她說吃仙桃可以像楊貴妃那樣美，而且一輩子也不會死。

「哼，它只有那麼一點粗，被妳這胖子一踩就會斷掉，怎麼爬上去呀？」廖喜玲說。

「三八阿美，老師說楊貴妃是壞女人，妳也要當壞女人呀？」林璎仔說。

「哎唷，妳們才三八，人家只不過這樣說說而已，又不是眞的要爬上去。」阿美說。

幸虧那棵「怪樹」沒有長那麼高，不然大家都要爬到天上去，還不是一下子就給人壓死了。阮老師說它不是什麼怪樹，只是一棵向日葵而已。他說向日葵的意思就是說它的花朵是跟著太陽轉的。

「金黃色，好大好大的一朵呢。」

果然有一天它長出了一個花苞，後來就開出一朵比我們手掌還大的花。開花那天早上，我們大家擠來擠去的看著那朵正對著太陽張口大笑的花，金色的花瓣一片片好像硬挺得可以站起來。廖喜玲神秘地說這棵花是張老師爲了愛李老師而種的。她還自作聰明的說張老師就是一朵向日葵，李老師就是太陽。她說這是她的姊姊告訴她的。廖喜玲的姊姊是李老師的同學，大概不會說錯的吧？於是後來我們乾脆稱呼張老師是向日葵，李老師是太陽了。李老師是鎮上銀行裏理的大女兒，張老師是鄰村泥水匠老張的兒子。聽說李老師的爸爸無論如何不把女兒嫁給又窮又住在鄉下，又不會有什麼出息的張老師。廖喜玲說：李老師的爸爸認爲男人當小學老師是很沒出息的。實在說，什麼有出息沒出息，我們也不懂，不過，在我們心目中，當老師是很神氣的呀。難道當銀行裏理比當老師還要神氣？不然他憑什麼看不起張老師呢？

我們跳了一下繩，喜玲就說要到肉瘤伯的小店去買酸梅。自從我們學校福利社開始賣零食，校長就不准我們在上課時間到外面買東西吃。肉瘤伯的小店在我們學校旁邊，以前他眞賺過不少我們學生的銅板呢。現在我們只能在放了學、福利社關門後再去他店裏買東西。他的店很小，只是一間竹子糊著泥牆的茅屋，那草屋還沒有我們教室一半大呢。一進屋裏，右邊放了一張長條竹桌，桌上放了一些糖罐子、酸梅罐子、橄欖罐子以及泡泡糖盒子等等一些零嘴。有時他也賣一點餅乾或麵包，不過一個月頂多兩三次。屋子左邊放了一個爐子、一個鍋子、臉盆和水桶。肉瘤伯用的水都是到我們學校廁所邊的抽水機抽回去的。屋子的最後面搭了一張竹床，一條髒得變黑了的綠蚊帳成年都是撩起半邊繫在床頭上。床邊放了一個小小的紅漆木桶，肉瘤伯每天都要端著到我們學校的廁所倒一次。有時甚至來倒兩、三次，那些多嘴的男生就會說：今天肉瘤伯大概是拉肚子吧？

我還沒上小學的時候，就知道學校旁邊有這個小店。這小店已經開了多久，連肉瘤伯自己都說不清楚了。他不是我們村裏人，可是他也不清楚他到底是哪裏人？我現在算是你們村裏人了嘛！他總是這樣說。他有一顆很大的光頭，每當他走出小店站在太陽下，那光頭就閃著淺褐色的光。他的後腦長了一個像雞蛋那麼大的淺褐色肉瘤，下巴右邊也長了一個，不過那個比較小，大概只有彈珠那麼大，但卻長了三根又粗又長的黑毛，現在已經長得垂到胸膛上。一整個悶熱的夏季，已經六十多歲的肉瘤伯都是只穿著一件又寬又大，用棉紗帶子繫起來的黑長褲，赤裸著那飄著三根毛的胸膛。他那白皙、鬆弛的男人的奶子，長長地、平平地垂掛下來，一咳嗽那串肉跟著那三根毛就抖呀飄呀的，好像隨時會掉下來。肉瘤伯整天都在咳嗽，可能是年紀大了的關係吧？實在說，肉瘤伯眞是髒鬼，吃飯睡覺大便，都在那間只有一面小窗的竹屋裏，又成天的咳嗽，然後咯地一聲把痰吐在屋裏的泥地上。

我們到了小店。肉瘤伯像往常一樣，坐在亭子脚下一張竹椅上。不過往常他總是面對著馬路和馬路邊的小河，今天卻背對著馬路，抽著他的水煙，呼嚕、呼嚕地，我們正好看到那光頭上的肉瘤。

「肉瘤伯，你今天爲什麼這樣坐啊？」阿美說。

「啊，嘿嘿嘿，今天嘛？比較不一樣。」

我們這才注意到還沒有點上洋蠟的竹屋裏正有一女人在升爐子。這時她走到屋外馬路邊抱了一堆竹片進去。她穿了一身紅洋裝，梳了一個蓬起來的高頭，還擦著口紅，抹著胭脂。我一看就知道這不是我們村裏的人。

「肉瘤伯，她是誰呀？」喜玲說。

「她嗎？是來幫我燒飯吃的。」

「哦——」

大家驚訝了一下。

「你們要買什麼呀？」他笑著說。

「要酸梅。拿大一點的呵。」

肉瘤伯左手拿著水煙袋，一邊咳嗽一邊把那乾瘦、留著長指甲而且正顫抖著的右手探進玻璃罐裏去拿酸梅。那看來比我媽媽還老的女人已升起了火，滿屋子的煙嗆得我們也咳嗽起來了。我們拿了酸梅趕快跑出來。

「你們看，屋子旁邊那棵香蕉樹又長了一串香蕉啦，黃的時候，妳們還得再來買呀。」

「好呀。」

肉瘤伯的香蕉樹其實已不只一棵。原來的一棵一年一年的長出新芽，現在大概有十多棵了。每次香蕉黃熟的時候，肉瘤伯並不把它割下來，我們要是去買，他就拿了竹椅子踮著脚去摘下來。

「這是最新鮮、最營養的香蕉呢。」每次他一邊摘就一邊這樣說。

我們吃著酸梅走回學校，大家都奇怪著那個女人。像廖喜玲她家那樣有錢，還不是她媽媽自己燒飯？只有我們村裏人到鎮上替人燒飯，哪有我們村裏人請鎮裏人來燒飯的？住著小茅屋，開了一間小店舖的肉瘤伯卻花錢請人燒飯，不能不說是一件令人驚訝的事。

我們回到教室。那些玩跳棋或彈珠的男生都不見了。可是那些染著紅、黑、藍各色墨水的髒書包都還在抽屜裏。

「大概到操場玩球去了。」阿美說。

「管他們到哪兒去，我們應該去看看阮老師倒是眞的。他的肚子痛得那麼厲害嗎？不然怎麼還沒來上課？」

阮老師家門前種了一棵很大的荔枝。每次荔枝成熟，阮師母就提了三、四串去給我媽。平時我媽常把自己種的青菜拿來送師母。我們到了林老師家門前就看到了隔壁阮老師家那棵荔枝樹下站著十多個光頭男生。以前我們從來也不分什麼男生、女生，可是一升上五年級，突然我們女生和男生都不講話了，有時還吵起嘴，掃地時用掃把打起架來。

「噓，那些三八查某囝仔來了。」

我們走到阮老師門前，本來想一直走到厨房去問阮師母到底發生了什麼事。可是突然聽到阮老師哎唷，哎唷，痛死我了呀！不停地喊著。我們一下子跑到門前，從那簡陋的、開著窗的日式宿舍看進去，躺在榻榻米上的阮老師正弓著身子在打滾，他那濃密的頭髮溼得像泡了水似的。坐在一邊的師母一邊哭、一邊用毛巾去擦阮老師的額頭。小翰和他妹妹小賢都不在，我聽到他們正在隔壁和林老師的女兒們玩著、嘻笑著呢。

「師母，老師是生什麼病？」

「大概是盲腸炎。」

「沒有去請衛生所的醫生來看麼？」

「請來了又回去了。他說要送到鎮上的外科醫院去開刀才行。」

「那爲什麼不送去呀？」

「麻煩林老師騎脚踏車到鎮上叫一部汽車來載他嘛。大概就快回來了。」

「哎唷，痛死我了，我不要活了，我要死了呀！」阮老師又亂滾亂喊起來。師母急得在一邊不停地淌著淚。大家只能睜眼看著阮老師打滾喊痛，卻誰也不能幫什麼忙。

這時校長拿了一疊鈔票走了過來。

「阮太太，這裏是一千五百塊，妳先帶去看看，如果不夠我再想辦法。」

「謝謝你了，校長，眞虧你們幫忙。也不知道怎麼搞的，會突然痛成這個樣子。」

「哪裏，免客氣啦，人家說天有不測風雲，人有旦夕禍福，大家互相幫忙嘛！」

嘟——嘟——嘟——

車子來了，那些在荔枝樹下的臭男生一窩蜂地跑了出去。林老師從一輛黑色小包車上跳下來。

「阮太太，車子來了，妳東西都準備好了沒有？」

「好了。」

師母拎了一口皮箱，抱了一隻熱水瓶走下來。校長和林老師上去把阮老師抬進車裏。圍著圍裙的丁老師拉著小翰和小賢的手走過來。

「阮太太，這兩個小的我會照顧他們，妳不用操心了。」

「眞是謝謝，妳的產期就在這幾天了，還這樣麻煩妳，實在不好意思。」

「沒關係的，我們家珠珠和玲玲平時麻煩妳更多呢。」

林老師最後上了車，關好車門，車子就走了。在離去的車聲中，阮老師那淒切的亡命的叫喊又逼在我們的耳際，斷斷續續地在空中迴盪。

我們無精打彩地回到教室，揹起書包走回家去。已是晚霞滿天的傍晚，小河的河水好像給水彩染紅了，慢慢地向西流去。肉瘤伯的小店今天特別早地關起了門，大概在睡覺了。老年人總是那麼早就睡覺的。

「奇怪，肉瘤伯只有一張床，那個燒飯的女人睡在哪兒呢？」瓔仔說。

「咦，眞的，難道兩個人睡一個床麼？」阿美說。

「三八阿美，人家說妳三八就是三八！那女人又不是肉瘤伯的太太，怎麼會和他睡在一起？」

「哦，那她一定是睡在地上了。」阿美恍然地說。

「對，大概是睡地上。明天我們去問肉瘤伯就知道了。」

怪事

我照例在吃飯的時候絮絮不休地對爸爸媽媽和還未上學的妹妹們，說著學校裏的事情。說過了阮老師要去鎭上開刀的事，我馬上換了一種神秘的口氣說：

「媽媽，肉瘤伯好濶氣呀，請了一個燒飯的女人呢。」

媽媽撇著嘴說：

「什麼燒飯的？不正經。」

「她眞的在幫肉瘤伯燒飯嘛！」

「是從鎭上鐵路邊的賺食寮仔帶回來的賺食查某。」

「是嘛！賺食查某不就是替人燒飯的麼？不然怎麼叫賺食查某呢？」

「瞎說，小孩子不要多管閒事！快去唸書去！」

不過，後來我終於想通了賺食查某大概不是替人燒飯的。「從鎮上鐵路邊的賺食寮仔帶回來的」這句話觸通了我的記憶和聯想。媽媽的娘家住在鎮上較偏僻的郊外，每次我和她坐汽車到鎮上的車站後還得沿著鐵路旁一條小路走半個多小時到外婆家去。就在那條路上，一處種了鳳凰木和香蕉樹的地方搭蓋了幾間小小的木板房子。每次走到那地方時，身上揹著妹妹的媽媽便走得特別快地催著我：

「走快點，不要看嘛！」

而我偏偏一到那地方就慢下脚步，不停地望著那些坐在屋裏、屋外，打扮得紅紅白白的女人。蹺著二郎腿，手上夾著煙，在那兒唱著什麼我愛你呀，妹妹呀，妹妹你愛我——。夏天的時候，那些女人甚至只穿著奶罩和短褲，露出一截白肉來。有一次吃過晚飯坐在客廳做功課，我聽到媽媽在寢室裏對爸爸說：

「眞糟糕，回我娘家就只有那條路可以走，而且又非得從那地方經過不可。小眞現在大了，老從那兒過去實在不好。」

「那有什麼辦法呢？」爸爸說：「不然妳以後要回娘家不要帶她去好了！」

果然，後來媽媽每次要到外婆家去都藉故不讓我去了。她總是說：「妳要好好在家唸書，以後才可以考上省立女中呀。」那是哄我的。然後她又說：「你乖乖在家唸書，我從鎮上買圖畫書回來給妳看。」這倒是眞的。作爲大女兒的我是幸福的，每次爸爸媽媽到鎮上去都會買書回來給我看。什麼林投姊啦、金銀島啦、菊子姑娘啦、學友啦、東方少年啦，滿滿的一抽屜。還特別訂了一份國語日報給我。

可是實在說，我還是不怎麼明白賺食查某是在「賺」什麼東西？反正媽媽每次都說「走快點，不要看嘛！」那必然不是什麼好事情了。凡被加上一個「不」字的，沒有一件是好的。不可以偷，不可以打人，不可以罵人，不可以……所以，我想賺食查某一定不是什麼好女人，一定是做著什麼壞事的吧？明天我可要告訴肉瘤伯，叫他不要請一個賺食查某燒飯。

可是，第二天早上我要去補習的時候，那個女人卻正蹲在店門口劈柴呢。那梳得蓬起來的高頭扁了，一根根髮絲垂到臉上來。那不再塗脂抹粉的臉異常地粗糙，又黑又黃地皺在一起。肉瘤伯仍坐在亭子脚的竹椅上，呼嚕呼嚕地抽水煙。看來他好像還很滿意這女人；一清早起來就幫他劈柴。如果我去叫他把她趕走，說不定他會生氣地用那水煙袋敲我的腦袋，叫我少管閒事呢。管她是壞女人、好女人，那是肉瘤伯的，又不是我的。

吃過午飯我就帶著兩瓶新鮮的羊奶，和阿美、林瓔仔、廖喜玲騎車到鎮上去看阮老師，阿美帶了兩個大木瓜，林瓔仔提了一袋楊桃，廖喜玲拎了一籃香瓜。我們騎車騎得很慢，深怕把帶著的東西震破了。

早上林老師來補習算術的時候告訴我們，阮老師已經在昨天晚上開了刀，把爛了的盲腸割掉了。林老師又說那東西其實應該叫闌尾才對的。他還說闌尾的位置就是在右下腹離肚臍約二～五公分的地方。以後你們如果右邊肚子痛就要注意。吃飯的時候不要把胚芽或碎石子吃進去。他說那些東西跑進闌尾住久了就會發作起來的。我馬上想到阮老師他們老家那用一個銀圓可以買五十擔的米一定是摻了很多胚芽和碎石子的。一定是吃了太多那種不好的米，才弄得現在要開刀了。

「老師，阮老師開刀一定流了很多血吧？我要去輸血給他。」一個男生自告奮勇的說。我扭頭一看，原來是那爛頭阿武。

「不要輸血的，」林老師說：「醫生在手術時一步一步把血管紮緊，並沒有流很多血。」

「一定痛死了吧？老師。」

「上了麻醉藥就不會痛了。」

「麻醉藥是什麼東西？老師。」

「是一種可以使人的神經在某一時間內暫時沒有感覺的藥。不過，麻醉藥性消失以後，傷口還是會痛的。」

「林老師，您怎麼知道的？」

「我十七歲還在唸師範的時候就開過刀了。」

哦，這樣說，林老師也是吃了不好的米了？不知林老師他們那時吃的米是一個銀圓多少擔的？地理書上說，我們這兒是台灣省的米倉，怎麼有不好的米呢？我從來也沒聽說村子裏有誰去割什麼闌尾的。

「在外國，很多小孩都是生下來不久，就把闌尾割掉的。」林老師又補充說。

天呀，一生下來就要在肚子上被人切一刀，那還不如不要生下來。不過，外國人大概也有他們的洋道理吧？像阮老師現在這樣突然地開一次刀，影響多少人呢？至少他暫時不能給我們上課了，也不能陪小翰、小賢玩了，師母還得扔下孩子到醫院去看顧他。而大肚子的丁老師，就要更忙的去幫忙看顧小翰他們……。以後吃飯我一定要小小心心地，絕不把除了米以外的任何臭東西吃進去，免得有一天也痛得在床上打滾，要被人送去開刀。

阮老師是在鎮上唯一替人開刀的陳綜合醫院開刀的。陳綜合醫院離姑媽家沒有多遠，我帶阿美她們去把車寄放在姑媽家就到醫院去。陳醫院的大門兩側是雕花的綠色鐵欄杆，院子中央有一個小小的噴水池，裏面養了很多金魚。噴水池四周整齊地栽種著各種的花木。一串串飽滿的紫藤花襯著黃色的牆壁，從頂樓陽台上一直垂掛下來，風一吹就搖呀搖的，很是好看。那陽台上也種了不少花，我仔細一看，一個綠色的大瓷花盆裏也種了一棵向日葵，開了一朵比我們學校那朵還大的花。這棵花又是誰爲誰種的呢？

我們去掛號間問阮老師的病房號碼。那個小房間的壁櫥裏放著許多用藥水泡著的標本，像未足月的胎兒、葡萄胎、割下來的肉瘤，還有那些什麼條蟲、鈎蟲，看得我眞想吐出來。人家都說當醫生怎麼怎麼好；這所謂的好，大概是指有錢罷？不然有什麼好呢？我寧可去死也不願當醫生，每天看著這些噁心的東西，病人的流血，聞著那刺鼻的藥味，怎麼吃得下飯呢？不過，如果沒有醫生把這些東西割除，不知要死掉多少人呢。所以，說當醫生怎麼好那是廢話；說當醫生是偉大的我倒相信。

阮老師的病房在二樓的七室。我們推門進去便看到睡在中間那張床的阮老師。師母坐在一張木椅上，把頭靠在床邊睡著了。她一定是很累了。右邊床鋪一個看顧病人的老阿婆問我們是要來找誰？我們不敢作聲地對她指了一下阮老師那邊。沒想到她馬上扯著尖細的嗓門說：

「阮太太，阮太太，妳先生的學生來啦！」

師母抬起頭，睜開那對睏倦而失神的眼睛。她的臉可能因爲沒有洗而浮著一層黃黃的油光。這油光像一層厚重的蠟，把她往日美麗的丰采全掩蓋住了。

「快過來坐一下，」她笑著說：「阮老師睡著了呢。」

我們走到床邊把帶來的東西送給師母。她指著床邊小茶几上的一堆東西，都是今天學生送來的。

經過開刀的阮老師好像並沒什麼痛楚地安睡著。他的左手腕挿入一根很粗的針頭，用膠布貼住了。這針頭連著一根黃色的塑膠管子，是從掛在鐵架上的玻璃瓶子垂下來的。師母說因爲阮老師還不能吃東西，所以注射葡萄糖來補充體內的營養。

「妳看妳們送這麼多東西來，老師還不能吃，我一個人怎麼吃得完？回去叫同學們都不要再送東西來了，只要來看看老師就好了。」

「阮太太，當老師卡好啦，有那麼多學生送東西來啊。」那多嘴的老太婆又裂著嘴說。她的門牙全掉光了。

「是嘛！學生卡乖啦。」師母懶懶的說。

師母用國語告訴我們，那老太婆的女兒是個賺食查某囡仔，因爲懷了小孩胡亂吃郎中開的墮胎藥而出血不停，才送到陳綜合醫院來動手術的。我馬上聯想到掛號間那些泡著藥水的小胎兒。我好奇地往那床鋪瞧了瞧，那女人也正在注射葡萄糖，但師母說她打的不是葡萄糖，而是鹽水。她似乎也睡著了，一張臉非常的白，白得有點像白蠟那樣的凝重，一頭又長又黑的頭髮，亂草般地披散在枕頭四周，蓋著白色的被單，眞像是已經進了陰間的人，一股陰森森的邪氣。那麼這多嘴的阿婆必然也是一個賺食查某了。就是人家稱爲老×的那種女人吧？那個字我不會寫，意思就是老資格的賺食查某了。這女人說不定認識肉瘤伯那燒飯女人。我眞想問她，可是，肉瘤伯那女人叫什麼名字呢？而且在師母和老師的病榻之前，問起這不相干的事，是很不禮貌的吧？認不認識又關你什麼事？師母那麼累，我們還是少囉唆，趕快走了讓她好好休息吧。

從掛號間走出來，太陽還在中天，我們站在噴水池邊看了一下戲水的金魚再走出大門。正好看到我們班上幾個臭男生也提著大包、小包的東西走了進來。那爛頭阿武還故意說：「喲，這些三八查某囡仔的脚比我們還長哩。」意思就是不服氣我們比他們先來探望老師。阮師母又休息不成了。我想。

街道兩旁那茂密的垂柳在微風中輕輕款擺著。一街的垂柳看起來眞像站在那兒搖曳生姿的漂亮女人。阿美突然跑到面前那棵垂柳旁，撥開一綹柳條，竄到裏面去站著。柳條像屏風般把她的身子給隱隱遮起來了。

「嗨，站在這裏好舒服喲！」阿美叫起來。

「眞的麼？那麼舒服麼？」

瓔仔和喜玲也竄了進去。我考慮著要不要進去。因爲那裏已經站了三個人，我進去也分不到多少柳條了，不見得怎麼舒服的。忽然，我看到對面警察局的門前台階上，一個穿著黃制服的警察，站在那兒微笑地看著我們。他的金色鈕釦和肩上的金星映著陽光一閃一閃地。原先他大概是想過來罵我們吧？可是結果他卻是站在那兒笑。我想他一定是突然想到，如果他自己也竄進去不知是什麼感覺吧？說不定今天晚上，當街上一個人也沒有的時候，他會趁著出來巡邏之便，也進去試試看呢。

她們三個嘻嘻哈哈地撥開柳條走了出來。

「那個警察在看呢。」我說。

阿美她們回過頭去看那警察，然後回過頭來對我吐了吐舌頭。

那警察似乎曉得我們發現他了，乾脆對我們三個點點頭笑起來，然後走進去了。

「如果換了別的警察，說不定要把我們叫進警察局去罵一頓呢。這些樹是鎮公所的公物呢。」廖喜玲說。

「是呵，聽我哥哥說，這些柳樹是全省聞名的，全台灣只有這裏的街道兩旁有這麼長這麼密的垂柳，聽說和這鎮上的遠東第一大鐵橋齊名呢。所以鎮公所特別撥了一筆經費，成立了一個養護小組呢。」瓔仔說。

瓔仔的大哥就在鎮公所的建設課做事，那麼這句話是不會錯的。不過，瓔仔自己明知如此還不是竄進去了麼？

「反正只是胡亂碰了一陣，我們又沒折斷樹枝，有什麼關係？」阿美說。

「是啊，我們只是一時覺得好玩罷了，又不是存心要傷害那棵樹。說不定它很高興我們撥弄它，讓它茂密的枝葉透透氣呢！」喜玲說。

「你們回去千萬不要對我哥哥說呀，不然會被他罵一頓的。」瓔仔說。

我們邊走邊聊著。阿美說想去看電影，但是我和瓔仔身上都只有一塊錢，所以不去了。太陽慢慢的有點偏西，阿美就說既然不看電影，那麼回家去算了。可是我卻一直想著賺食寮仔那個地方，想著給肉瘤伯燒飯的女人，剛才在阮老師病房看到的老太婆，以及床上躺著的那慘白的殭屍臉孔。差不多有一年我不曾路過賺食寮仔了。這一年沒去外婆家，我並不覺得什麼遺憾，事實上外婆家也沒什麼好玩的。但是因爲肉瘤伯的女人突然的來到，使我頓然感到這一年是太久了。眞的，那些塗得紅紅白白的女人爲什麼一直令我感到新奇，而又使我有一種眩惑？她們和我們村裏那些成年生活在厨房和田間的樸素女人是大大不同的，即使和這鎮上生活較優渥的女人比起來，也仍然是不一樣的。從她們臉上那又厚又多的脂粉便可以一目了然。她們成天坐在那兒做什麼呢？她們必然也是在工作吧？只是這工作到底是怎樣的，我卻想像不出。我好像稍微懂得她們工作的性質，而卻無法深刻地明白她們工作的實際內容。媽媽不要我路過那兒，不要我看、不要我說，這種種「不要」使我想到她們的生活可能和一般人的生活有一種距離；尤其是和我們這樣的年齡有著更大的距離。然而，卻也正是這種距離，觸引了我的好奇。想來想去，我非得弄淸楚是怎麼回事不可。我非得把那半掀的帷幕整個地扯開，看看幕後到底有著什麼才甘心。媽媽叫我不要管閒事，本來我不想把肉瘤伯女人的事說出來，可是這時我終於忍不住要說了。

「喂，告訴妳們一個和天一樣大的祕密，肉瘤伯的女人和剛剛阮老師隔壁床的女人是一樣的。」

「什麼一樣的？生病了麼。」

「不是，是一樣的，一個賺食查某嘛！」

「妳怎麼知道的？」

「我聽我媽說，是肉瘤伯從鐵路旁的賺食寮仔帶回去的。」

「賺食寮仔是什麼？一個村名？」

「不是。只是幾間木板屋，蓋在五、六棵鳳凰木的下面。」

「那是誰住的房子？」

「像肉瘤伯的女人和阮老師隔壁床的女人，那樣的女人住的嘛！」

「專門給女人住的麼？」

「好像是的。」

「那我們以後也可以去住吧？那樣就不必每天看到那些兇巴巴的臭男生！」

「阿美，妳眞是不折不扣的三八了。我媽連看都不准我看，妳卻說要去住在那兒。」

「爲什麼不准妳看？難道那兒鬧鬼？」

「我也不知道，反正以前每次她帶我回外婆家從那兒走過去，她就叫我快走不要看。我想那裏的女人一定都是壞女人。」

「那我們今天就去看個淸楚，妳帶我們去好不好？」

大家都拍手叫好。可是我卻猶豫著。

「怕什麼？小眞，今天妳媽又不在這兒。」

「是嘛，我們又不會回去告訴妳媽。走嘛，小眞，帶我們去看看賺食寮仔是什麼樣子。妳有看過，我們卻從來沒有呢。」

我們繞過木材工廠，沿著糖廠五分車鐵路的軌道走下去。被車輪輾得雪亮的鐵軌，一路舖著那漸漸轉爲灰白的陽光。郊野那一大片菜畦的糞便味道，一陣陣在風中吹過來。喜玲她們一直猜著賺食寮仔是什麼樣子。走過火車站以後，兩旁都是竹林，竹林過後便是一大片的菜圃。在灰白的天空下，遠望過去只是一片一直連著天空的綠色。以前聽舅舅說，這一大片菜圃種的菜，每天淸早在集貨場過磅就要用大卡車運到台北去賣給城裏人。舅舅的菜圃不知是哪一塊，如果被他看見，我非挨媽媽用竹鞭抽一頓不可。

「小眞，妳是不是忘記地方了，妳看這邊過去都是菜圃了，哪有什麼房子呢？」

「我才不那麼善忘呢。」

老遠我就指給她們看那五、六棵鳳凰木。那成堆成堆簇擁著的豔紅花朵，熱鬧地在風中輕搖，恍惚之間，竟有點像遠處天空浮動著的一大片晚霞呢。在那片豔紅的下面，就是那一間一間全給漆成黑色的木板房子。房子的周圍，——除了面向鐵路這邊——種了十多棵體態豐盈的香蕉樹。我記得那兒好像還種了一叢胭脂花。據說胭脂花搗的汁可以拿來塗紅指甲呢。不過，我注意過肉瘤伯的女人並沒有塗紅指甲。像姑媽的女兒在銀行數鈔票，那樣時髦的小姐也沒有塗紅指甲，所以我想在這鎮上要分辨一個賺食查某是最簡單不過的事情。

怪變

事實和我的記憶完全不一樣。在回家的路上，死三八阿美和胖林瓔仔一直罵我騙了她們，連廖喜玲也嘲笑我，說什麼妳不是說妳不是善忘的人麼？那樣帶著刺扎人的話。從老遠的濁水溪河堤那邊吹來的風沙，一直打在我踩著踏板的赤裸的小腿上，有時又跑進眼睛裏。我簡直痛恨起今天的一切來了。

「是妳們要我帶去的，又不是我要拖妳們去的！」我簡直氣得差一點就哭出來。錯的又不是我，爲什麼我要挨她們罵呢？是誰拆了那賺食寮仔我也不知道，反正它是沒有了，只是一片空地了。而且很奇怪的是，那裏立著一個木牌：「浸信會建築用地。」

我們猜來猜去都猜不出浸信會是什麼東西。那塊牌子正是插在那叢胭脂花旁邊。再沒有什麼人要來摘這些花去塗指甲了。那些賺食查某都不知哪兒去了。以後媽媽又可以帶我回外婆家去吧?不過，說實在的我也沒什麼興趣了。

爲什麼要把賺食寮仔拆掉呢?大概是和媽媽叫我不要看一樣的道理吧?可是喜玲卻說，一定是賺食寮仔賺了很多錢，現在把它拆掉要蓋大樓了。

「那爲什麼不叫賺食寮仔建築用地，而叫浸信會建築用地呢?」

「是呀，眞奇怪，浸信會到底是幹什麼的?大概和賺食寮仔一樣的。」

「瓔仔，妳回去問妳大哥，他一定知道的。」

「我才不敢，如果要問他就要把今天的事情說給他聽，那要挨他敲腦袋的呀!」

「以後我們再去看就知道了。反正建築用地就是要蓋房子的，蓋了房子我們再來看，到底浸信會是幹什麼的。」

「等他們蓋好房子，恐怕我們都上初中了。」

「那有什麼關係?反正那房子有一天要蓋起來就是了。」

雖然這樣說，沒有看到賺食寮仔的她們還是失望得要命，所以最後竟一邊騎車一邊罵起我來了。媽媽叫我不要管閒事，現在想起來是有道理的了。

第二天早上，我一進學校就看到肉瘤伯的女人正在抽水機那兒抽水。林老師似乎正在和她說話。我從他們旁邊走過去，林老師笑著說：

「丁老師昨天晚上生了一個男孩哩！」

「哦，那誰照顧阮老師的小孩呢？」

「我正和她商量嘛，請她幫忙照顧一下。」她指著肉瘤伯的女人說。

「我回去問老頭子看看啦，伊要是肯，我就來告訴你啦。」

我走進教室，覺得林老師眞是傻瓜，竟然要請一個賺食查某照顧小孩。不過，也許他根本就不知道她是賺食查某吧？管他，我決定不管閒事了，隨他們去吧。過了一下，我聽到那女人在五乙那邊走廊上對林老師說：

「林老師，咱的老頭說好啦，伊說可以去給你們燒飯啦。」

「一個月給妳三百塊，可不可以？」

「隨你給啦，多少錢都沒關係，反正我也沒什麼事。」

肉瘤伯眞是倒楣，好不容易找了一個女人來燒飯，不到三天就又被老師請走了。肉瘤伯不是又要蹲在那兒，一邊咳嗽一邊升爐子了麼？

中午吃過飯我們都跑去宿舍看丁老師的兒子。也看不出長得像誰，小小的臉紅通通的，又密又黑的胎毛一直垂到頸邊。

「妳們看，老師終於生個男孩了。」丁老師高興的說。

玲玲和珠珠、小翰和小賢四個小傢伙七倒八歪地在榻榻米上睡午覺。林老師又騎車到鎮上探望阮老師去了，當然也是想順便告訴他們，丁老師生了兒子吧？肉瘤伯那女人好像正在厨房裏洗刷什麼東西，很忙的樣子。

「這歐巴桑眞是不錯，從早上來到現在，一直在幫我洗刷厨房裏的東西。平常我忙，根本沒有刷過鍋子，實在也夠髒的了。」

丁老師很安慰地瞧向厨房那邊笑著。以前丁老師生小孩都是林老師一個大男人又要教書、又回去燒飯的，這次可能因爲阮老師開刀，小翰、小賢寄住在她家，忙不過來才臨時請人吧？這樣我更相信洋人一生下來就把闌尾割掉是很有道理了。林老師說闌尾在身體內根本沒有什麼用處，也就是說，無可無不可的一種廢物。如果不是怕開刀，又何必覺得棄之可惜呢？

「太太妳說要殺雞，可是我不敢殺呀！」

「那就等林老師回來再殺好了，反正他當歸還沒買回來，現在殺了也不能馬上下鍋蒸。」

「沒關係啦，我把雞抓回去叫咱那老頭殺。殺好了還得拔毛，等林老師回來再殺就太晚了咧！」

「可以呀，妳就抓回去叫肉瘤伯殺吧。」

「太太，為什麼妳們都叫他肉瘤伯呀？」

「他頭上長了一個雞蛋大的瘤，妳沒看到麼？大家都這麼叫他，他姓什麼我們反而不知道呢。」

「姓王嘛，我都喊他王亮。」

「哦，原來是姓王。」

那女人走到燈籠花圍起來的後院，在一羣咯咯亂叫的雞裏抓了半天，抓了一隻白色的雞，拿了一個要盛血的碗就走了。

「太太，我一下就回來呀，妳不要起來啊，不然要敗了身子的。」

「這歐巴桑人眞好，」丁老師望看她走出去的背影說：「肉瘤伯年紀這麼大了，還找到一個這樣好的女人作伴，眞是前生修的福。」

噹噹噹噹噹噹……

下午第一節的上課鐘響了，我們走回教室去。我簡直弄不清楚賺食查某到底是怎麼回事了。媽媽連看都不許我看，而丁老師卻說她是一個好女人。下午第一節是自修課。阮老師去住院，六年級的廖老師來教我們國語和常識，可是自修課就沒有老師來管我們了。說是自修，其實大家都在聊天。桌上攤著書啦、筆記本啦、鉛筆盒啦，如果校長來巡視，趕快靜下來裝作自修，校長走了還不是又聊起來了。這一節我卻一直想著媽媽的看法和丁老師的看法到底有什麼區別。後來我終於想淸楚了，一定是因爲肉瘤伯的女人不再住賺食寮仔，所以變成一個好女人了。這樣說，把賺食寮仔拆掉是對的。不過，浸信會到底是不是比賺食寮仔好呢？又有什麼不同呢？我想林老師或者阮老師或者廖老師大概知道吧？可是想來想去還是不問他們好，不然他們一定會說你爲什麼問這個等等類似的話。算了，反正我會慢慢長大，有一天我也會弄淸楚是怎麼回事的。

阮老師終於復原了，丁老師也滿月了，又都回學校來敎我們，一切又都和從前一樣了。肉瘤伯的女人仍然在替丁老師燒飯看小孩。丁老師時常說著那歐巴桑是多麼地勤快，又多麼地善待她的孩子甚至阮老師的孩子。我想丁老師或者林老師或者任何人一定是不知道她以前是個賺食查某吧？不過，說不定媽媽在和阮老師閒談時會說出來也不一定。反正她現在不是賺食查某；我們終於了解肉瘤伯所謂的「燒飯的」，其實就是太太的意思。現在她是肉瘤伯的太太了。我們都跟著丁老師喊她歐巴桑。爛頭阿武他們幾個缺德鬼，有次竟故意喊她肉瘤婆，她就嘻嘻笑著說：「小孩子免亂講，我頭上又無生著一個肉瘤。」

怪聞

那朵向日葵已經謝了。花房長滿了纍纍的花籽。再也沒有人寶貝般去圍在它旁邊，看著它面向太陽的微笑。它謝了，像懷孕女人那樣不勝負荷地垂下頭，等待花籽的成熟。大家都去向張老師要花籽，他答應成熟的時候要分給每個人一粒。

大概是丁老師滿月後的第一個禮拜天下午，我正在看一本爸爸新買回來的學友，廖喜玲突然跑來對我說，李老師昨天晚上住在張老師家，不回鎮上去了。她說今天上午我們還在補習的時候，張老師就陪李老師到她家去，叫她姊姊到鎮上去幫她拿幾件衣服回來。

「那妳姊姊去了沒有呀？」

「去了嘛，去了又回來了。李老師的爸爸不讓我姊姊拿衣服，他說李老師有本事不回去，就什麼也不許回家拿，以後也不要她回家去。」

「這樣張老師就算結婚了麼？」

「是嘛！我姊姊說這樣就算結婚了嘛！」

「奇怪，人家結婚都要穿紗衣、坐花車，李老師爲什麼不要呢？像歐巴桑一樣，到肉瘤伯那裏住下來就算結婚了。」

「歐巴桑那麼老了，還穿什麼紗衣？別笑死人了。李老師她還不是想穿，沒有辦法呀。」

「那她沒有衣服穿了，怎麼辦？」

「我姊姊借了幾件給她。另外在鎮上幫她買了一些內衣褲之類的。」

「李老師的爸爸眞奇怪，那些衣服不給她，給誰穿呢？」

「傻瓜，是故意不給她的，生她的氣嘛！她爸爸叫她不要嫁給張老師，她自己卻跑到張老師家不回去，他當然很氣嘛！」

「張老師人那麼好，李老師當然要嫁給他嘛！」

「唉，他家太窮了。李老師家在鎮上住著漂亮的三層樓房，可是張老師家住的只是比肉瘤伯的房子好一點的茅屋。」

哦，除了說張老師當教員沒出息，原來還有為了房子的問題。的確三層的樓房和茅屋是大大不同。刮大風、下大雨的時候，時常聽到窮人的茅屋被吹倒，可是那些鎮上的樓房卻幾十年來一直那麼雄偉而傲然地佇立在那兒。難怪人家把賺食寮仔拆掉了，一定是嫌那些黑漆的木板屋不牢固而且又不好看，所以要改建漂亮高大的樓房吧？

第二天，張老師和李老師也沒有像以前林瓔仔的大哥和大嫂那樣，結了婚就去蜜月旅行；仍然照樣到學校來上課。結婚似乎也不是什麼了不起的事，除了別人向他們道賀露出滿足快樂的微笑，他們的神色和以前並沒什麼不同。我想，不同的只是李老師以後不能住樓房了，要改住在矮小的茅屋裏。不過那也沒什麼關係吧？反正不管是樓房或茅屋或我們住的磚屋，只要它不倒塌，都是可以讓人睡覺的地方。所謂住，我想就是睡覺的意思。

春天來的時候，我們都把從張老師那兒要來的葵花籽播入泥土。我們幾個甚至比賽著看誰的先發芽、先開花。可是，當張老師在花圃裏種的向日葵已經長到半尺高的時候，我們種的花籽竟都還睡在泥巴裏，不肯探出頭來。

「張老師，我們種的花籽都沒發芽嘛，怎麼搞的？」

「妳們給它澆水了沒有？」

「澆了，我一天澆三次呢。」

「是啊，我澆了四次呢。」

「我每天一早起來澆一次，要上學了再澆一次，回去吃中飯也澆一次，放學回家又澆一次，晚上睡覺前又澆一次。每次都是一臉盆滿滿的呢！」

…………

「妳們幹麼澆這麼多次水啊？」張老師笑著說。

「要它快發芽嘛，我們在比賽看誰的先發芽呢。」

張老師哈哈大笑了起來：

「哦，原來是這樣啊。不過，一個人吃了太多的東西是不是要肚子痛呢？花也是一樣的，一天澆一次，頂多兩次的水就夠了。妳們澆了太多的水，反而把它泡爛了。」

「那——我們的花籽都長不出來了？」

「是啊，長不出來了。不過那也沒關係，下次妳們再種的時候，就知道改過來了。不單是向日葵，任何花都是和人一樣的，需要吸收營養，可是卻不能吃得過飽。」

「哦——」

這對我們的確是個小小的打擊。可是，我們馬上要升上六年級了，雞兔問題、三十六省十二院轄市的名稱等等的惱人的功課，弄得我們連下課時間都沒空跳繩，不幾天便把那爛死的花籽忘得一乾二淨。

過了不久，張老師那些花苗移植到校園的各個角落。我們再也不好奇地去看它一天比一天高了多少，那是去年的事了。今年我們已經知道它是要長得多高、長成什麼樣的花，它已不能吸引我們了。尤其是三八阿美，再也沒有提過要上天吃仙桃那樣的鬼話。葵花再度開放的時候，阮老師已經開始調查我們的升學志願。哪幾位是要投考鄰鎮的省立中學，哪幾位要考我們鎮上的縣立中學，又有哪幾位是要投考農業學校或者家事學校。沒有誰再去站在葵花邊看它跟著太陽微笑。倒是李老師的肚子，有一天突然被我們發現比以前大了，造成了小小的驚奇，不過也沒幾天就平息了。阮老師說，暑假一開始，我們就要作全天性的補習，眞的有點緊張起來了。

「升學考試可不是模擬測驗啊，」阮老師說：「它就只有一次，而且一次就可以決定你們一生的大部分命運。考上的可以一步步的再唸更多書，考不上的只好在家放牛啦、割稻啦、幫媽媽燒飯啦，再也不能唸書了。」

「老師，考不上還可以再考！」

「可以當然可以的，可是卻比人家晚了一年呢。」

「那沒關係，生命是漫長的，是無止境的。」爛頭阿武斷然的說。

那些男生嘩的一聲大笑起來。阮老師笑著說：

「你們這樣的年紀，應該積極向上才對，怎麼可以有那樣的想法？」

「那不是我的想法，是我從學友雜誌上看到的。」

這次連我們女生也禁不住跟著笑起來。阿武和阿美差不多，都是一個三八！

怪死

放暑假其實和不放一樣，除了禮拜天，我仍然每天到學校上學。只有我們一班三十來個學生在上課，校園裏顯得十分冷清。倒是那兩棵已種了十年的鳳凰木的枝梢，異常熱鬧地爬滿了豔紅的花串。此起彼落種著的葵花，有的已經結了籽，有的依然豐碩硬挺得像要震破開來。因為學校的福利社沒有開門，大家又都跑到肉瘤伯那兒去買東西了。

歐巴桑也因爲暑假不必再到林老師家去幫丁老師燒飯，每天上學不是看到她蹲在河邊刷洗鍋子，就是在學校抽水機邊搓衣服。肉瘤伯那頂黑了的綠蚊帳，現在是常時的綠色了。那破了一個大洞的被套也換新了，一朵一朵紅色的玫瑰花攤在床鋪上，給那小茅屋增添了無限的生氣呢。有這樣勤快的女人照顧著，肉瘤伯應該胖起來才對的，可是他的臉色卻反而沒以前好了。原先還有點肉垂下來的奶子更顯得乾瘦，伸進玻璃罐子去掏橄欖的手掌更加地蒼黃；抖呀抖的，有時掏一個橄欖要掏半分鐘，眞是急死人。我們寧可跟歐巴桑買東西，至少她的手比肉瘤伯的乾淨，也快得多。

暑假還沒完的有一天晚上，我正在做算術題，爸爸到外面去理髮回來。我聽到他進了寢室，對正在縫衣服的媽媽說：

「肉瘤伯斷氣了。」

「什麼時候斷的？」媽媽停下縫衣機說。

「大概七點的時候吧？」

「唉，也算是自己找死，那麼大把年紀的人，還去找一個賺食查某來住在一起。幹過那種生活的女人，畢竟和平常人不同的吧？」

「那也不見得是爲了那樣才死的。」

媽媽的縫衣機又響了起來。爸爸拿著眼鏡走出來，坐在我對面的書桌邊。爲了學說國語，爸爸每天都坐在那兒一字一字地看國語日報。碰到不會拼音的字，還得問我一聲。這樣，我碰到了不會做的算術題，也可以順便叫他教我做。

「爸爸，您說肉瘤伯死了呀？」

「嗯。」

「是怎麼死的。」

「老了嘛，快七十歲了。」

「阿美說吃了天上的仙桃可以長生不老，是眞的假的？」

這時媽媽停住縫衣機，隔著門對爸爸說：

「那歐巴桑不知要怎樣呢？她也不能回去了，那邊的賺食寮仔已經被警察局拆掉了。」

「你怎麼這樣傻，又不是只有這兒有賺食寮仔，別的地方到處都有呢。」

眞奇怪，既然是原來的賺食寮仔改建的房子，爲什麼歐巴桑不能回去住？顯然賺食寮仔和浸信會眞的有所不同吧？歐巴桑如果又到別地方的賺食寮仔去住，那麼肉瘤伯的小店便只好關門了，我們就不能再在那兒買東西。還好我們再過一年就畢業了，等考上了中學，鎭上好吃的東西才更多呢。所以我還是要好好的唸書，少去管閒事、問廢話。

因爲要幫媽媽餵雞，第二天我仍像平常的時間去上學。不過我是用跑步跑去的。我想歐巴桑不知是在大哭，還是在收拾東西，準備到別處的賺食寮仔去？越想越急越跑得快，跑到肉瘤伯的小店前已是氣喘如牛，滿身大汗。阿美和林瓔仔早就比我先到，站在亭子脚下往裏看。阮師母和丁老師正站在屋裏跟歐巴桑說話。肉瘤伯還是躺在床上，身上蓋著那豔紅玫瑰花的被子，就像是睡遲了尚未起身一般。

「已經多久了？」丁老師說。

「才兩個多月嘛！」歐巴桑啞著嗓音說，大概昨天哭了一夜吧？

「妳要不說，我們也還看不出來。」阮師母說。

「不是現在他過世了，我怎麼好意思說？這樣多歲數的人了，還要生孩子，眞是見羞得很。本來我也沒想到會懷孩子的，現在有了，他卻死了。」

「肉瘤伯年紀也不小了，幸好有妳這樣好的人來給他送終，不然眞是死後蕭條。」

「說到送終，我倒是眞的來給他送終的。以前他到賺食寮仔來，看我人老實，就叫我回來跟他住。他說他年紀不小了，再活也是不久，跟他住兩年，等他過世了，隨我再到哪兒去，只要把他葬入土就好。他說身邊有幾兩金子，可以給我以後生活。」

「那妳就留下來吧，反正開著小店，還能生活吧？」

「現在懷了小孩我也只好留下來了，不然我又有什麼地方可去呢？賺食寮仔那種地方是不能回去了。我的父母也都早就過世。兩個哥哥，一個在車站當乞丐，一個不知死到哪兒去，四、五年沒見到了，也是生死不知。我眞是命苦，一輩子的苦呀！」

歐巴桑說著哇哇的大聲哭起來了。我突然覺得床鋪上那簇擁著的玫瑰紅得像火光，顯得好刺眼。似乎它該開在綠色的原野，而不該在這陰暗沉悶的小屋裏。那紅光像是一種怒容呢。

這時我們後邊又來了好多男生，也都站在那兒朝裏望著。丁老師說：

「你們都不要在這兒站了，快回到教室自習去。林老師和阮老師到鎮上去買壽材，馬上就會回來給你們上課的。」

大家你一句我一句的走到教堂，無非都在談著肉瘤伯的死。

「說她懷了小孩，妳聽到了吧？」瓔仔問我。

「聽到了。」

「好奇怪呀，那麼老的人了，還會再生小孩。」廖喜玲說。

「肉瘤伯如果看到歐巴桑給他生了孩子，不高興死了才怪呢。」阿美說。

「他本來就死了嘛！」瓔仔說著白了阿美一眼。

「瓔仔，人家只不過在加重語氣，妳就要瞪人家一眼。不跟妳囉唆了，我的算術題還沒做好。」

「呀，我的也還沒做好呢。」

喜玲和瓔仔也都拿出筆記來做。我的算術昨天晚上就做好了。等一下第一節課上算術就要交的。那些男生有的在趕作業，有的還在議論肉瘤伯的死因，吱吱喳喳地有的說什麼腦血管斷了，有的說什麼肚子痛痛死的，又有的說什麼奇怪的風流病，在那兒亂猜一通。管它是怎麼死的，反正死了就是要被人家放到棺材裏，扛到村後的墓地，挖了坑給埋進去。沒多久還不是一堆青草而已。每次清明節我跟著爸爸去掃墓，最愛看人家墓前的碑石上的出生年月日和死人的名字。我總是在那兒跑來跑去問爸爸，這個張李愛以前不知是什麼樣子，那個吳修又是什麼樣子……弄得爸爸簡直有點不耐煩。

「我哪裏知道人家是什樣子？死了，爛了，剩下的每一根骨頭都是一樣的。」

「是嘛！」隔壁一個在墓上壓紙錢的老頭兒插嘴說：「現在看去都是一個樣子，都只是一堆青草而已！」

所以，管它是爲什麼死的，反正死了以後都是一個樣子。

肉瘤伯死了以後，小店依然開著。歐巴桑要看店，就不能去幫丁老師燒飯了。有一天我要去上學的時候，看到歐巴桑的小店門前堆著砍下來的香蕉樹。她正彎著身子，用一把鏟子在把剩一小截的香蕉樹連根挖出來。

「歐巴桑，妳要把香蕉挖到哪兒去呀？」

「不要它了，等一下要丟到河裏去了。」

「為什麼要挖掉？好可惜呀，以後沒香蕉吃了。」

「香蕉我早就吃膩了，現在要來養一羣雞，到我生小孩的時候正好可以吃。」

「妳要在這兒蓋雞棚子嗎？」

「不蓋，只是靠著牆壁圍一圈鐵絲網就好了。白天把雞放在裏面，晚上就抓到屋子裏，不然會被人家偷走的。」

剩下兩棵香蕉根都挖起來了，正好喜玲也來了，她就說：

「妳們兩個來幫我把這些抬到河邊去。我一個人拿太重了，怕動了胎氣。」

我和喜玲把書放下來，就幫著把香蕉葉和根莖都抬到河邊，一把就推了下去。

「歐巴桑，為什麼要丟到河裏呀？」喜玲說。

「沒地方種了嘛！丟到河裏一下子就被水沖走了。不然泡幾天爛掉了，也一樣會沖走的。要是放在我店旁的地上，爛了不知要有多臭多髒呢。」

「原來種香蕉的地方，歐巴桑要養雞，說等生小孩的時候吃的。」我對喜玲說。

河水很快地把香蕉葉子沖走了。可是兩棵連在一起還帶著泥巴的根莖卻被水沖上河心一塊突起來的泥地上。那塊泥地很奇怪，一到夏天時常下雨，河水大，它就整個地被水淹沒了；可是一到了秋天，河水小了，它又慢慢地露出臉來，而且斷斷續續地長出短短的青草。現在它還沒長出青草，大概才露出沒幾天吧？它那微微突起的樣子，眞有點像歐巴桑現在的肚子。她說等今年過了舊曆年，她就要生了。喜玲說，希望歐巴桑生的小孩不要像肉瘤伯那樣，頭上長了一個雞蛋大的肉瘤，下巴也長了一個彈珠大的，還生了三根毛。眞的，如果長得像肉瘤伯，實在是不太好看。

怪生

天氣慢慢地變冷。天黑得比往常早了。可是我們的補習時間，反而延長到七點才下課。每天我們走出燈光明亮的教室，縮著脖子，又餓又冷地走回家時，歐巴桑早已關起店門睡覺了，只聽到雞在屋裏吱吱喳喳、咕咕嚕嚕地吵來吵去。那聲音倒有些像我肚子的叫聲。要不是爸爸當家長會長，他一定叫我不要參加補習的。他說天那麼冷，又那麼晚才下課，餓著肚子太吃不消了。

「像你們這樣的年紀，一定要吃飽、睡飽，才會長得好。」

可是阮老師一再強調升學考試的艱難和重要，當然我要參加補習了，不然考不上怎麼辦？家長會長的女兒竟考不上中學，太丟爸爸的臉了。

「我看你們大家蠻不在乎的，好像以爲升學考試還早呢。你們不要以爲那是明年的事情啊，算算看，現在是十一月，十一、十二、一、二、三、四、五、六、七，只剩下九個月只有二百七十天，一下子就到了呀。上一屆畢業班的升學率很不錯，你們如果比他們差，老師太沒面子了。你們要振作一點呀，只有二百七十天了呀！」

爸爸雖然不贊成補習，可是畢竟也深知升學的重要吧？家裏的事，我一樣也不必幫忙了。每天冒著冷風回到家，媽媽總是又熱了一遍飯菜給我吃。到了九點就叫我睡了。第二天早上五點，媽媽起來做早飯就順便把我叫起來唸書。爸爸說清晨起來精神好，頭腦清醒，唸書的效果比較高，所以一定要我早睡早起。爸爸不希望我唸男女合校的縣立中學，要我去鄰鎮考省立女中。省立女中當然比縣立中學難考得多，所以我非比別人用功不可了。五點唸到六點，媽媽就叫我先吃早飯，吃過飯我還可以唸一個小時，然後走路到學校去。生活過得非常規律，而且非常刻板。什麼跳繩、彈珠、捉迷藏，再也沒人玩了。大家都忙著應接不暇的功課和作業。只有那些不要升學的，每天還是嘻嘻哈哈，照玩不誤。現在他們比我們輕鬆快樂多了，可是以後呢？

歐巴桑的肚子現在是圓鼓鼓的了。今天我去上課的時候，她正一隻隻地稱著雞有多重。那些雞吱吱咯咯地驚叫著。

「都有一斤重了，長得眞快。」

她把稱好的雞都鬆了綁，放回鐵絲圈裏，又把一個給雞喝水的盒子拿出來。

「拿去河裏洗洗，髒死了。」

她拖著臃腫的身子走過馬路。我剛要走進學校，卻聽到她在叫我：

「小眞，妳來，妳來看！」

我轉身跑回去。

「看什麼呀？歐巴桑。」

「妳看看，上次扔到河裏的香蕉樹，長出苗來啦！好幾天前我就看到，今天才想起來對妳說。」

我往河心一望，在那突起的泥地上，果然長出一棵約有一尺高的嫩苗。原先的莖部已經爛掉，成了一堆咖啡色的爛泥。可是就在那堆爛泥的中間，卻長出那棵嫩綠色的苗，可能是原來的根部跑進泥地裏去吧？

「好奇怪，我以爲扔到河裏就會爛掉被水沖走了，哪裏想到還會長出新苗來。」

「現在河水太少了。」我說。

「不曉得會不會長大？」

噹噹噹，噹噹噹……

自習鐘響了，我拔腿跑到學校去。它會不會長大呢？夏天來了，河水就會上漲，再把那塊泥地淹沒。我希望它長得比夏天的脚步還快。可是，即使不被淹沒，一直泡在水裏，不會死掉麼？如果不死，會開花結果麼？

似乎沒有別人發現這新奇的存在。那小小的幼苗變成我和歐巴桑之間的一種秘密。

每天早上我總要站到河邊去看它。它似乎一天一天地在欣然長大。翻捲的葉子一片兩片地連續著長出來。這個觀望的心情和以前期望向日葵長到天上去的心情是一樣的。向日葵現在是一點也不稀奇了。上個禮拜，張老師拿了一個紙袋子，和李老師兩人一棵棵採收成熟了的葵花籽。李老師說葵花籽拿回去炒，非常好吃的。張老師笑李老師說，做了媽媽了，反而比以前貪嘴。

「以前住在鎮上，時常可以去食品店買來吃，現在這村子裏也沒人賣，我自己來炒炒看，照樣可以吃嘛？」李老師說。

張老師從袋子抓了一把花籽出來，分給我們。

「這次記清楚了，不可以再澆那麼多水呀！」他笑著說。

過舊曆年我們放了兩天假。初一的早上，阮師母帶著小翰和小賢來拜年。說過幾句祝福的話，阮師母換了一種口氣說：

「唉，歐巴桑昨天夜裏早產了，眞可憐，生了一個男孩，可惜眼睛卻是壞的。」

「眼睛怎麼啦？」媽媽說。

「睁不開來嘛，而且好像有點腫，又像有點爛。剛剛我去看她，一直在哭她命苦！」

「那怎麼辦？要趕快去鎮上醫呀。」

「她說還要等兩天，她不相信孩子眞的睜不開眼。丁老師在學校保健室拿了一瓶硼酸水，叫她給孩子洗洗看，如果再過兩天還沒睜開，就要送到鎭上去醫。」

「可能是生的時候沒消毒好，眼睛碰到了髒東西。」

「丁老師卻說不是，她說可能是那種病的關係。在那種地方待過的，少不了要得病。」

「哦——對對，那更糟糕，如果嚴重一點，恐怕會變瞎子呢。我看得送去省立醫院看看。鎭上的眼科畢竟設備不好。」

「到省立醫院太遠了，誰去照顧她？在鎭上我還可以去幫幫忙。她剛生完，身子還很弱的。四十多歲的人生頭胎，很不容易的呀，叫了助產士來，不到三十分鐘就生了。」

奇怪，說來說去，阮師母和媽媽只說那種病，那種病如何、是什麼病卻沒有說出來。說了半天，阮師母要回去了，媽媽順便就叮嚀我：不要跑去看歐巴桑，她生小孩很累，要休息的。現在媽媽也不再說賺食查某如何如何了，有時還說歐巴桑人不錯呢。

放完假再去上學，歐巴桑的店門關著，大概正在睡覺吧。那棵香蕉苗已經長得快比我高，現在它不是什麼秘密了，大家都看到了河裏長了一棵香蕉，連林老師也知道了。有一天還說，如果香蕉樹不被水泡爛或被大風吹倒，到了明年春天就會生香蕉了。可是這樣的希望畢竟不大吧？每年颱風總會吹倒一些木瓜樹啦、香蕉樹啦等等的，何況一棵孤單單長在河裏，一無遮攔又無木柱支架的香蕉樹呢？不管如何，我們是希望有一天那香蕉樹長出一掛金黃色的香蕉的。

阮老師說今天一天都要上國語和常識，因為林老師送歐巴桑到省立醫院住院去了。

「老師，為什麼孩子生下來會眼睛睜不開呢？」

「我又不是眼科醫生，怎麼知道呢？」他笑著說。

有的男生不知是什麼事，七嘴八舌地問著歐巴桑生什麼病，不然怎麼要住院？

「歐巴桑生什麼病是她的事，和你們有什麼關係？現在是二月了，還有一百五十天就要升學考試了，你們不專心唸書，還有心情管別人閒事呀？」

下了課，阿美得意的說她的向日葵花籽已經種下去了。今年我一定要贏妳們，她說。

可是喜玲卻學著老師的口氣說：

「妳還不專心唸書，還有心情種花呀？種花贏我們有什麼了不起？如果中學考不上，那才丟人呢。」

喜玲還說，去鎮上參加升學考試的時候，要順便去看看浸信會到底蓋成了什麼樣的房子。可是我卻想著歐巴桑兒子的眼睛，不知是否能醫好？

——原載一九六九年七月《幼獅文藝》

月亮的背面

午睡醒來後的黃昏，愛梅帶著五歲的貝兒去河堤散步。一路都聽到樹上的蟬鳴和振翅歸巢的鳥叫。田野的各種蔬菜和鮮花，一簇綠、一簇紅、一簇黃，直綿延到跟天邊的彩露映在一起。向日葵那挺拔的金色花輪，追隨她的情人轉了一天，在夕暉裏綻著垂睫的疲倦笑容。一天將逝了，她或者正渴待著清涼的月夜給她滋潤和安眠吧。

河堤是愛梅懷孕時丈夫常陪她去散步的地方。丈夫是一個木訥、只喜歡待在家裏看書的人，他聽了醫生的勸告才陪愛梅去散步。愛梅喜歡沿路的菜園和花圃，更喜歡那風裏即使澆了肥也帶著芳香的氣息，那氣息使愛梅感到親切和蓬勃。落日下的原野，在愛梅眼裏充滿了浪漫而柔和的美。

「如果在這裏有一畦地，多好呵。」

「以後有錢妳可以買一塊地。」

可是這似乎是奢望，而且沒有實現之一日了。

河堤其實只是一道灰色的寬闊高牆，看起來是單調無趣的。但站在河堤上的視野，甚至可以看到遠處那模糊的、科學館的圓頂。住在堤下人家的小孩們，一羣一羣的在堤上跑來跑去灌蟋蟀，有的還跑到河邊的蛇籠上玩水或洗澡。白髮的老人總是拉著狗來散步。那些老人有的穿著抄腰的黑褲，有的穿著月白色的蔴布長衫，看起來除了溜狗，他們是沒什麼事好做了。愛梅喜歡逗人家的狗玩，有時還從家裏帶了餅乾去餵牠們。丈夫總是責怪她太隨便了，可是愛梅卻一點也不介意。每次她逗狗玩時，丈夫總是雙手抱胸瀏覽景色，裝作沒看見。他似乎認爲愛梅那樣做有失大體，而且他本來就是討厭狗的人。鄰居的狗時常叫得他睡不著覺，每次愛梅說要養一隻狗，他就會怒目相向，說他和狗是誓不兩立的。

從河堤的石階走下去，有一塊很長的河川沖積地，農人們在那裏種了蔬菜和雜糧。有的地方根本沒有開墾，蔓生著野草和在秋天開了一大片白花的芒草。在野地的盡頭有一座竹屋，愛梅站在堤上，偶爾看到有人走到那邊，坐渡船到對岸去。渡船是一艘很簡陋的木頭船，撐篙的人腰間圍著泛黑的毛巾，頭上戴著笠帽，慢慢把船划到對岸去。好幾次愛梅要丈夫陪她走過長長的野地去坐渡船，丈夫總以她大肚子不能過勞，而且噸位太重而拒絕了。

「等妳生過孩子，一定陪妳去坐。」

可是貝兒出生後一直忙著照顧他，後來又忙著照顧臥病的丈夫，愛梅大概有四年沒到河堤來了；坐渡船和買一畦地，在那逝去的時日裏，都變成了夢一般不確實的渴望。

往河堤去的沿路景物，依然那樣使愛梅心醉。除了多蓋幾座公寓，一切似乎沒什麼改變。充滿欣喜的貝兒，好奇地問著飛鳥、蔬菜和花樹的名字，他在欣喜中還帶著一臉的嚴肅和虔誠。小小的他的心靈，或許已知道尊敬在這宇宙裏生存的所有生命了吧。

以前光禿禿的堤面，現在長滿了野草。到處都是纏綿的雞屎藤，紫色的酢醬草花和白色的野草莓花。貝兒像發現了寶藏似的，蹲在地上採了一大把酢醬草花，但不久又都扔掉了。

「算啦，那麼多，摘也摘不完！」

愛梅彎著腰，在一叢一叢的野草莓裏小心地撥來撥去，希望能找到熟透的草莓給貝兒吃。

「媽媽，妳在找什麼啊？」

「草莓呀。」

「找不到嗎？」

「找找看嘛，也許現在只是開花的季節，不一定能找到呢。」

從堤的這頭走到那頭，愛梅的腰都彎疲了，找來找去仍只是白色的小花。

「還沒找到嗎？」貝兒每隔一下就焦急地說。

「沒有啊。」

「算了，媽媽，我們不是要去坐渡船嗎？」

「是呀，媽媽差點忘了。」

走下河堤的石階，左邊有一塊長方形的朝鮮草地，邊沿上新蓋了三間簡陋的茅舍和四、五個豬圈。一個滿臉皺紋，穿著白色單褂，露出半邊下垂乳房的老婦，正在豬圈邊攪拌嚎叫的豬們的食料。那老婦抬起頭，驚訝地看著穿黑衫，胸口別著白布花的愛梅。愛梅對她笑著說：

「要餵豬了嗎？」

老婦像是有些羞怯地點點頭。

「你們要坐渡船嗎？」她說。

「是呵。」貝兒說。

「恐怕不在呵，釣魚去啦。」

「沒關係，是給孩子坐著玩的。」

過了朝鮮草地，狹路兩邊種著一畦一畦的地瓜、南瓜、胡瓜、絲瓜、黃瓜和豆子。

「哎喲，怎麼這麼多的瓜呀。」

貝兒一樣一樣仔細地辨認那些瓜的葉子，而且指出哪些瓜他曾經吃過，竟都說對了。一切不但使貝兒感到喜悅，而且是一種實際的教育。愛梅想起以前貝兒時常要求帶他去碼頭看大輪船，去車站看長長的火車，去機場看銀色的大鳥，但一切都因丈夫臥病而食言了。以後或者可以帶他去吧，愛梅在心裏計算著休假的日子。

走到那座破爛不堪的竹屋前面，河邊的渡船眞的不在了。竹屋好像荒廢了許久，到處都是破洞，屋頂上爬滿絲瓜的藤蔓，四、五隻蜜蜂在鮮黃的花上飛來飛去。

「媽媽，船在哪兒呀？」

「不知到哪兒去了，剛才那個阿婆不是說船伕去釣魚了嗎？」

「去哪裏釣魚嘛？」貝兒失望得像是連說話也無力了。

「我們等等看，也許等一下他就回來了。」

愛梅在河邊的草地坐下來。貝兒伸長脖子望著河中那些髒兮兮的採石機，不斷提出新的疑問。

「唉，貝兒，媽媽不喜歡它們呀。」

「爲什麼不喜歡呢？它們很好看呀。」

「太醜了，我覺得它們太醜了。」

「哦——」

貝兒依然望著採石機。愛梅無法向他解釋這些可惡的怪物，它們把一條原本平靜美麗的河，挖掘得像老邁的娼婦，而且不把她掏空似乎不死心。

愛梅在草地上躺下來。

「採石機有什麼好看？天空才好看哪。」她說。

貝兒在她身邊躺下來。

「跟媽媽在一起，蛇不敢來咬我吧？」他說。

「是啊，媽媽會拿棍子把牠打死。」

天空的顏色混合著金黃、橘紅、暗灰和淺藍。淡白色的月亮輪廓，好像素描一樣貼在天空上。

愛梅有一顆眞誠而容易受感動的心，看到天空變化不定的色彩、花的綻容和吐芽、蔬菜油綠硬挺的葉子、雨天叫賣茶葉蛋的梆聲、老人臉上刻畫著歲月的皺紋、孩童純淨的笑容、樹的舞姿，烈日裏咔嚓一聲從信箱塞進信來的郵差……她的心靈總是立刻接納了他們，把他們緊緊地視爲知己。這種感動是一種生存的喜悅，即使丈夫逝世後，仍然不因哀傷而喪失這善良的品質，因而依舊感到生存是一種幸福。

丈夫的喉癌惡化後，時常暴躁地叫愛梅去買安眠藥，愛梅沒有去買。即使是那樣痛苦的掙扎，也是跟隨著生存存在的。愛梅從來不因在困境中生活而覺得生存是一種多餘。她甚至覺得只要有蔬菜佐餐、有屋宇避風雨，都是值得感激和喜悅的。

「媽媽，天上怎麼會有白色的星星？星星不是金黃色的嗎？」

「星星要等天暗了才變成金黃色。」

「那月亮也是要等到天暗才變成淡黃色嗎？妳看，現在月亮也是白色的嘛。」

「是呵，月亮也是那樣。」

「媽媽，妳說爸爸還藏在月亮背後看我們嗎？」

「是啊，他一直藏在那裏看我們。」

「他爲什麼還不回來嘛？」

「月亮那邊太遠了。」

「電視上的美國人不是可以到月亮去嗎？我們以後也去月亮那邊找爸爸，好不好？」

「好吧，以後我們再去。」

「坐太空船去嗎？」

「等我們以後去的時候，說不定不要坐太空船了。」

「哦——眞的？」

幼小的貝兒的心靈中，對生死不知存著什麼想法。也許根本不知道死是永恆地逝去吧？不過不知道死爲何事並沒什麼悲哀，愛梅希望貝兒能懂得生存的喜悅和嚴肅。死是瞬間的事，任何人都是對它毫無了解就死去的。

丈夫臨死時還不停地咒罵那該殺的癌菌，說不甘心在壯年就被一羣細小蠕動的東西吃掉。可是當他斷氣後，扭曲的臉慢慢的舒展，進而呈現著一種蒼白的平靜。愛梅沒有大聲哭號，甚至連眼淚都沒掉下來。她平靜地看著丈夫死去，死原就是那麼簡單而靜默。

黃昏似乎就要過去了。天色轉暗，蛙鳴四起，蚊子餓餓的呻吟聲嗡嗡響個不停，貝兒說蚊子老是飛到他腿上來。

「要吃我的血呀。」貝兒賭氣的說。

愛梅拉著貝兒站起來，正好看到渡船靠了岸。戴笠帽的老人揹著竹簍，拿著釣竿，從船上跳到岸上來。

「要坐渡船嗎？」他笑著問愛梅。

「我們等你等得好久喲！」貝兒說。

「天暗了，要回家嘍。你們是坐到對岸去嗎？」

「不，」愛梅說：「是帶他坐著玩的。」

「明天再來坐吧，天黑了，我眼睛不行哪。」

「你眞的去釣魚嗎？」貝兒又問。

「是呀，每天黃昏過渡的人少了，我就把船划到河的下游去釣魚。」

「大魚還是小魚？」愛梅說。

「都是一指多的小魚。有時颳大颱風下大雨後可以抓到大魚。不過呢，小魚炸得脆脆的來下酒，味道可比大魚香呢。」

「你原來不是住在這竹屋嗎？」

「破啦，一下雨就進水。妳看到那邊的豬圈嗎？現在我們倆老搬到那邊去住了。」

「那個女人就是你太太嗎？」

「是呀，我那老伴是個養豬專家，而且會釀地瓜酒，味道挺不錯的哩。」

「給我看看你的魚好不好？」貝兒又對老人說。

「好哇。」

他打開竹簍，愛梅彎下腰，只聞到一股腥味，聽到魚在裏面跳躍的聲音，沉悶而潑辣。

「看不見了吧？」老人說著伸手抓了一把出來給貝兒看。

「哪，要不要，送給你吧。」

老人用芒草葉子串了一串小魚給貝兒，然後哼著輕快的小調走了。

「你們也該回家囉！」他回過頭來說：「明天早點兒來坐渡船！」

貝兒蹲在草地上數魚，然後驚叫著說有七條呢。

「媽媽，妳回家要炸給我吃呵。」

「好嘛。」

採石機已停止了吼叫。天幾乎全暗了，金色的星一盞盞亮了起來。半圓的月亮也不再是淡淡的金色，它的光正好能照見伸在眼前的狹路。愛梅拉著貝兒的手，慢慢走回家去。從貝兒搖擺的手裏，她感覺到他的快樂和滿足。

——原載一九七〇年六月二十八日《中國時報》

寂寞之冬

一

聖誕節早就過去了，街道兩旁的聖誕紅，依然亭亭地在風中賣弄她屬於冬季的豔麗。提著菜籃從騎著摩托車的王醫生面前走過的婦人們，全都縮著脖子，頭上包了頭巾。臨著濁水溪的這個小鎮，在冬季總是無言地承受從寬濶而乾燥的河床那邊吹來的風沙。

王醫生穿了一件咖啡色的皮夾克，手上戴著太太玉秀親織的毛線手套，頭上戴了罩住耳朵的皮帽，臉上掛了風鏡和口罩。今天早晨的氣溫是攝氏八度，這差不多是本地最冷的溫度了。

臨出門前，玉秀正在後院的花圃澆花。

「玉秀，我到鎮上去一下，很快就回來。」

「這麼冷，你去做什麼呀？」

「劉醫生打電話來，他說有點事找我商量。」

「眞的嗎？」

「嗯，」王醫生別過臉，看著牆頭上的鈴蘭：「好像是關於病人的事情。」

「回來吃午飯嗎？」

「大概會回來。」

從來不曾對太太撒過謊的王醫生，眞怕玉秀那純良的眼光，會在他臉上窺破了什麼。

「劉綜合醫院」的黑色招牌，從王醫生面前晃了過去。

走完短而冷淸的街道，車子轉入向南的縱貫公路。映著陽光的柏油路兩旁，是一畦一畦收割過的暗黃色稻田。嫩黃色的油菜花，這裏一畦那裏一畦地在風中搖曳著。來來往往的公路局車子，車頭上都掛著「往台中」或「往嘉義」的牌子。就是沒掛牌子的卡車、轎車或計程車，也都有著一定的旅程和終點吧？我的終點是何處呢？這沒有終點的惶惑，就像颳在臉上那冷冽的寒風，一路上凄涼而痛楚地鞭打著。因著這雙重的鞭打，王醫生越來越感到虛弱，幾乎不能控制自己的雙手。這雙能替病人診治和注射的手，現在是熱呼呼地顫抖著，王醫生感到它們已在玉秀親織的手套裏汗溼了。這雙手好像已不屬於自己，它們像是夢遊症患者的脚，正在導引自己走向一處連自己也不知道的異界。

「不行，太快了。」

王醫生好像在告訴別人似地自語著。車子快得使他感到像是面臨一種毀滅。

「這樣太危險了，我還不想死啊。」

他幾乎能聽到自己呼救似的叫嚷聲。

差不多因著這種面臨死亡的恐懼，王醫生這才重新意識到自己的手的存在。他旋慢油門，在路旁的木麻黃樹下停了下來。

「啊—怎麼搞的？」

王醫生搖晃著頭，長長地嘆口氣。颳在臉上的風靜止了，一畦一畦的油菜花，在陽光下黃得耀眼而嫵媚。王醫生脫下手套，讓冷風把他冒汗的手吹涼。

「難道我瘋了嗎？」

王醫生疲倦地在木麻黃樹下的草地坐下來。

要不是停下車來，也許現在已倒在血泊裏，或者走入生死交隔的異界了。沒有高血壓，也沒有心臟病或者癌症，五十二歲還不是該死的年齡吧？而且跟玉秀說到鎮上找劉醫生，卻因車禍死於縱貫公路上，將留給玉秀多大的困惑和痛苦呢？

手似乎被風吹得很冰了，王醫生重又戴上手套。田野沒什麼農人，只有油菜花熱情地款擺著。這時候回去，太早了吧？那些女人一定還沒搬走。剛才從家裏出來時，那道淺藍色的木門還沒打開呢。黃的油菜花和藍的木門，在王醫生眼前交替浮動著。玉秀沒想到，他是爲了那道門而到鎮上來吧？也許她知道，只是裝不知罷了。不管知或不知，王醫生都感到自己是在欺騙玉秀。雖然只是一句謊言，但心裏的掙扎，不是已隱瞞很久了嗎？

好像有一輛車子在背後的路邊停下來。王醫生回過頭，看到一輛警察坐的吉甫車。一個胖臉的警察探出半個身子說：

「這位先生，你是不是有什麼地方不舒服啊？」

「沒有……沒有啊。」王醫生站起來，尷尬地笑著。

「有什麼事需要我們幫忙嗎？」

「沒有，我只是有點累，在這裏休息一下。」

「啊——是這樣嗎？那我們打擾你了。」

「哪裏——沒關係的——」

吉甫車開走了。望著吉甫車遠去的影子，王醫生才驚醒過來，因而意識到自己的行徑，可能給過路的人荒唐而疑惑的感覺吧。

還是走吧，他想，到老劉那兒混時間也好。

老劉的太太前年年底坐遊覽車去環島旅行時，車子在蘇花公路發生車禍，當場就去世了。今年夏天才續絃了一位在台北某公立醫院當婦產科醫生的老小姐。不久老劉就在續絃夫人的建議下，擴建了四層樓的醫院；另外聘請了一位外科醫生，一位檢驗員，買了透視設備等等，把「劉內兒科」改成了「劉綜合醫院」。

老劉的續絃夫人叫貞慧。聽說是台南那邊一個富商的獨生女兒。嫁過來時的陪嫁是二十萬銀行存款和價值不詳的一大批首飾。貞慧的身材很矮小，穿起白色的醫生服時，胸部平平的，一點也看不出乳房的樣子。但是那張架著眼鏡的臉是白皙的，看到人總是笑瞇瞇地漾著一股溫暖的氣息。要不是老劉親口說她三十五歲，王醫生真以爲她不過是二十六、七歲罷了。

車子停在醫院的走廊下。上了鎖，王醫生拉開玻璃門走進去。劉醫生在「內兒科」的診察室裏，正低著頭在病歷上寫著什麼，王醫生沒招呼他就走了過去。外科室的林醫生在替一位病人淸洗頭部的傷口。貞慧不在婦科室，也不在檢驗室。坐在條櫈上等看病的病患們，一個個對他疑惑地打量著。王醫生渾身像爬滿了毛蟲般地不自在起來。今天是怎麼啦？難道我所有不能爲人知的困惑，都淸楚地在臉上寫出來了嗎？王醫生有點心虛地摸摸臉，這張臉不過比剛才暖和些罷了。

王醫生最後還是走進了劉醫生的診察室。這次劉醫生一眼就看到他了。

「咦，你今天又替自己放假啦？」劉醫生說。

「偶爾一兩次嘛，有什麼關係？」

「話不能這麼說呀，最近流行性感冒很厲害，我有時忙得連吃飯的時間都沒有呢。病房還住了三個患肺炎的孩子，都是感冒後併發出來的。怎麼，你那附近沒有嗎？」

「有是有，沒這麼嚴重。」

劉醫生把開好的處方和病歷，交給站在旁邊的護士，讓她拿去藥房配藥。

「連貞慧都病倒了呢。」劉醫生說。

「也是流行性感冒嗎？」

「是呀，而且她有孕了，我硬逼著她在四樓休息幾天，不讓她下來接觸病患。」

劉醫生一邊替病人聽診，一邊露出滿足的笑容。他的前妻一連生了四個女兒，現在的太太又懷孕了，他大概很希望生個兒子吧？

「老劉，要是生個男的，你可得大請客囉。」

「那當然！那當然！」

裝在窗上的抽風機，混合著病患的咳嗽聲，王醫生越聽越感到自己站在那裏百無聊賴。別人不都很忙碌嗎？爲什麼你竟在別人的忙碌裏混時間？

劉醫生桌上的電話，這時恰恰響了起來。劉醫生正忙著開藥，王醫生一把就抓起了話筒。

「喂，是劉醫生嗎？」

多巧，那是玉秀打來的電話。

「我是王醫生啊，」他開玩笑地說。

「哦，你是德厚嗎？你們的問題談完了沒有？」

「有什麼事嗎？」

「來了好多病人，又都走掉了，你到底什麼時候可以回來？」

「十二點以前一定回去，好吧？」

「好啊，我等你吃飯啊。」

玉秀把電話掛斷了，王醫生放下話筒，心裏慶幸著自己正好接到了電話。

「怎麼，玉秀打電話來查行蹤嗎？」

「嘿嘿，」王醫生空洞地笑起來：「叫我回去吃午飯嘛。」

「不在這兒吃嗎？我聽貞慧說，今天買了雞呢。」

「不了，我答應了玉秀要回去的，你也忙，我改天再來吧。」

「也好，等流行感冒過了再說。貞慧一直想去你的魚池釣魚，總是忙得抽不出空來。現在她又在害喜，不知哪天才能去。」

「有空就來嘛，反正我隨時可以奉陪。玉秀的刀工很不錯，鯉魚切的生魚片，鮮美得很哪！」

「你吃來吃去還不是一副排骨相！」

「排骨有什麼關係？硬朗得很哪！不相信我們比比看，看你這胖子和我這瘦子，誰的命長！」

「唉，王兄，算了吧，現在這時代啊，健康的人不一定長壽！」

王醫生聽得出來，劉醫生的話是向他再次解釋前妻的死是一種惡運。能夠解除別人病苦的人，仍不得不相信，人的生命是有著某種人力所不能抗拒的惡運存在吧？

雖然娶了比前妻年輕而又能幹的貞慧，劉醫生對於死去兩年的前妻，仍懷著一份特別的情愛吧？王醫生記起那段初喪妻的時日，劉醫生幾乎每天都去他的魚池消磨時間。他常拿著釣竿凝望碧綠的池水，魚兒把餌吃光了也不知道。本來很善於垂釣的人，那段日子他釣起來的，卻總是懸在半空中的釣鉤。他沒有提及妻子的死給了他什麼哀慟，可是他的哀愁完全從他寂寞而癡呆的臉上流露了出來。

娶了貞慧以後，或者因爲新婚的甜蜜，和醫院的擴充太過忙碌，劉醫生不曾再去釣過魚。如果他和貞慧來釣魚，不會再只是釣起一隻細小的魚鉤吧？也許他根本就忘了釣起魚鉤的那回事了。可是說他完全忘了前妻，王醫生是無論如何也不相信的。一個和自己共同生活了二十二年，而且和她生養了四個女兒的人，是能夠完全忘懷的嗎？

告辭了劉醫生，從醫院走出來，才十一點十分。從鎮上騎車回到村子去，不過二十分鐘的行程。這時回去，似乎還稍稍早了一點。王醫生騎車到菜市的食攤去，坐在條欖上要了一碗肉焿和蚵湯。無非是在打發時間罷了，王醫生慢吞吞地吃著。雖是味道很美的點心，王醫生總不免想到裏面竄動著成千上萬的細菌。他一向就吃不慣外面賣的食物。玉秀做的飯菜雖不是很精緻，至少吃起來很放心。就像她那個人吧，雖不是頂動人的女人，但渾身都散發著一種潔淨而溫柔的氣質。他似乎被她那種氣質整個地溶化了進去，以至於二十多年滿足而幸福地固守著她給他的一切；而當她不能再很完整地給他什麼時，他竟陷入了困惑而寂寞的深淵，而且一直堅持著他的忍耐。

王醫生看著週圍各種不同的食攤。那些排列得顏色鮮豔的魚肉、青菜，那些油膩膩的碗盤杯筷，那些揮之不去的蒼蠅……

「唉——」

實在是吃不下去了。蚵湯很鮮美，可是喝起來還有沙子，而且湯裏總是放了一大匙味精的。王醫生望著擺在面前那一大鍋直冒熱氣的肉焿，這時他竟痛恨起自己，爲什麼不能像別人那樣安心地享受一下家庭之外的美味！人家不都說換換口味嗎？爲什麼我竟不能那樣呢？

「咦，王醫生，你也來吃點心啦？」

王醫生側過頭，看到一個頭髮灰白的老頭，坐在隔壁的食攤上，那邊賣的是肉圓和魚丸湯。

「你也到鎮上來啦？清河伯。」

頭髮灰白的老頭咳嗽了半天，朝地上吐了一大口痰。

「唉，氣管發炎啦，我去你家，你太太說你不在啦，我才到鎮上來看嘛。」

「哦，那眞是對不起，我有點事情。」

王醫生望著直從鍋裏往上冒的白煙，心虛得不知該說什麼。明明是坐在點心攤上混時間，還跟人家說有事情。

「我跟你講啊，王醫生，你不在家不知道啦。」

「什麼事？」王醫生緊張得差點站起來。

頭髮灰白的老頭又咳了半天，吐了一口痰。

「你們對面那家天天樂的女人呀，臨要搬走還在罵你呢。」他比手畫脚地說。

連正在忙著切肉的食攤老闆都抬起頭來，對王醫生深深地看了一眼。

「哦，這樣嗎？」他強裝笑臉地說。

「嚇，那些買賣女人，不得了哇，什麼下流話都敢罵出口。伊娘的，確實是沒臉皮！」

護蓋了半天的瘡疤，還是叫人揭著了，王醫生痛得頃刻間漲紅了臉，一句話也說不出來。他默默地站起來付過賬，又走過去替清河伯付賬。雖是一點小小的禮貌，卻好像那樣做是爲了要堵住他那張愛說話的嘴巴。

「那麼，我先走一步啦，清河伯。」

「沒關係的啦，」清河伯又在他的瘡口上戳了一下：「已經搬走啦，以後我們那村子啊，算是平靜下來啦。」

「嗯，是啊，就是那樣啊。」

王醫生急急地推著車子走開，老遠還聽到清河伯的咳嗽聲。

出了菜市，王醫生就發動了車子。聖誕紅還是在冷風中搖曳著。不管現在幾點鐘，反正那些女人是搬走了。清河伯在食攤上揭著他的痛處，雖然使他難堪，但那等待已久的事實，是由清河伯親口說出來的，王醫生仍然對他懷著感激。

並不是怕那些女人的咒罵才到鎮上來的。誰會想到王醫生的心境，竟是一種死別般的哀愁和寂寞！而又有誰相信，堅持把她們趕走的王醫生，是最不忍見她們離去的人！

在走廊下熄掉馬達，正好聽到鐘敲十二下。王醫生沒有回頭去看那淺藍色的門面，醫院裏還坐著三個病人呢。

「回來啦?王醫生。」

「啊，眞失禮，累你們久等啦。」

王醫生除掉帽子和手套，洗過手就開始診病。玉秀好像還在做菜，煎魚的香味從厨房那邊飄過來。

可是吃午飯時，王醫生竟一點胃口也沒有。玉秀一直對他敍說那些女人搬走時的情形，她的話只是比清河伯更詳細罷了，卻同樣使王醫生感到痛楚。他原很希望知道那些女人在離去時會說些什麼，可是現在聽起來，不管她們說些什麼，都同樣使他覺得她們一個個握著雪亮的利刃，成羣地在朝他的胸口狠狠地戳著！

好像是一種巧合的戲弄吧，玉秀做的也是蚵湯。自然玉秀做的蚵湯是很潔淨、一粒沙子也沒有的。然而王醫生只喝了一碗湯就放下了碗筷；這時玉秀的敍述還在斷斷續續地連接著。看到他只喝了一碗湯，連菜都沒吃一口，玉秀驚訝地說：

「咦，德厚，你怎麼啦?」

「唉，外面風沙太大了，我有點累。」

「會不會也染上感冒啦?」

「不會吧，只是有點累罷了，在劉醫生家又吃了些點心，所以沒什麼胃口。」

「哦，這樣嗎?」玉秀微皺著眉看他一眼。

王醫生的兩手揉搓著臉。玉秀像是窺測出他的謊話了，不得不用手揉搓著來掩飾躁熱而可能很紅的一張臉。

「我去躺一下好了，有病人來再叫我起來。」

王醫生站起來，朝臥室走去。和衣躺在床上時，他聽到玉秀走到前面的診療室，叫藥局生阿宏進去吃飯。接著聽到電視的聲音爆開來。王醫生恍惚地睜開眼看著臥室的四週。拉上金黃色窗簾的臥室，浮動著柔和的光影。梳妝台上的兩朵白菊，像美麗的啞女，用沉默的注視在對他傾吐著什麼。好潔淨而又帶著一點兒浪漫氣息的寢屋啊，我怎能從這裏走出去，而去向那些廉價的女人和她們大衆化的、只是床而不是寢具的臥榻要求什麼？

屋裏迷漫著一股淡香。王醫生分辨不出那是菊花或玉秀用的什麼化妝品。他閉上眼，在這香味裏疲倦而安心地睡著了。

二

流行性感冒好像接近尾聲了。午後的時刻，又恢復了往日的清閒。送走了最後一個病人，王醫生搬了一把鋪著奶油色椅墊的籐椅，坐在醫院的走廊下。

冬日的陽光慵懶地睡在柏油路上。路上沒什麼行人，只聽到街上四處都是電視裏的歌仔戲苦旦唱著送夫遠行的苦調。王醫生蹺著二郎腿，雙手抱在胸前，兩眼平視著街對面那道藍色的木門。那道門是自己用了多大的力量和決心，才讓它閉起來的啊，可是閉起之後的那道門，為什麼還存著一種誘惑呢？王醫生眞想踩過柏油路上的陽光，去拉開那道門，看看裏面還遺留些什麼。廉價的脂粉味嗎？破舊的奶罩和三角褲嗎？隔著一小間、一小間的甘蔗板嗎？

王醫生又經歷了一次幾年來時常遭遇到的掙扎：去還是不去呢？而去了又如何？你難道是為了那些已發霉了的剩餘物質而去的嗎？即使什麼原因都不是，王醫生依然沒有跨過陽光去拉開那道門的勇氣。

「喲，王醫生，你現在進去有什麼意思哩？那裏如今只不過剩點兒騷味罷了。……」

王醫生受不了想像中街鄰們類似如此的閒話。即使鼓起最後的勇氣，不管別人怎麼看或怎麼說吧，事實上你也只能走到那道門的門外了。它已經鎖了起來，想進也進不去了。那道以前任何人都可以走進去的自由門，現在有誰想進去呢？從街上走過都不見得會扭頭望它一眼了。

已經搬走四天了，掛在屋簷下的「天天樂公共茶室」招牌，不知為什麼還沒拿下來。畫在招牌上的半身女人，留著猩紅色的長髮，身上只穿著奶罩，還在賣笑呢。屋簷底下的粉紅色磨石地板，如今空無一物地在陰影裏躺著。那走廊有點像自己的心境，一到冬天就寂寞起來。以後它或將懷抱著永恆的寂寞了，而我呢？

懶洋洋的陽光，漸漸使王醫生感到刺眼，終至於睏倦起來。一閉上眼，盛夏的影子就整個地在他心頭上閃出來。

樸實而簡陋的這條鄉村街道，和劉醫生他們鎮上正好相反。在冬季乾枯了的鳳凰樹枝椏，總是一到夏天就一堆緊鄰一堆地燃起火紅的花叢。蟬聲在樹叢間噪叫得好放肆，繁密的樹蔭總遮擋著毒烈的陽光，柏油路像是一天到晚躺在涼爽的陰影裏。王醫生不論何時從他替病人診病的桌前望出去，眼前總是一片紅紅綠綠的夏之喧嘩。夏日的晴空像被濃蔭隔開到一處很遙遠的地方，一眼望出去，只見到火紅的花叢下，天天樂公共茶室的粉紅色走廊上，三三五五地浮動著一些粉紅色的幻影。

這幻影第一次出現在王醫生眼前時，他幾乎楞得忘記了眼前的病患正在對他說些什麼。病人走後，王醫生才認眞地凝視著那些幻影。

而那不是幻影啊；那些膚色不一、肥瘦各異的女人的臉孔和身體，全在久久地凝望裏變得眞實起來。她們幾乎是逼到他的眼前，對他作著邪惡的誘惑。天氣眞有那麼熱嗎？那些女人全都只穿著奶罩和三角褲：白的、粉紅的、鵝黃的、大紅的……手上和脚上的指甲也都塗著血紅的蔻丹，臉上更是塗抹得黑的黑、白的白、紅的紅……。天啊，那兒眞像是花圃。玉秀的花圃不是有著各色花卉嗎？可是，多麼不同啊，玉秀的花圃散發著新鮮而純淨的香味，對面那些女人的色彩卻讓王醫生敏感地嗅出一種齷齪的氣息。

看淸眞相之後，王醫生幾乎十分不耐地調開了視線，依然在沒有病患時，以閱讀醫學雜誌裏有關現代醫術發展的動向和一些新的臨床實驗報告來打發時間。可是，那些文字變得像滾球，在他眼前滾來滾去，他的眼睛竟無法捕捉一個固定的字句了。整個心裏被一種炫惑和憤怒充塞著：怎麼在這樸實的農村，竟出現了這些女人呢？她們從哪兒來的？是誰叫她們來的？王醫生覺得自己的心已被攪亂了；而且這村落裏的其他人，也必然會被攪亂吧？王醫生想到，在這農村持續了數十年的、農民們那勤勞質樸的習性，已經面臨破壞了。那些女人邪惡的舉止和齷齪的氣息，不都潛伏著一種破壞的危機嗎？爲什麼自己竟不曾先察覺這種危機的前奏；而且它們是在離自己僅二十步距離的對面屋裏產生出來的！王醫生覺得身爲前任鄉民代表主席的自己，已在無意中犯了某種不可饒恕的罪行，至少在責任上是不能釋然於懷的。

王醫生終於從病患的口中得知，那家茶室是一個叫阿桃的女人開的。

「阿桃是誰啊？不是我們這兒的人吧？」

「哎呀，王醫生，你眞的不知道嗎？阿桃是現任的鄉民代表主席廖大有的老相好啊。是從嘉義那邊搬來的。」

「啊，眞的？我眞的不知道呀。」王醫生喪氣地說。

王醫生想起這位新任不久的鄉民代表主席。他是一個三十六、七歲，身材長得很魁偉結實的年輕人。住在港後村，家裏也是辛勞終年的農家。廖大有以前是個優秀的拳擊選手，初農畢業後就以拳擊選手的姿態，四處出去比賽。這次的鄉民代表改選，王醫生他們老一輩的代表，差不多都因任期屆滿而不得不退出競選。新的鄉民代表都是鄉裏比較年輕的所謂少壯派人物。這些代表很多都是和廖大有一起練過拳擊的所謂拜把兄弟。他們既年輕、經濟上也沒什麼實力，只是一雙手的力量比別人大而已。老一輩的代表，雖然有文盲，開會時打瞌睡、抓脚丫，或帶著電晶體收音機聽歌仔戲，對鄉政建設沒什麼貢獻，只是求得一種小小的政治虛名罷了。但那樣的代表，畢竟不是大多數，而且即使那樣，說起來他們還算是忠厚的人物。比起那些靠拳頭的力量登上民意代表席次的年輕人，愚昧的文盲反而顯得樸素而可愛多了。

那天下午，王醫生忍不住搖了一個電話到大義村的鄉民代表會去。接電話的李秘書，一聽就聽出了王醫生的聲音。

「哎呀，王醫生，有什麼貴事嗎？」

「好久不見了，請你來吃頓便飯怎麼樣？」

「好呀，你說個時間吧。」

「今天晚上怎麼樣？我叫大城伯釣兩條魚，讓玉秀做生魚片給你下酒。」

「好呀，我下了班回家交代一下就去。」

李秘書年紀比王醫生大五歲，他的身材有點老來發福，除了喜歡喝點酒，沒什麼別的嗜好。他的脾氣很隨和，工作的速率雖然慢一點，但態度很認眞，也不會在代表會裏樹立派別、鈎心鬥角，或勾結貪汚，王醫生認爲李秘書是個很好的公務員。

放下電話，王醫生就吩咐阿宏去叫看管魚池的大城伯釣兩條鯉魚，順便買了半打啤酒放進冰箱冰起來，又叫玉秀殺了一隻一斤重的嫩母雞。

黃昏的時候，李秘書果然依約而來。那時夕陽的紅暈正透過鳳凰樹的枝梢，潑灑在柏油路上。整條街散發著一股說不出的浪漫氣息。下田的村民荷鋤歸家了，那些袒胸露背的女人，還是三三兩兩地坐在走廊上賣笑。

「李秘書，你看到我這醫院對面開了一家公共茶室吧？」王醫生開門見山，第一句就把他的氣憤說了出來。

李秘書回過頭看了那些女人一眼，又回過頭來看王醫生，兩隻手懸空搓了半天，只是笑，他的笑似乎是十分無奈而又難爲情的。

「怎麼？你認爲是喜事嗎？那麼好笑！」王醫生拍著李秘書寬大的肩膀，開玩笑地說。

「唉，」李秘書嘆著氣：「有些人可能認爲是喜事呢。」

「這家公共茶室，聽說是廖大有的姘婦開的，你知道吧？」

「知道啊。」李秘書無奈地說。

「太不像話了，」王醫生一邊倒汽水、一邊說：「本鄉的鄉民百分之九十是以農爲生，每天都要下田耕作。數十年來，沒有人想到要開什麼公共茶室，連電影院都沒有啊。現在竟然由鄉民代表主席鼓動他的姘婦來開茶室，簡直太不成體統了。一個民意代表主席，怎麼可以率先敗壞本鄉的社會風氣！」

「唉，現在的年輕人，什麼鬼腦筋都有啊。你不知道吧，王醫生，現在的廖主席他們那一幫人，背後都喊我老鴨子呢。」

「哈哈，這倒有趣，你怎麼成了老鴨子啦？」

「說我思想落伍，跟不上時代潮流啦。」

「怎麼樣才算跟上時代潮流啊？開公共茶室嗎？打拳擊嗎？」

「你知道，王醫生，現在這些新任的年輕代表，跟你們那時的老代表比起來，眞是大不相同了。開會的時候，替鄉民講話，滔滔不絕，有條有理啊。私底下呢，都在爲他們的錢袋打算盤。張代表開了一家營造廠，專門包辦鄉裏的各種工程。薛代表買了一輛舊卡車，包辦所有工程的運輸工作。這雖然是張代表和薛代表的私營事業，可是每個代表都可以分到一點油水的啊。」

「赫，這也算是跟上時代潮流啦？」

「再說這個廖主席呢，本來他沒想出什麼專門性的財源，又是主席的身分嘛，不好意思硬跟別的代表搶生意。後來才想到要開一家公共茶室。起先我還勸過他，他卻說本鄉沒有一家娛樂場所，鄉民都跑到外鄉鎮去娛樂，把錢送給外鄉鎮的稅庫，太可惜了。他說開了這家公共茶室是包賺的，鄉民也可以就近娛樂了，是利人利己的事啊。」

「赫，要敗壞社會風氣，還得有一大套理論嗎？」

「怎麼？你事先一點兒都不知道嗎？」

「我到台北去了一趟嘛。我大學時的一個教授，從日本到台北開會，我們幾個同學去和他聚了幾天。一回來我才知道這件事。李秘書，你想想看，有什麼辦法讓這家茶室關門？」

李秘書的雙手又懸空搓了半天。

「這……這，不太好辦吧？」他說：「半個多月以前，我還聽廖主席在代表會對別的代表吹噓，說他為了弄到這家茶室的營業執照，託了多少人情，闖了幾道關節。王醫生你也知道的，請領特種營業執照，不在我們鄉鎮機構的權限之內。廖主席既然把那些關節闖通了，我們又管得了什麼呢？」

暮色依然在開滿鳳凰花的街道上展露浪漫的姿容。屋裏已是一片陰暗了。電扇雖一直轉動著，王醫生卻感到有一股巨大的悶熱在繼續擴張，以至於他竟不想站起來開電燈了。在明亮的燈光下，王醫生想像著他和李秘書的表情，必是十分尷尬的。

「要是大家不去光顧，那家茶室總有一天會自動收攤的。沒有錢賺那些女人還會不走嗎？」

李秘書的話，像是爲了安慰王醫生，並且化解他心中的怒氣而說的。

「你想可能嗎？李秘書。在太陽底下放了一塊肉，附近的蒼蠅還會不想去吃嗎？就算吃不到，搶著看熱鬧的心理也多少會有的。」

「嘿嘿，」李秘書曖昧地笑起來：「那家茶室裏，可不只一塊肉啊！」

「到底有多少個女人，你知道嗎？」

「聽說是半打，自然，那個阿桃是不算在內的。」

這時玉秀走到客廳來，扭亮了電燈。

「怎麼，你們在暗地裏談女人啊？」她說。

「李秘書想介紹個女人給我當姨太太，」王醫生順口開起了玩笑。好莫名其妙的玩笑，王醫生一說完就感到滑稽而後悔。

「眞的嗎？李秘書。什麼樣的女人？不是很漂亮的，德厚是看不上眼的呀。」

「開玩笑的，王太太。」李秘書訥訥地說。

「到飯廳來吧，生魚片和白斬雞都切好了。」

喝了一點酒，又說了一些沒有結論的話，王醫生悶悶的連吃飯的胃口也沒有了。像是他的身分由主人變成了不得不留下來應對的客人。幸好玉秀很親切地和李秘書聊著家常話，那無非是關於孩子們和李太太的身體（患了中風）是否好一點之類的，也就夠讓王醫生清閒了。眞的是不想再說話，說什麼都像已不能挽回敗勢了。那家茶室像鋼鐵般地立在王醫生的眼前，發出一種映著鳳凰花的、刺眼的光芒。無視於生魚片，無視於白斬雞，王醫生感到一切都索然無味了。

困擾就是那樣開始的。

淳樸的民風，很快就遭到破壞了。那些在整個夏季都坐在粉紅色走廊上展露赤裸裸肉慾的女人們，眞的像置放於太陽下的肉食，引來了成羣的蒼蠅。飢餓啃食的、嗡嗡亂飛的，那家茶室熱鬧得像拍賣市場。而王醫生是最眞實的見證人。從那些粉紅色的幻影第一天在他眼前浮起後的每一時日，他親眼看著那些女人明目張膽地在舉行拍賣。她們坐在走廊上賣弄，等人挑選哪。先是抽抽煙、唱唱流行歌，和那些去買肉的男人們高聲談笑。那些男人摟著她們的肩膀，撫摸她們的乳房，甚或捏捏她們的屁股……一切肉慾的前奏都那樣公然地進行著。然後，買肉的男人摟著一塊挑中的肉進屋烹食……王醫生時常替那筆交易計算時間。總不會超過半小時的，有時甚至十五分鐘就吃完了。女人穿著乳罩和三角褲走出來再度拍賣，男人則是那種吃得很飽了的表情，不再把手搭在女人肩上或摸她的乳房了，反正是吃飽了，付過賬就該走路的那種悵然。

「再來玩啊，」女人這麼招呼著，這幾乎是千篇一律的招呼了。

不知心裏的憎惡是怎麼被沖淡的，王醫生不久發現自己竟陷在那種觀賞別人取樂的、秘密的樂趣裏。他甚至不再計較那些女人是廖大有的搖錢樹，也不再計較淳樸民風的失陷了。因著抗拒乃是一種徒勞的挫敗感，王醫生失去了勃勃的鬥志，而認爲再計較什麼都是一種多餘了。你不是審核特種營業執照的主管官員，也不是那些去買肉的男人們的父母或兄長或妻子，你管得了什麼呢？你不過是個卸任的民意代表主席，而最根本的，你是這附近五個村落唯一的醫生。除了沒有一間開刀房和檢驗設備，你幾乎也是一個綜合醫院的醫師。內科、兒科、婦科，甚至於村民們割破了手腳、眼睛紅腫，都變成了你不得不管的事。你甚至不能拒絕他們，他們會說：你是醫生啊。在那些只知與土地搏鬥的村民心中，好像醫生必得是一個萬能的救主，能醫治所有降臨於他們肉體上的病痛。

不久將會有性病患者來求治了。如果有一天發現這附近村落的男人有百分之五十得了性病，甚至他們的妻子也被禍延，似乎不是一種意外。意外的該是那些患了病而不自知的男人們。

而你能管的不過是醫治他們的病體，此外，你能爲他們做些什麼呢？

甚至你自己都陷入了那種觀賞的樂趣裏；甚至你自己都不能爲自己做什麼了。你所以沒有變成去買肉的男人，說來不過是一種清潔的問題。就像你看到食攤上的就想到細菌蠕動那樣，你只不過是不慣於吃賣的食物——雖然你是那樣被誘惑著；被那些和玉秀的食譜完全不同風味的新鮮所誘惑。

那些被各種體臭的男人擁抱和薰染過的女人，其實不是最腐敗的肉食嗎？可是，如果不去深入她們的內裏，那些肉體看起來卻是新鮮的。她們那淫蕩的笑語，裸露的肌膚，在王醫生過去的生活中是不存在的。玉秀習慣於在黑暗中靜靜地接受他的撫愛，二十多年來，王醫生一直滿足於那種帶著羞怯和神秘的夫婦生活。因爲那些女人的出現，這滿足的城牆似乎有了一處小小的缺口。這缺口是隨時可以在冷靜的理智中自動縫合；而也隨時會在狂熱的邊緣裂得更徹底的。

在這無終止的掙扎裏，觀賞別人娛樂的樂趣，遂日甚一日地變成一種困惑。王醫生幾乎每天都想步過鳳凰花的濃蔭，去坐在對面那粉紅色的磨石走廊上，像別的男人那樣摟抱和撫摸那些女人。你所能做的，也僅止於那一步吧？摟抱是不會把肉體裏層那腐敗的病菌傳染給你的。而即使是僅止於那一步的慾望，也像是永不能實現的奢望；王醫生無論如何也提不起跨出那一步的勇氣。被左右街鄰看到，還有臉面見人嗎？一個曾是鄉民代表主席的醫生，坐在走廊上和茶女調情！玉秀又將如何傷心呢？固守了二十多年的丈夫竟在將入老境之際，去貪婪那些買賣女人！被孩子們的同學看到，而去轉告他們，自己在孩子的心目中又有什麼尊嚴？連教訓孩子的資格都會喪失……一層一層的顧慮，使得王醫生的勇氣，有如置放於烈日下得不到滋潤的種籽，萎縮以致於無從萌芽了。

那一年的鳳凰花，終於像往常一樣，在巨大的燃燒之後死去了。天氣逐漸變冷，鳳凰樹只剩下枯黃而乾瘦的枝椏。蕭條而清冷的冬天，於是就那樣來臨了。那些茶室女人再無勇氣賣弄她們的肉體；全都穿上長而厚的衣褲，並且把和男人調情的展覽移入藍色的門裏去。粉紅色的走廊遂靜靜地躺臥於陰冷的光影中，寂寞仰望鳳凰樹乾瘦的姿容。

似乎就是從那一年開始，王醫生嚐到了冬季加諸於他的、深沉的寂寞。沒有病人的閒空裏，王醫生只能望著街道上灰白的陽光和那空無人跡的粉紅色走廊發楞。向北的那道淺藍色的門，總是掩閉著，不時有人進去，有人出來。那些送客的女人，也都半掩著門，探出半個身子，客套那一句「再來玩啊，」就把門給關上了。門和走廊同樣使王醫生感到寂寞。他的困惑因而更繁密而尖銳地在心中蠕動著。他眞想不顧一切地飛跑過去，勇猛地推開那道門，進到那些女人每天生活的屋裏，看看她們如何在那裏出賣她們的肉體，看看她們在出賣時是否也有一點兒羞怯……

在作爲鄉民代表主席的幾年裏，王醫生也曾未能免俗地被人招待到酒家去吃花酒。那些酒女在他眼裏雖有幾分粗俗的美麗，卻從不曾引起他對她們的肉慾。王醫生知道別的代表們曾去買過她們的肉體，他們嘲笑王醫生是一個孤高的傻瓜。有一個綽號叫闊嘴的代表，甚至說王醫生也許有著某種生理上的毛病，不得不裝出一種聖人的姿態。……

「太太不知道啦，偶爾在外面爽快爽快，沒關係嘛。老夫老妻啦，換一次新鮮的！」

「喔，還是老的好，我對新鮮的可沒興趣。」

王醫生每次都是這樣由衷地、未經考慮就拒絕了他們。那時眞是一點興趣也沒有的，現在卻被挑撥得這等炙烈！而這轉變無非是因爲那些女人每天就在你的眼前對你挑戰；是她們的誘惑擊敗了你，以致於把你的心境攪亂了的！

如是地循環著，火紅的夏季裏，王醫生依舊在摻雜著秘密的困惑中，享受那觀賞別人作樂的、陰沉的樂趣。到了冬天，鳳凰花死去，女人們進屋，王醫生就被冰冷的、因視界之寂寞造成的心靈之寂寞所折磨，而更加不能抗拒地陷進肉慾的狂想中。

王醫生唯一接觸過那種女人的一次，卻也就是在寂寞的冬季裏。一輩子也不會忘記的那個冬季，劉醫生的前妻乘坐遊覽車去世的第二天，他和玉秀一早就去鎮上幫忙料理後事。死了妻子的劉醫生，像個病人躺在床上，話也不說，兩眼楞楞地瞪著天花板，瞪著瞪著就流出淚來。他微弱地蠕動著嘴，呼喚妻子的名字，他的前妻叫彩薇。

玉秀負責照顧哭泣的女孩們。當王醫生勸劉醫生必須爲了孩子們節哀時，他只是說：唉！我已經痲痺了呀。那是他那天唯一說過的一句話。

到了天黑時分，玉秀叫王醫生回家去，她說她要留下來陪孩子們。

「我一個人回去嗎？」王醫生遲疑地說。

「是啊，你明天早上再來。」

「呃，好吧。」

街道兩旁的水銀燈都亮了。聖誕紅在白得刺眼的光亮裏，搖曳著一種怪異的豔麗。王醫生被劉醫生的悲哀感染得很疲倦，但也因而感到玉秀仍然和他共同生活在一起是一種幸福。這幸福的感覺幾乎喚醒了年輕時那狂烈的愛意。今夜他是特別需要玉秀的。而這感情是不是太自私了些？王醫生在心底微微地責備自己，你怎能在別人的哀傷裏需索自己的幸福呢？

出了鎮上就是黑漆漆的田野。回家的路上，必須經過三個村落。王醫生的車子經過第二個村落不久，突然在暗黑的路上看到一個女人的背影。車子從她身邊閃過去，隨即聽到了女人叫他的聲音。

「王醫生，王醫生！」女人急促而尖銳地叫著。

王醫生停下車子。一聽就聽出來了，那女人的聲音是天天樂的，他記得人家叫她的名字是阿鳳。

「你載我回去好嗎？拜託啦，王醫生，現在沒汽車坐了嘛。」

「呃——妳——妳怎麼這樣晚才回去？」

「你不知道啦，王醫生，我們這種女人沒價值，被人玩弄的啦。」

阿鳳坐上摩托車後座，右手摟住了王醫生的腰。王醫生像是被電觸了一下，微微的震顫之後，才發動了車子。

「那個死火炎仔，下次要是再來，我要用痰盂扣到他頭上去！」阿鳳像是自言自語地說。

王醫生知道火炎仔。他是村尾張樹家的獨生子。個子瘦瘦小小的，初農畢業就跟著廖大有他們練拳擊，聽說每次比賽都打輸；但平時卻很威風，騎著一輛二百五十CC的大型機車，整天和一些酒肉朋友鬼混。王醫生時常看到他在天天樂的走廊上跟茶女們亂吹噓，無非是說他家有幾甲土地，以前打拳擊打得如何好，跟外鄉鎮的拜帖兄弟如何講義氣，等等不一而足。

「火炎仔欺侮妳啦？」王醫生說。

「哼，太氣死人啊，載我到台中去玩，去那貴死人的意文飯店吃飯，吃完他說他沒有錢，要我出錢。我跟他講，男人跟女人出去，都是男人出錢才對。他說他沒有錢有什麼辦法？我就罵他，沒有錢爲什麼要載我出來玩？還要吃很貴的飯店！路邊吃兩碗擔擔麵就可以呀。他就很氣，站起來跑出去，我只好出錢。後來他就載我到各處朋友家坐一坐，到了天快黑才騎回來。剛才我說小便急得要命，反正天黑了沒人看見，我就下來蹲在路邊小便。那死夭壽的人，他就不管我，自己騎著車走了。我怎麼叫也不停下來。死夭壽的！帶路鬼帶他撞入河裏死翹翹才好！」

「呃，火炎仔的心肝太壞了。」

「是啊，王醫生，他是一個流氓嘛。」

阿鳳的手緊抱著王醫生的腰，手指頭還偶爾按緊了兩、三下。也不知是有意還是無意的。王醫生每次都感到她手指按的不是他的腰，而幾乎是深深地按入他的心裏去。他的寂寞、他的邪惡的肉慾，都被那種輕微的力量挑撥起來了。在這黑暗的原野裏，如果要發生了什麼事，是誰也不會看到的。王醫生的手，因著這個突發的幻想而微顫了起來。

「王醫生，你是大忙人啊，從來不到我們茶室坐一坐。」

「呃，是，是的，病人很多，沒空啊。」

口是心非的話，使王醫生自己都感到厭煩。一直沒勇氣跨出去的那一步，現在不是縮短到最近距離了嗎？只要停下車子，馬上可以反手抱住那個叫阿鳳的茶女的肉體。一定不會被拒絕的；那種女人沒有拒絕男人的道理。

而風是那樣有力地吹颳著，清寒星光照射下的田野，顯得陰森而單調。唉，冰冷的野地，豈是肉慾的溫床？

「王醫生，你去出診嗎？」

「不是，我有一個住在鎮上的朋友死了太太，我去幫忙。」

「呀，眞的哦？幾歲啦？那個太太。」

「四十多，快五十了吧。」

「哎喲，還很少年嘛，怎麼會死？」

「坐遊覽車去旅行，出車禍死的。」

「嘖嘖，這樣可憐！」

阿鳳的手還是偶爾在他的腰部按一下。阿鳳看來只有二十出頭，也許她的手純粹是一種幼稚的頑皮使然吧？然而，她不是做著挑逗男人的買賣嗎？也許她的手眞是在挑逗著你，對你暗示著什麼呢？

猜來猜去也猜不透，王醫生不自覺地嘆了一聲很大的氣。

「王醫生，你心裏很難過是不是？」

「唉，是啊。」（算是被妳猜對了。）

「不過你很有福氣啊，你的太太很美麗。」

「哪裏，已經老囉。」

「美麗的人，老了還是美麗的呀。」

「我太太今天住在我朋友家不回來。」

「她也去幫忙嗎？」

「嗯。」

王醫生也不知爲什麼要突然冒出那句話，讓阿鳳知道玉秀今晚不在家。難道是想向她暗示什麼嗎？可是，怎麼可以呢？和玉秀同睡了二十多年的那張床，怎能容納別的女人？玉秀親手縫製和洗燙的被單、床單、枕套，是任何女人也不可以沾污的。

不能在冰冷的野地，也不能在玉秀的臥榻，更不敢跨進那道淺藍色的門去，一切似乎都無望了。這覺醒使王醫生的肉慾漸漸地冷卻下來。而且村頭的燈光遠遠在望了，載著阿鳳從街上過去，誰不會看到呢？玉秀不在家，卻載著茶女回來，明天還有臉見人嗎？

任憑你怎麼解釋，誰會相信你和阿鳳只是半路相遇？

「我要到魚池那邊交代點事情，妳在這裏下車，自己走回去吧。」王醫生冷硬地說。

停下車子，阿鳳很聽話的下了車。

「謝謝你啦，王醫生，有空來玩嘛。」

「好，好，對不起啊，不能送到底。」

「沒關係啦，幾步路就到了。」

阿鳳邊走邊搖擺著手提袋，她似乎沒有察覺王醫生爲什麼叫她在村頭下車。這樣也好，何必讓她知道呢？雖然像她自己所說，是沒價值、被人玩弄的人，總是還要一點基本的自尊吧？

魚池的籬笆門反鎖起來了。叫榮發叫了兩三聲也沒來開門，王醫生伸手把鎖轉過來，拿鑰匙開了門。

榮發住的竹屋亮著燈。魚池在星光下像巨大的墨綠色寶石。進去和榮發聊幾句吧，他想。

「糟糕，有人進來了。」王醫生突然聽到女人的聲音。

「哎呀，三八女人，那是風吹的聲音，門已經鎖起來了。」

王醫生靜靜地站在竹屋的門外，窗和門都緊閉著，什麼也看不到，然而屋裏的聲音卻清楚地傳出來。王醫生一聽就聽出那聲音陌生而性質熟悉的聲音。這次的感覺不再是肉慾的，而是一種幾乎無法控制的憤怒。在自己不斷和肉慾掙扎的過程中，王醫生從未想到他所雇用的榮發竟在魚池之畔安心享樂！榮發是隔壁水尾村的人，娶了太太，有了三個孩子，太太還得每天出去做短工來幫助家計。魚池周圍有空地，王醫生讓榮發在空地上種青菜，賣了錢好貼補生活。他的工作就是看管魚池，不要讓外人進去釣魚或打撈。

看起來老實木訥、忠於職責、每天辛勤工作的榮發，誰會想到他在這隱密的地方，和太太之外的女人勾搭？王醫生從未看見榮發到天天樂茶室去過，不過聽說那茶室是有著後門的。這女人肯跟榮發到魚池來，關係一定不僅止於三、兩次的交易吧？王醫生馬上想到榮發的薪水和賣青菜的錢，一定都花到這女人身上去了。最近榮發的太太帶孩子來看病，都是掛了賬，叫王醫生從榮發的薪水裏扣除。當時只想到他們生計困難，掛了賬都沒扣過榮發的薪水，反正孩子感冒或瀉肚等小病的藥，是不值幾個錢的。萬萬沒想到問題是出在榮發身上。榮發的太太個子瘦小，臉孔圓圓黑黑的，是那種善良而又能忍耐的臉。她竟從不曾在王醫生或玉秀的面前埋怨過榮發，也許她根本不知道榮發背著她做了些什麼吧？

竹屋裏的聲音持續著。墨綠色的池水在星光下閃出一圈一圈的漣漪。王醫生感覺出自己的憤怒已不僅僅是漣漪，那是波濤澎湃的一種憤怒了。

他忍不住乾咳了兩聲。

「糟糕，眞的是有人呀。」這是榮發的聲音。

「跟你講你就說沒有，哼，都被人家偷聽去了。」

「不要嚕嗦，快起來穿衣服。」

王醫生悄悄從菜圃中的小路走到籬笆門，推了車子騎回去。他實在不想看榮發和那女人的尷尬。明白眞相就夠了，何必當面把他們的臉皮揭下來呢？

忙完了劉醫生家的喪事，王醫生就把榮發辭退了。榮發心虛地說他並沒做錯什麼事，而且丟了這份工作，家庭的生活將更困難了。

「有沒有做錯事，你自己心裏明白吧？」

榮發的眼睛看著菜圃裏的靑菜，嘴唇咬來咬去，似乎找不到解釋的話。

「那個女人，是天天樂的吧？」

「嗯！」

「你回家去替人做工，生活照樣過得去的，這裏的工作大概是太淸閒了。如果生活有什麼困難，可以來找我。我可以幫助你們的生活，但是不能幫助你做對不起你太太和孩子的事，知道嗎？」

榮發走了以後，王醫生隨即請了大城伯來看管魚池。大城伯沒有兒女，和他老妻住在村尾的一個草寮裏，靠撿牛糞和替人做輕微的雜工維持生活。王醫生讓大城伯夫妻兩個搬到竹屋去住，菜圃裏仍讓他們自己種菜。大城伯夫婦感謝得要命，好像他們的老境終於有了好的轉機。

可是那個冬季發生的事情，並沒有使王醫生的心境因而平靜下來。尤其是那個叫阿鳳的茶女，時常在送客人出來時，站在走廊上朝王醫生的醫院看半天。難道她在等待什麼嗎？不管她是不是在等待，王醫生知道自己是不能給她什麼或向她索取什麼的。距離最短的機會都失去了，還會有什麼展望呢？

而那種女人的嘴巴，大概和她們的身體一樣隨便吧？沒多久，連一向不常出去串門子的玉秀，也聽到了別人的閒話。

「怎麼人家都說你載天天樂的阿鳳出去玩，眞的嗎？」

「就是妳住在劉醫生家那天嘛，半路上碰到的，我載她到了魚池那邊就讓她下了車，就是那天我抓到榮發的嘛。」

「那種女人，誰叫你要載她！」

「天那麼黑了，又沒車坐，她既然要我幫忙，我怎麼好意思拒絕？」

「好啦，幫忙人家一次就惹來了大麻煩，不知人家還會說出什麼更難聽的話呢。」

「隨便人家怎麼說，反正什麼事也沒有。」

嘴巴雖是這麼說，玉秀聽來的閒話畢竟是擾人的。如果阿鳳隨便虛構些什麼事實，說他曾經對她如何如何等等行爲，又有誰會相信他其實是淸白的？玉秀雖沒多說什麼，也許心裏也被人家的閒話困惑著吧？

保持了二十多年的淸譽，竟因幫助了一個茶女而破壞了。難道幫助別人竟也要選擇對象嗎？王醫生第一次領悟到，善行有時是會受到傷害的。只有受過這種傷害的人，才會了解這種心情吧？

而你能對誰解釋你的淸白和無辜呢？一口以對衆口，解釋不過徒增人家說閒話的興趣罷了。

再看到阿鳳站在茶室門口時，王醫生的肉慾遂被憤怒取代了。她實在沒有理由傷害我啊！他氣得眞想走過去，當著街鄰的面前又起腰，氣勢洶洶地責問阿鳳爲什麼要說那種無聊話。他甚至想惡毒地說：像妳這種長舌女人，被火炎仔戲弄是活該的！

憤怒雖醞釀得和肉慾一樣熾烈，卻也同樣被一種畏縮的情緒壓抑下去了。萬萬不能那樣做的，王醫生最後總是告誡著自己：人們不都歡喜看別人出醜嗎？我何必爲了無聊的閒話，爲了無可爭辯的事實爭辯，而滿足了人們那種好事的慾望！王醫生因而明白，自己的畏縮並不是懦弱的，那是做爲人的最終的堅持啊！能守得住這最後的防線於不敗，豈不就是強者嗎？

幸虧並沒有再聽到什麼更難聽的話，王醫生的氣憤也就隨著時日消滅了。

鳳凰木又吐出嫩葉，春天的面貌逐漸油綠起來。憤怒消失之後，肉慾卻繼之迅速地回到王醫生的心中。肉慾像是不死的仇敵，在對王醫生的最後防線作恆久的攻擊！

這攻擊是不會終止了，任它去凌遲吧。

可是，現實生活裏的攻擊，是不可終止的嗎？

王醫生以前的憂慮，都一一成了事實。農村的淳樸勤勞風氣，眞的受到破壞了。那些經不住誘惑的漢子們，包括還沒娶妻和娶了妻、做了父親的，幾乎荒廢了工作，把他們的時間和金錢花在茶女身上。精力充沛的漢子們，原是農村最大的一股勞力，現在他們的勞力只施之於茶女了。那些未娶妻的年輕人，甚至爲了偷家裏的錢去巴結茶女，或硬要娶她們回家做妻，而把他們的老父氣得拿扁擔打人，把他們的老母傷心得哭壞了眼睛。那些娶了妻又有了孩子的，有的爲了妻子的嘮叨責罵而打傷了妻子，鬧到派出所去；比較柔弱的妻子們，只好眼看丈夫去尋歡，自己暗暗哭泣著到田裏去做丈夫本來該做的工作；另有一種女人則跑到茶室門口，把那些女人狠狠臭罵一頓。逢到這種場面，茶女們總是躲進屋去，只有叫阿桃的那個廖大有的姘婦，和顏悅色走出來招架。

「妳的先生嗎？沒在我們這兒呀。在就說在，太太，我們不會騙妳的啦。」

「傻瓜才相信妳的臭屁話，我進去看看才算數。」

「哎喲，太太，進不得的呀，這種下九流的地方，只有我們苦命女人才來，像妳這種好命女人，千萬莫進來呀，敗名聲的呀。」

這種爭執往往弄得一個要進去、一個不讓進，推來擠去分不開身，以致於驚動街鄰去拉架。結果總是「苦命女人」帶著潑婦臉孔走進屋，「好命女人」哭哭啼啼地回家去。

這種種的紛爭和變化，是誰都看得淸楚的；可是，沒有人能阻止和消滅它們。因爲不能抗拒，人們只好接受吧？

而另一種更可怕的變化，是只有王醫生才能看見和了解的。

當村裏的某些婦女生下葡萄胎或缺手、瞎眼等等的畸形兒時，無知的村人們總迷信的把它們形容爲「鬼胎」。那些闖了禍的男人們，雖都知道醫治他們的病體，而倒楣的女人們卻不知道她們感染了什麼。甚至病痛開始折磨她們時，也不敢訴之於人或求醫診治。鄉村女人那種傳統的、樸實的忍耐，有時驚人得近乎愚昧。所謂「鬼胎」，就是在這種愚昧的忍耐裏，一個一個地生了出來。

所以天天樂茶室帶給這鄉村的，不僅僅是現狀的破壞了。除了葡萄胎，大部分的畸形兒都不幸的生存下來。這些生命漸解人事後，也許不知道他們異於常人的體態的成因吧？可是他們在成長過程中感受的自卑，和因爲畸形可能帶給他們生活上的種種困擾，是可以想見的。每次替這些畸形兒看病，王醫生握著聽診器的手就不禁有點顫抖。所有的憂慮和不能替他們挽救些什麼的愧疚，都在面對著他們時，完全暴露了出來。而誰能了解這種感覺呢？短視的鄉人們，幾乎看不出這種深入下一代的破壞。

這破壞何時才能停止呢？

如果破壞不僅僅深入下一代，而可能是一代一代地蔓延下去，也許和自己血脈相關的某一個子孫，也是個畸形兒吧？

……

這種種巨大而深遠的憂愁，一股一股湧上來，王醫生的肉慾幾乎被摧毀殆盡了。抗拒的意識遂倏然甦醒。王醫生感到在茶女搬來的第一個夏季就放棄了抗拒的意識，是自己的一大失策。雖然抗拒不一定能成功，可是行動總蘊含著希望的。

三

「醫生，醫生，有人來看病了。」

王醫生恍惚間聽到藥局生阿宏的聲音，睜開眼才想起自己竟在走廊下睡著了。

「呃——唉——」

王醫生站起來，抬高胳膊打著哈欠。

到浴室擦了一把冷水臉，意識才清醒了些。

是個女病人，而且是個孕婦，身上穿著寬大的背心裙。

「對不起，累妳久等了。」

「沒關係，」病人的聲音是沙啞的。

王醫生坐下來看病歷。姓名林翠鳳，年齡二十二，住址惠風村十七號……體溫三十八度五……這是一個新病人。

王醫生掛上聽診器，一抬頭才發現眼前的女人有點面熟。女人已經解開了背心裙裏的毛衣釦子，王醫生不加思索就把聽診器貼住女人的胸部。雖然沒有露出全部的乳房，也看得出它們是十分豐滿的。也許因爲懷孕乳腺膨脹的關係吧？

放下聽診器，叫女人張開嘴，她有一嘴整齊而潔白的牙齒。女人的呼吸一直帶著濃重的痰音，而且喉頭整個紅腫了。

「感冒很多天了吧？」

「嗯——」頓了一下，又說：「吃了很多藥包都沒有好。」

女人說完突然咳嗽得很猛烈，把臉都漲紅了。接著在椅子邊的痰盂吐了一口痰。

「懷孕幾個月了？」

「我……我想想看——」女人似乎很疲倦地用左手支著額頭，想了半天：「大概五個多月了吧？

「懷孕的時候，不要隨便吃藥，知道嗎？對胎兒不好。」

女人摀著嘴又在咳嗽，一邊咳、一邊點頭。

王醫生開了適合孕婦的處方，交給阿宏配藥。診斷的工作算是告一段落了，王醫生再次在記憶裏搜索眼前這女人的臉孔。她的頭髮是短的，臉上沒有脂粉，摀著嘴的手是鄉村女人慣有的、在農田操作得很粗糙而且帶著泥土色的手。

想了半天，王醫生還是無法在記憶裏找到和眼前的女人相同的臉孔。總是在那模糊的輪廓將要破雲而出時，記憶就整個被女人的那雙手打斷了。

女人背對著王醫生，站在藥局的窗口處等藥。阿宏配好藥，女人付了錢，用一條花布頭巾包好頭，然後轉過身對王醫生說了謝謝，就走了。她是騎著一輛很舊的腳踏車走的。王醫生站在門口，看著她臃腫的身子騎上車，老遠還聽到她的咳嗽聲在風裏顫動。從這裏回到惠風村，必須冒北風走半小時。惠風村是在濁水溪的堤邊上，大部分村民依靠每年夏天在河床種植西瓜爲生。這兩、三年，每逢西瓜將成熟時就來大颱風，西瓜不是被水沖走就是淹爛，惠風村的村民，生活得很貧困。

女人的背影彎進朝北的小路後，王醫生又在走廊上的籐椅坐下來。就在這一剎那間，女人的臉孔和過去的記憶，緊緊地重疊在一起了，那女人是阿鳳啊！她的名字不是林翠鳳嗎?怎麼剛才想了半天也沒想起來!

好久沒看到她,原來她嫁人了!

記憶裏的阿鳳,和今天的阿鳳,是多麼不同啊。一般的病患,總是絮絮不休地向醫生敍說病情的。阿鳳卻例外地沉默,是怕言多必失,王醫生會識破她以前的面目嗎?

現在識破也不爲晚。但王醫生的感覺是和看過別的病患一般無二的。既不因終於觸及她的乳房而激動,也不再記掛她以前多舌對他造成的傷害。她的乳房現在是某人之妻的乳房,而不再是茶女阿鳳的了。

不知她嫁的是怎樣的男人,然而看得出她過的絕不是舒服的日子。她的臉和她的手,都說明著她對現實的認命。由茶女變成農婦,她愛的,到底是哪一種生活呢?

王醫生想起幾天前,跟著阿桃搬回嘉義去的那些茶女。王醫生並不是不知道,很多那種女人,是被她們的父母出賣或典押的。所以她們那種大膽、無恥的賣笑,也許出自一種悲哀的認命吧?王醫生想起以前阿鳳對他說的「我們這種女人沒價值、被人玩弄的啦!」阿鳳的話也許是最赤裸的心聲。

阿鳳現在不必再說她是沒價值的人。而那些搬走的茶女呢?她們不過把她們的笑臉和肉體移到別處拍賣罷了。

逼著她們搬走,也許太殘忍了一些。可是除了那樣,又有什麼辦法呢?王醫生凝望那道淺藍色木門的雙目，突然滾出了熱淚！他想起那些茶女臨搬走時對他的謾罵，讓她們罵吧，何必去計較那些在空氣裏一閃即逝的言語？現在他終於能原諒她們了，因爲她們已經離去，不再在你的眼前挑撥，不再把她們的破壞灑給這淳樸的鄉村。她們從嘉義搬來，現在又搬回嘉義去了。她們在那裏不是同樣可以生存嗎？讓嘉義的人去承擔她們的破壞吧。城市裏的人，也許比較不在乎的。在利害的關係上，王醫生不得不這樣自私的想。

那些女人一定以爲是王醫生一手把她們逼走的。如果她們明白整個事情的經過，她們恐怕也不能了解，逼走她們的，其實是一股小小的、僞裝的政治風暴。

對於鄉民代表或代表主席的榮銜，王醫生已經不再熱中了。可是在那段孤軍奮鬥的時日裏，實在想不出任何抗拒那些茶女的途徑。要從廖大有闖好的那些關節去想辦法，是絕對不可能的。王醫生最後才想到利用一股小小的政治風暴作爲抗拒的途徑。

明年就要舉行鄉民代表改選。當王醫生故作姿態，開始部署競選工作時，廖大有和他的所謂兄弟們，終於踏上王醫生預想的途徑，來和他談判了。

那是茶女們在這裏的最後之夏。廖大有和他的兄弟們騎著摩托車來時，聲勢浩大得像是要舉行一場激烈的拳擊比賽；而茶女們卻有點像面臨審判的嫌犯（其實她們尚不知她們要被審判），一個個站在對面的走廊，看著廖大有他們一羣人走進醫院來。

王醫生很客氣地把他們讓進客廳，又叫阿宏去買了一打汽水回來招待他們。玉秀因爲反對王醫生再捲入所謂政治的是非圈，氣得躲在屋裏，不肯出來見人。

廖大有的兄弟們，一個個都是年輕氣盛、體態魁偉。這些以前習慣於用拳頭發表意見的人，現在已學習著坐下來用嘴巴談判了，這未嘗不是一種好的轉變。如果他們想用老習慣來談判的話，王醫生是寡不敵衆的。不過王醫生很自信的想，他們總該明白他們現在的身分，是民意代表而不只是拳擊選手了。而最重要的，有一些事情，是再有力的拳頭，也打不出一個好結果的。

廖大有開門見山就說，他希望王醫生和他的朋友，不要出來參加下屆的鄉民代表改選。他的態度倒像打拳擊那樣快速而乾脆。

「王醫生，我們知道你的經濟能力很雄厚，所以我們來的目的，不是要搓圓仔湯，我們是搓不起的啦。我們是希望王醫生以前任主席的輩分，如果對我們有什麼指教，我們很願意遵照您的意見去做。」廖大有的兩隻手，像打拳擊般地揮舞著。

「是啦，是啦，我們就是這個意思啦。」廖大有的兄弟們齊聲附和著。

機會就在眼前，王醫生卻像怯了場，沉思半天也不知從何說起，只感到心頭熱烘烘，身上的汗不停冒出來。這時他突然覺得好孤單。如果玉秀肯出來招呼客人，替他說兩句應對的無聊話，他是不致於這麼惶亂的。像是上了講台忘了演說詞，越思索越是急得接不上口。

「怎麼樣?王醫生,您有什麼意見,都請隨便提出來,免客氣啦,我們不會在意的。」

「呃,是這樣……是這樣……」

王醫生結巴了好半天,才把他的意思說清楚。王醫生說話的時候,耳朵不停灌進街對面那些茶女們放肆的笑鬧聲。

少壯派的代表們,一個個都楞住了,他們想不到王醫生提出的竟是那樣的意見。

「可是——爲了本鄉的利益,王醫生的意見,是不是可以考慮一下?」

廖大有比畫著手,特別把「利益」兩個字提高並且拉長半個音,好像不那樣就不足於說明它的重要。而這正好把一直在怯場狀態的王醫生激怒了。

「什麼利益?你個人的利益嗎?我看你是沒有資格談本鄉的利益的……」

王醫生氣憤地叫起來。所有被梗住的演說詞,這時像山泉那樣傾瀉而下。他把天天樂茶室帶給這鄉村的種種紛爭和破壞,秩序井然地說出來。年輕的代表們睜大了眼睛,似乎要費一番思考才能理解王醫生所說的破壞是什麼。(自然王醫生是不把他所受的困擾說出來的。)

「你們比較比較看,是你們的利益重要,還是鄉民的利益重要?」王醫生激動得差點拍起桌子。他從不曾如此盛怒過。

大家互相看了半天，沒有人回答王醫生的話。

「不過——王醫生，您既然這樣討厭公共茶室，怎麼聽說您對茶女很有興趣呢？」其中一個臉上有刀疤的代表，諷刺似地說。

「喂，刀疤的，你對王醫生說這種話，太沒禮貌了。」廖大有說。

「咦，阿鳳親口講的，還會錯嗎？」

王醫生沉默地以冷冷的眼光注視那個綽號叫「刀疤的」的代表。不管阿鳳說些什麼，王醫生決定不作任何爭辯。

這時阿宏進來說，外邊有個七歲的女孩子，高燒到四十度二，有抽筋的現象……王醫生急忙站起來走出去。正好趁這機會喘一口氣吧。

女孩子的肺炎已很嚴重了。王醫生替她打了一支退熱針，就建議女孩子的父親把她送到劉醫生的醫院去住院。他寫了一張便條讓那男人帶去給劉醫生，無非是希望劉醫生少算一點醫藥費。

王醫生再走進客廳，廖大有就又搓著手說：

「王醫生，您的時間寶貴，依我看，我們還是言歸正題，作個了斷吧！」

「呃，好吧。」

「不瞞王醫生說，我和這幾個兄弟們，都是很熱心於為鄉民服務的年輕人，下一屆的改選，還希望王醫生大力支持呢。」

「是啦，是啦。」廖大有的兄弟又齊聲附和著。

王醫生沒有回答他們，只冷冷地把這幾個好誇口的年輕人掃視了一番。

「王醫生，如果我把天天樂關掉，您答應不出來競選嗎？」

「這個——我還得和我的朋友商量商量。」

其實事情就是那樣決定了，根本就沒什麼好商量的。廖大有肯結束生意旺盛的茶室營業，也不知他貪戀的是否僅僅鄉民代表主席的虛名，抑或另有他們的企圖？但那些都不去計較了，不管他們將要做什麼，那些破壞都不能和茶室相提並論的。這也許不是爲政之道，而只是一種行醫者的胸懷了。

四

「德厚，德厚，你怎麼在這裏睡著了？」

肩膀被拍打了兩三下，才聽出是玉秀的聲音。

「呃，眞的，怎麼我又睡著了。咦，妳回來多久了？」

「剛回來呀。」

玉秀穿著深藍色大衣，頭上包了絲巾，手上還提著東西。吃過午飯她就搭車到鎮上去剪布，說要做一套新衣服過年穿，還要把被面都換新，好讓孩子們回來了高興。

柏油路上的陽光已經很黯淡了。這時王醫生才感到有點冷。

「到裏面來，我跟你說話。」玉秀像有什麼秘密，低聲對王醫生說。

阿宏還坐在條椅上看武俠小說。

王醫生跟著玉秀走進臥室，和衣躺在床上。玉秀拿掉大衣和頭巾，關好門，在床沿坐下來。緊閉著的窗玻璃上，映著一抹很淡很淡的斜陽。玉秀咬著嘴唇，對王醫生看了半天。

「正誠回來了，你還不知道吧？」她說。

——正誠是他們的大兒子，在台北一家公立醫院當實習醫生——

「什麼？回來了也不喊我一聲！」

「還沒到家呢，你急什麼嘛？」

「那妳怎麼知道他回來了？」

「很巧啊，在車站碰到的，他正好跟我坐一班車回來。下了車他就到魚池釣魚去了。」

「也沒寫信回來說，怎麼突然就回來了？」

「他說請了兩天假嘛。」

「爲什麼請假呀？」

「當然有事才請假嘛。德厚，我看，你還是答應他吧。」

王醫生突地從床上坐起來。

「妳是說他跟鄧小姐的事嗎？」他大聲說。

「別氣嘛，德厚，現在你不答應也不行啊，正誠說那位鄧小姐有孩子啦。」

王醫生像被抽掉了筋骨，全身軟綿綿癱瘓下來。他躺回床上，望著窗上淡金色的斜暉，楞楞地不知該說什麼。

「正誠想到法院公證結婚，可是鄧小姐家裏不肯，他們都市人都是愛舖張的，說一定要在國賓飯店才行。正誠就是爲了這個，回來跟你商量的。」

「我沒意見，」王醫生生氣地說：「事情都決定好了，還有什麼好商量的？反正他要結婚自己去想辦法，我一個錢也不出。」

「他並不是回來跟你要錢的呀。德厚，想想我們兩人結婚時，又有誰給我們錢呢？他們兩人都在工作，每個月有固定收入，情形比我們那時好多了。」

王醫生仍然一句話也不說地望著窗上的夕陽。

「而且，那位鄧小姐也沒什麼可挑剔的，你爲什麼老嫌人家不好呢？」

鄧小姐和正誠同歲，是護理學校畢業的，現在在正誠服務的醫院當護士。王醫生每次到台北，正誠都帶著她到旅社來看他，有時還陪他上街買東西或到夜總會看表演。鄧小姐雖是城裏人，皮膚卻很黑，臉孔的輪廓很立體，身材高大健美。她好像從不化妝，但眉毛粗黑，眼睛又亮又大，嘴角總是浮著笑容，看起來是善良可愛的女孩子。

「正誠回來你可別再罵他呀，有什麼事，好好說吧。想想看，他不久就是要做爸爸的人啦。」

玉秀的語氣喜孜孜地，好像她也沾了光，要做祖母啦。

「德厚，你今天是怎麼搞的？跟你商量事情，你卻金口難開。」

「孩子都要生了，還商量什麼？隨便他怎麼辦吧，反正我是管不著！」

「噉，你還氣得這樣啊？德厚，你眞不講理，想想我們當初是怎麼結婚的，難道你也要逼著你的孩子跟我們一樣嗎？」

玉秀站起來，脫下身上穿的外出服，換上黑的長褲和短大衣。

「你再想一想吧，我要去殺雞了。」

玉秀好像生氣了，王醫生望著她走出房門的黑色背影，再度被一種寡情的寂寞打擊著。

是的，鄧小姐是沒什麼可挑剔的。他總是把他反對的理由歸之於皮膚太黑、過分高大，這些理由是不能讓正誠心服的。他如果坦白的說他的理由是因爲鄧小姐年齡和正誠一樣大，正誠會更不服氣的，他一定會說：「媽媽比你大兩歲呢。」如果正誠那樣說，該怎麼回答他呢？他不能對正誠說，他的苦惱就在於年齡比玉秀小，那樣太傷玉秀的心了。

他堅持要和玉秀結婚時，兩家的父母都以年齡的理由，反對他們結婚。玉秀的父母還私自替她訂了一門親，有一個時期甚至把她軟禁起來，不准外出和他見面。他當時也想不透父母爲什麼對於玉秀比他大兩歲這件事，那麼敏感而且反對得那樣劇烈！當他想透時，他的寂寞已經生根；而就在那時，正誠回來說要和鄧小姐結婚，他一口就把她否定了。

他和玉秀偷偷離開新竹的家，到鎭上找劉醫生時，玉秀連一套換洗的衣服都沒帶出來。他們在劉醫生家住了半個月，才由劉醫生的父親替他們在村裏租了三間竹屋。他們在村裏住下來開業行醫，第二年正誠就出生了。七年後他們買下了竹屋和附近的地皮，改建了磚屋。那時他曾和玉秀帶著三個孩子回新竹去了一趟，但父母都已去世（據說是氣他們離家私奔氣死的），親戚對他們也很冷淡，簡直就看他們不起，連一頓飯都沒留他們吃。以後他們就不曾再回到那多風的城市，而把這小小的農村視爲故鄉了。

四個孩子正好是兩男兩女。老二正宜已經出國了，他唸的是化工。底下的兩個女孩子都在唸家專。四個孩子都是玉秀一手帶大的。孩子們一個個長大，到外地求學之後，玉秀就把整個的時間花在後院的花圃。

如果不是玉秀的衰竭，整個婚姻生活的過程，簡直完美得像一件精緻的瓷器，找不出一點瑕疵的。玉秀的脾氣溫和，家務料理得很好，也很勤儉和體貼。有時王醫生覺得玉秀對他的照顧，簡直像姐姐對弟弟那種溺愛。她不曾對他發過脾氣，什麼事都是順從他的。所以當她開始拒絕著他時，他才猛然驚醒，發覺那件瓷器原來不夠完美，它是有著某種瑕疵的。他到現在才看出來，而那正是好久以前，他們的父母早就看到的。

「哎呀，我老了。」

玉秀時常用這句話拒絕王醫生的撫愛。甚至換內衣時也不讓王醫生看見。

「奇怪，妳怎麼越來越怕羞啦？」他說。

玉秀後來才說，她那樣做是因爲自己那被四個孩子吮吸過的乳房，如今已扁癟得只剩一層老皮了。

「我可不要讓你看見，太難看了，」她害羞的說：「想想以前我的乳房，把四個孩子都餵得那樣肥壯。」

王醫生當然記得那對飽滿的乳房。要不是玉秀親口說出它們的衰竭，他竟單純得以爲那對乳房是兩座常綠的青山呢。也許，因爲自己從不曾感到衰竭，而忽略了她底衰竭吧?直到她害羞而無奈地說出她的衰竭，王醫生才訝異於自己這單一的情感有多麻木；而也從那時開始，王醫生寂寞地承受了整個衰竭的事實。那正是天天樂茶室搬來的那個夏季，從那些穿著奶罩的茶女身上，玉秀的衰竭遂更無情地被比較了出來。那對乳房不是青山；青山或可常綠於人心，卻不存在於人身的。

玉秀的臉雖仍流露著純良的品質，但臉上的皮膚卻已像萎縮的花瓣了。家裏的客廳、餐廳、化妝台、診療室、藥局，甚至洗手台上，每天都插著玉秀親手栽植的鮮花。王醫生每次看到那些姿容婉約、溢滿青春氣息的花朵，就覺得那似乎和玉秀的臉很不相稱。他只能從那些花的顏色、姿態和香味裏，感覺到一種自然與人力的靈巧產生的美。那樣的美充塞於他每日生活著的空間裏。王醫生後來才猛然領悟到，玉秀也許想用那種美來掩飾自己的衰竭。所以她的蒔花或者不僅止於一種消遣，而是有著某種目的吧？不過這微妙的心理，是任誰也不會坦露出來的。

而比這更不能忍耐的，卻是玉秀的淡漠。她的淡漠幾乎是隨著年歲加深的。王醫生感覺出她時常躲避著他。以前放好洗澡水總順帶地幫他擦擦背或在一邊照顧著他穿衣服的，現在卻放完洗澡水就避開了。

「每天都看的節目，一天不看就難過！」

玉秀總是以看電視爲理由，王醫生知道那只不過是一種藉口罷了。而電視這東西，卻也眞的加深了王醫生的寂寞。以前他常用機車載玉秀到鎭上看電影。自從有了電視，玉秀就不肯再去了。她嫌電影院的破舊木椅老是鈎破她的絲襪，臭蟲又咬腫她的大腿；而且阿摩尼亞和累積日久的汗酸味令人作嘔……每天吃過午飯她就坐在電視前面，什麼節目都看得興味盎然。

「德厚，你不來看嗎？」

王醫生坐在診療室看書時，玉秀有時會這麼叫他一聲。那是一種慣性的、純淨而空洞的聲音，不摻一點點的感情；但並不是因爲那種聲音而拒絕了電視，王醫生對那些歌唱和滑稽節目，本來就毫無興趣而且厭惡透頂的。

除了電視，玉秀的時間都消磨在後院的花圃裏。要是不睡午覺，看完電視她整個下午就蹲在花圃裏。培土、施肥、拔草、剪枝，或者搭花架、澆水……她從不曾叫王醫生到花圃幫過忙。或許她安於那種獨自一人忙碌的樂趣，或許她認爲王醫生屬於診療室的皮圈椅，是永遠坐在那裏等候病患的……反正，她總是在晴空之下享受著花與空氣的鮮美，王醫生卻永遠面對萎黃的病容和戴著口罩也感覺得出的、那種病菌蠕動的汚濁氣息。有時他眞渴望玉秀叫他到花圃去，即使什麼都不做、什麼都不說，兩個人靜靜地望著各色各樣的花，不也是一種默契的喜悅和慰藉嗎？而玉秀竟吝於施捨這種溫情。王醫生遂因而更陷入一種被摒棄的寂寞裏。但在這種凄涼的感覺中，他又覺得那或許不是玉秀有意造成的過錯。也許她是因著被歲月所摒棄的悲哀，而不得不把自己孤立起來吧？王醫生記得有一次他壯著膽子——就像沒有收到請帖卻厚著臉皮闖入酒宴那樣——想到花圃去陪玉秀做點什麼；挖挖土、拔拔草，他並不是不會的。可是他的勇氣在一瞥之間頓失了。他的手竟無力推開花圃那矮矮的籬笆門，就像他的脚跨不出那一步到對面的淺藍色木門去。

他站在花圃的門外，在芬芳的空氣中嗅到了更濃的寂寞和淒涼。

那是春日將近黃昏的時候，花圃有一半在陰影裏，另一半則灑著灰白色的斜陽。深紅的大理花、粉紅的喇叭花、雪白的夕顏，以及海棠，以及草蘭；以及各色的康乃馨……都在春風裏擺動著動人的姿容。玉秀背對著他，坐在魚石上。魚石是三年前挖深魚池時挖出來的，顏色深黑，表面不像一般的石頭那麼粗糙，在大太陽底下會閃出微光。如果它的質地更光滑一點，看起來倒像一塊上好的大理石。玉秀穿著深藍色的短袖毛衣，黑長褲，頭髮在後腦勺上盤了一個髻，髻上插了一支珍珠髮夾。她的手肘擱在腿上，手掌托著下頷，也不知在望著什麼或想著什麼，或什麼都不想。她是在哼歌呢，一遍又一遍，王醫生聽她哼著同樣的曲調。聽起來好熟悉的曲子，王醫生一時卻想不出在哪兒聽過。他這時像被一股巨大的風暴擊昏了頭，茫茫然要倒下去了。「來扶我一把！玉秀」。而玉秀仍以不動的背影和不變的曲調面對他。她時常這樣什麼也不做地坐在花圃裏哼歌嗎？王醫生頹然地走回客廳，坐在沙發裏，正好看到淡金色的夕陽在窗口外的天空懸掛著。春日的黃昏看來是如此溫暖而美麗，可是王醫生的心裏卻寂寞而寒冷。他思索著玉秀的心理，唯一的理由是她的衰竭引起的自我孤立；而在那樣的心境裏無心地摒棄和傷害了別人吧？他不相信玉秀會在這樣的年紀愛上別的男人，也不相信她已不愛他了。只是她的愛已淡薄得像蒸發完了酒精的酒，一點也不濃烈了。而這正是王醫生覺得不夠的。他的內心依然年輕熱情，現在卻像燒著的爐子沒人給它繼續添柴，不得不漸漸熄滅下來。如果玉秀的年紀輕一些，就不至於如此吧？王醫生終於想起癥結所在了。如果年輕十歲；或者八歲，她就不至於因著比丈夫更早衰竭而孤立起來吧？

可是不幸的事實在戀愛的青年期就決定了，而且已經存在了二十多年，到現在才發現它的錯誤，又能如何呢？如果自己像別的某些男人那樣，把自己「分割」給別的女人，那麼也就無從感覺這被摒棄的苦悶吧？偏偏自己是那樣潔身地固守著玉秀單一的色彩。這色彩如今是像夕陽一般地變色了，不久甚至將淪爲更黯淡的黑夜，可是王醫生內心那固守如一的感情卻未改變。雖然像危樓那樣，受到天天樂茶室那羣風暴的襲擊，卻不曾被擊倒啊！

過了兩、三天之後，王醫生才想起玉秀那天在花圃哼的那支歌是搖籃曲。那是孩子們幼年時，玉秀哄他們入睡必唱的一支歌。

而聽搖籃曲入睡的孩子們都已長大，現在他們會唱自己心愛的歌了。一向沉寂地擺在書房的電唱機，一到孩子們放假回來，就亂糟糟地跳出一些令王醫生感到心跳和不自在的音符。

他從來也沒聽他們播過搖籃曲這支曲子。

也許他們早就聽膩了，而更大的可能是他們早已忘了這支歌。

他們已長大到有了自己的選擇，甚至有了他們的下一代！

所謂鄧小姐懷了孩子這件事，如果不是虛構的事實，就是他們故意造成事實的吧？在醫院做事的護理員，怎麼不懂避孕呢？他們無非是拿這種既成事實做爲一種手段，來逼著王醫生認可罷了；比較起來，他們的手法倒比當年王醫生和玉秀私奔的行爲高明了許多。如今除了承認他們，又能如何呢？任何勸告都已不能動搖那既成的「事實」。而這被摒棄的寂寞心境，只有留待正誠日後去體會了；如果到時他被這寂寞所困擾，也許會憶及父親阻撓的用心良苦；如果他根本不會感受到什麼欠缺，那就是他的幸福了。

天幾乎全暗了。沒有亮燈的屋裏，迷漫著水仙的香氣。每年玉秀都要送一盆水仙去給劉醫生他們過年擺供的，今年劉醫生續了絃，玉秀恐怕連這點友誼也吝於施捨了。王醫生記得很淸楚，劉醫生的前妻彩薇逝世的那個冬天，玉秀是穿著黑色的衣服過年的。那段時期，每隔三、五天她就要到鎭上去看看劉醫生和他的孩子們。自從劉醫生再婚，玉秀只在婚禮那天去了一次，那是爲了禮貌和看看貞慧到底是什麼樣的女人。後來她就再也不去了。她老是怪罪劉醫生再婚，說他是個忘情的老不羞。

「棺材都快埋掉三分之二了，還要娶老婆，眞正是老不羞呀！跟他做了二十多年的朋友，現在才知道劉醫生是這樣無情的人！」

「妳沒看到報上有七十多歲的老人徵婚嗎？他們的棺材可埋得比劉醫生深多呢。」

「喲，你倒很同情人家啊？要是我有個三長兩短，恐怕你也免不掉要再娶一個吧？」

「咦，妳怎麼啦？不吉利的話還是少說的好。」

「偶爾說一次，有什麼關係啦？說眞的，如果我死了，你會不會再娶一個？」

王醫生對著玉秀微笑了半天才說：

「妳這話問得無聊！當然是不再娶啦。」

「哼，你現在嘴巴說得好聽，誰曉得你會不會呀？」

「妳不相信嗎？那就算了。」

彩薇死了不久，就有很多親友勸劉醫生再娶，劉醫生總是拒絕的，那時他總說彩薇在他生命中的地位，是沒有任何女人可以取代的。可是寂寞是最容易腐蝕感情的吧？劉醫生後來不是接納了另一個女人嗎？所以玉秀問王醫生會不會再娶這句話，是王醫生自己也無法肯定的。也許再娶的可能性大一點吧？王醫生私自猜測著，這種猜測當然是不能讓玉秀知道的，否則她要更傷心和孤立了。他唯一可以告慰於玉秀的，是至少在有生之年不曾背叛過她；雖然在被她摒棄的寂寞裏，內心曾如危樓動搖，卻依然屹立著對她的如一深情。

「德厚，德厚，你怎麼又睡了呀？」

猛睜開眼又閉上了，屋裏的電燈剎那間亮得使他感到刺痛。

「正誠回來了，你起來吧。」玉秀扶他坐起來，替他披上皮夾克。

「他不會進來嗎？」王醫生生氣地說。

「不敢嘛，他現在還提心吊膽，怕你不答應啊。」

「孩子都要生了，只好答應啦。」王醫生無奈地嘆著氣。

「快去客廳跟他商量婚禮的事吧，他急得很哪。」

「好吧，我馬上就去。」

「正誠釣了一條鰱魚，四斤多重呢。我把魚頭湯燉好就可以吃飯了，你快來啊。」

玉秀轉身走出去。王醫生依舊坐在床上，楞楞地注視著梳妝台上的水仙花。漸漸地清醒過來，才感覺到肚子餓了。他站了起來，聽到外面的風聲颳得好蕭條。關掉燈，摸黑朝廚房的亮光走去。

天氣是越來越冷了，叫玉秀燙半壺五加皮取取暖吧。

——原載一九七一年十二月《皇冠》雜誌

琴手

一、週末的女人

就像往常的週末一樣，當賣身的女人來敲門時，張福是在麗都飯店三〇六房的彈簧床，斜靠著枕頭抽煙。但今天這女人的敲門聲和往昔那些女人不同；她們都千篇一律地敲三下，今天這女人卻只敲一下。很短、但似乎很有力的，就像在鋼琴的琴鍵上用力彈了一下，卻纏綿地響著很長的餘韻。難道這女人的手是一雙彈琴的手嗎？

而一雙有琴可彈的手，何致於不幸要來敲這扇門？

「進來。」

門開，女人走了進來。

就在她轉身關門的一剎那，他從她的背影裏隱約見到她有一雙會彈琴的手。多荒謬的猜測呢？他甚至還沒看到她的臉，只看到一頭被風吹亂了的長髮。

女人轉過身來，面對著他。只亮著床頭燈的房裏，顯得陰暗而又浪漫。這時他們恰恰處在互相審視的地位。這樣的經驗，對他本已熟悉得近乎痲木了，不論對方的美醜，都不會引致什麼激動或快樂。可是，就像她那短促而有力的敲門聲一樣，今天的審視竟恍然有一種新穎的氣韻；那和死亡一般呆板、無感的心境，今天竟不期然的瓦解了。在互相審視的瞬間，他獲致了一種對新的事物探索的喜悅和顫慄。他愕然地把夾在指間的煙不斷在煙缸上擠著，當他舉起手想深深吸一口時，才發現煙已被他擠死了。

「唉，」嘆息的時候，他竟莫名地笑了。

「妳——過來啊——」他接著說。

女人已經脫掉高跟鞋，赤著腳從門邊的暗影裏一小步、一小步地踏著紅色的地毯走過來。一直踱到床邊站定了，那女人有如石膏像的臉，才綻出一抹很淡卻很迷人的笑容。女人穿著很鮮嫩的鵝黃色旗袍；躺在床上仰視她的臉，第一眼觸到的是她那清澈透亮的眼睛。沒有畫眼線或者裝假睫毛，也沒有塗眼影膏，更沒有塗一層像木乃伊般的銀色亮光膏，整張臉是那麼純淨，只在兩腮飄動著一層桃花的笑顏。

女人像是為了報答他的凝視，又對他嫵媚地笑了一下，然後在床邊的沙發上坐下來。她從金色的珠提包裏抽出手絹，在髮際擦拭了幾下，又用一把小小的髮梳，梳理著她散亂的頭髮。她的頭髮長長地披到肩上，只在髮梢微翹著，不像往昔那些女人，都頂著從美容院做出的鳥巢。

「外邊飄著小雨，」她笑著說。

「哦，又下雨了嗎？」

「我出來的時候還沒下，半路上突然下起來的。」

「奇怪，怎麼禮拜六晚上總下雨！」

「真的？我倒沒有注意到。」

「每個禮拜六晚上我都住在這兒。」他說。

「哦——」

「而總有人告訴我，外邊下著雨。」

女人握著梳子的手突然停了下來。

「你在說笑話嗎？先生。」

「沒有啊。真的是這麼巧。」

女人梳好頭，站起來朝洗手間走去。在洗手間的門口，她突然轉過身來說：

「你不喜歡下雨是不是？那我剛才真不該告訴你，掃了你的興！」

女人說完就走進洗手間，把門關上了。

女人的臉孔說不上豔美，但有一種很耐人尋味的神態。她的額頭飽滿，下巴有點方，是那種可以堅決而冷靜地做些什麼事的女人。她的身材瘦高，所以那堅挺的胸部顯得很突出，但張福推想那不過是一種僞裝。暫且不去分辨乳房的眞假，這女人的確是讓人炫惑的。倒也像是短促的門聲，給了張福有力的一擊。

往昔走進這扇門來的女人，幾乎是模式相同的，都是那種又冷、又假、又粗俗不堪的裝扮。尤其對於眼部的化粧，時常濃烈得像魔鬼，使張福感到恐怖。有幾次他甚至很憎惡地叫那些女人先到洗手間去洗掉眼部的化粧。

「爲什麼要洗掉嘛？這樣有什麼不好？」

那些女人起先都遲疑地撒著嬌，直到他的沉默持續到快冒出火花，她們才倖倖然走進洗手間去清洗。他是把井水、河水分得很清楚地對待著那些女人；她們也不幸要爲了金錢而聽任他的好惡。

今天卻一開始就把井水和河水攪渾了，張福一點也沒辦法把這女人看作是該被他——或者被金錢——使喚的女人。她有點像一個知友，甚或像一個該相敬如賓的妻子，在這浮動著淡藍光輝的房裏存在著。

女人從洗手間走出來時，鵝黃色的旗袍已經脫掉了，身上只剩下透明的襯衣。

「剛才我說的話，對不對？」她說。

「哦——」他愣了一下：「說什麼呀？」

「你不喜歡雨是不是？」

「誰說的？」

「那麼你喜歡嗎？」

「嗯——尤其喜歡禮拜六晚上下雨。」

她走到床邊，擺好枕頭，在他身邊躺下來。

「我卻不喜歡下雨。」她說。

「什麼原因呢？」

「下雨對我們有許多不便。」

「不是有人用摩托車載妳嗎？」

「是啊，可是下雨天我就得花錢坐計程車。」

「可以叫客人替妳出車錢嘛。」

「哼！」她冷笑了起來：「並不是每個客人都那麼慷慨的。他們出的是買笑錢，可不是車錢。」

「我不是這麼小氣的人，妳可別把我算上啊。」

「你是在畫蛇添足，我當然知道你不是小氣的人。」

啊，說的是這麼善體人心的話，張福剎時樂得渾身歡暢，不自禁地笑出了聲音。好久沒這麼笑了，每天都能這麼一笑，該會多幸福。

「先生，你買的是兩個小時，對嗎？」

「嗯——是啊——」張福笑嘻嘻地答著。

「時間是很快就過去的，你可不要浪費了呀。」

女人的手緩慢而帶著挑逗韻味地搭到他的胸膛上來。他的胸膛有一撮深褐色的毛，女人的手輕巧地把玩著它們。張福從那隻手的滑動裏，享受到一種純粹的、屬於夫妻才有的快感；而不只是一種男歡女愛的肉慾。

「一點都沒浪費，」張福滿足的說。

「那麼——你是純吃茶嗎？」

「倒也不是，不過今天我倒寧可是。」

女人的手停在他的胸膛，咬著嘴唇像在沉思什麼。

但女人把他看成「純吃茶」的事實，畢竟微微刺傷了他的男性自尊。他本能地側過身，把她緊緊地攬胸抱住。就在貼身的剎那間，他感到一種意外的驚喜；這女人的乳房原來是貨眞價實的肌肉，可不是塑膠工廠滾出來的模型海棉呢。他的手急促地去摸索那久別了的、豐滿的乳房。他像無心走過一堆砂礫，卻突然拾獲一件耀眼的珍寶，興奮而感激地注視著它。

「眞想不到啊，」他完全陶醉了。

「那麼稀奇嗎？」女人冷笑著。

「是有一點稀奇，眞的。」

「你時常受騙吧？不然何必這麼稀奇！」

「幾乎每次都受騙，就像妳剛才走進來那樣，每次我都看到她們有著動人的胸脯；可是，天地良心，都是海棉的惡作劇！」

「你形容得可眞妙！」她笑了，不是冷笑的。

「妳很高興是嗎？一個女人有一對豐滿的乳房，是值得驕傲的財富啊。」

「是嗎？」她又轉而冷笑起來：「不過，很可笑的，我卻要在這樣的情況下，才能確實體會到你所說的驕傲。」

張福的手瞬間鬆開了，她的話使他覺得那對乳房是悲壯得不容侵犯的。

「當我跟別的女人走在街上，誰會知道我的乳房是眞的呢？每個女人的胸部尊嚴，都被價格不同的海棉撑得那麼高昂完滿，已經眞假莫辨了。」

她的話像浪濤，淸冷而有力地把他沖醒了。他放開了她，再也不願爲了小火爐裏燃著的炭火而去維護所謂的男性自尊。

「怎麼啦？」她的手又搭到他的胸膛上來：「我的話掃你的興嗎？」

「不，沒——沒什麼，」他掩飾著自己的惶惑：「我祇是突然想抽支煙。」

他推開她，坐了起來。

「妳抽不抽？」

「不。我不會。」

「哦——」他爲自己點上煙，深深地吸了一大口。

像晚春時節驟然飄起了雪花，一切都呈現著讓人措手不及的尷尬。誰知道那件拾獲的珍寶竟會變得這麼燙手！

空氣就這麼僵住了，許久許久兩人都沒說話，只有煙圈毫無顧忌地在兩人眼前浮動。

「先生，您在哪一界高就呀？」終於還是她先打破了僵持的局面。

「工商界。」

「我猜您是在工廠上班吧？」

「是啊，妳怎麼知道的？」

「在工廠做事的男人，都有點神經質。我遇到過不少在工廠做事的男人，也像您這麼難侍候。大概是整日不停的機器聲把你們的神經折騰得太緊張了。」

「這樣嗎？」他想對她否認，卻終於沒說出口。事實上他在工廠的辦公室是有隔音設備的。

「不是這樣，又是怎麼樣呢？不過你畢竟和他們不同，他們多半是肉體派，而你卻是純吃茶派。」

「妳喜歡哪一派？」他生硬的問道。

「我們反正是賣身，沒有資格選擇好惡。當然吃茶派是比較好的。肉體派總會叫人日久生厭。可是呢，我們的職業本來就是爲了肉體派的男人而存在的。」

張福抽完了煙，兩隻手空盪盪的，想要找點什麼事做，或者有些什麼東西握在手裏也好，總之不要被雙手的空虛作弄得整個人陷進焦灼就好。想了半天，才瞥見茶几上的打火機。他像沉在水中突然瞧見了浮木，一把就把它抓了過來。他撫摸著打火機，感受著一種金屬性的冰冷。這冰冷如今也顯得可貴了。但手的熱度很快的就把打火機也給烘熱了。唉，可不要又讓它變成燙手的洋山芋。

又是沉默，張福這時不知該說什麼才好。時間一分一秒不停地走著，如果論金錢，是有點浪費，但卻不是爲了金錢而捨不得叫她走——這刻時間還沒到呢。

「先生，我還沒請教您貴姓呢。」又是她來開場白。

「張。弓長張。」

「哦，是張飛的後代。」

怎麼把張飛也扯進這個週末來了？張福不禁笑了起來，這女人腦筋轉得多快呀。

「那麼，妳是誰的後代呢？」

「很巧，也是龍岡宗親會，是趙子龍的後代。」

「趙什麼？我是說——妳的名字。」

「名字嗎？我有許多名字，隨便你叫什麼，我都不反對。瑪麗啦、娜娜啦、海倫啦、玫瑰啦，反正都是一些豔名。」

「那是假名嘛，我說的是眞名。」

「眞名？」她的語氣又蓋了一層霜：「我賣身已經夠了，怎麼還得叫我賣名呢？」

幾乎所有賣身的女人都有一個無奈的故事。大部分是家裏欠了債，被人肉販子買來抵債的，也有的是身無一技又愛過衣錦富麗的生活，不得不以賣身爲生。還有的上了吃軟飯男人的圈套不得脫身。不管原因是哪一種，故事總是哀怨淒涼的。張福已經聽膩了，說得更中肯些，他聽怕了。他跟她們的關係不過是金錢與肉體的交易，一切僅止於皮肉的表層，誰想去探訪別人心靈的傷痕？即使探訪也是徒然的，他又能爲她們做什麼呢？他沉默地把玩著打火機，按鈕一明一滅地按出小小的火花。

她卻伸過手把打火機拿了過去。

「我怕這味道，不玩可以嗎？」

「當然可以。」

「我覺得你是在生氣了，張先生。可是逢場作戲的場合，爲了眞名假名傷和氣，多划不來！」

「不——我並不是在生氣——」

「如果我隨便揑造個名字，像黃月華啦，劉夢琴啦，不是很好嗎？但我卻不喜歡對你說謊，我知道你是不喜歡聽謊話的男人。」

「好吧，我們不談那些了，不過我眞的沒生氣。」

他突然記起了她的手，那雙可能是琴手的手。他把她的手拉過來，想仔細端詳，她卻像惱怒了一般，把手抽回去，接著就溜下床，向洗手間走去。

這又是跟別的賣身女子不同的地方。兩次走進洗手間，她都是關上門的。他記起那些在週末麻醉他底肉體的女人，總是那樣徹底地拋棄她的自尊，毫不感到羞恥地赤裸著身子在他眼前幌盪，門也不關就走進洗手間，以致於他時常聽到由裏面傳出來的排尿聲。沒有比較是分不出等級的，以前他從不曾覺得那有什麼不對，好像她們本就屬於那種規格的。這個女人的出現，似乎暗示著一種等級的提升。而要從這個等級回復到那些不知含蓄爲何的等級，已經是不可能得近乎殘酷了。

女人從洗手間走出來時，他不禁「啊」了一聲。怎麼，她這就要走了？

女人走到床邊的沙發坐下來。旗袍已經穿好了，她順手拿起剛才擱在茶几上的髮梳，手勢極優美而熟練的，一下、一下梳理她的頭髮。

「時間差不多了，是嗎？」她說。

眞的，兩個小時可眞快，只剩一刻鐘了。

「這兩小時你算是白買了，」她好像是在道歉。

「不要說得那麼難聽，我可一點也不後悔。」

她抬起臉來，很甜的笑了。

「眞的嗎？」她的笑裏隱約有一抹嘲諷。

張福咬了半天的嘴唇。

「後悔是有一點的，」他終於這麼說。

「你看，畢竟被我猜對了。」

「可是妳誤會了，我後悔的不是那個。」

「哦——？」

「兩小時太短了，我後悔的是這個。」

她放下梳子，嘆了口氣。

「你這人眞奇怪，又要做純吃茶派，又貪心不足嫌時間短，眞叫人無所是從。你以前也這樣嗎?」

她低著頭,雙手平攤在腿上,輕撫著她的旗袍下襬。她的手沒戴戒指,也沒塗蔻丹,更沒留又尖又長的指甲。可是你如果不留意的話,會錯以爲她是留著指甲的。她的手指非常修長,指頭的末端像是經過刀削,呈現著均勻的橢圓形,整雙手的膚色潤滑得好像閃著一層亮光。這是一雙容貌華貴的手啊!這雙手何致於要以侍候男人來索取金錢的報酬呢?

而細觀了這雙手之後,他知道自己對於琴手的猜測是一點也不荒謬的。

「不,以前不會,只有對妳才這樣。」

定定地看著她那張臉,想看看她聽到這句話後的反應。而她回報他的,卻只是一聲冷笑。她是喜歡冷笑的女人嗎?在他的觀念裏,一個好女人是不會也不該冷笑的。

「喔——!」這是很長的一聲冷笑,還加上嘆息:「你們這種純吃茶派的男人,就會說那種文藝腔的對白。」她斜視著他,一臉的卑夷。

「妳不相信嗎?」

「我當然要相信啦,可是,對我說這種話的男人太多了;你說,我該相信誰呢?」

她的話無情地把他從一廂情願裏拖拉出來,讓他想到她每日的生活原是由一連串的生張熟魏串連起來的,那些男人都怎樣地剝削她呢?他的心因著短刀一般刺進來的嫉妒而猛烈地跳起來。告別已久的嫉妬心，竟在這週末的雨夜，於這賣身女人的面前翩然歸來，多不可思議的復活啊！他原是爲了躲避這種復活而摒棄了衆多的良家婦女，藉著賣身女人的肉體來痲木心靈的。而爲什麼今天這女人竟不能使他陷入肉慾，反而激起他的嫉妬呢？難道就爲了她可能是琴手嗎？

「不相信也就算了，」他勉力地說：「有些人吃慣了包糖衣的苦藥，當然不知道有些藥是由外而內甜到底的。」

「唉，我可不想浪費時間跟你爭辯糖衣的內容，今天是週末，你忘了嗎？電話會響個不停的。」

她站起來，聳了一下肩膀。

「時間已經到了，我要走了。」她的左手伸到他的臉前：「你不付帳嗎？先生。」

這句話又深深刺痛了他。他再度審視她那潔白而修長的手，眞不願相信這隻手是以這樣的方式存在著。她的手就像水平線那樣垂直在他的眼前，從那靜止的手上，他似乎透視到在血脈裏奔流著的悲哀。這隻手表面看來是那樣美而平靜；可是，它的內裏是怎樣顫動著啊？它孤單地懸在那裏彷彿已經許久，或者已經疲累，甚或已經痲木，更或者它是在等著一種援助……無論如何，它是不該以那樣的方式存在的。

就在那隻手快要無力地垂下時，他適時的握住了它，把她拉到床邊坐下來。

「不要這樣，」他說：「我不喜歡妳這樣。」

「你不喜歡我那樣嗎？可是我喜歡的是錢。」

「我會給妳的，而且不只是兩小時。」

「眞的？你要給我幾小時的錢？」

「不要走，」他拍著她的手：「陪我到明天，一萬塊。」

她咬著嘴唇想了一下，終於答應了。

「好吧，一萬塊還算慷慨。可是我得回去一趟，拿點換洗的衣服，還要叫老闆娘回掉客人啊。」

「好吧，妳快去快回來，我等妳。」

「你不許去叫警察啊，不然你自己吃虧！」

「不會的，我對警察沒興趣！」

「那我走了。」她輕輕地在他的額上吻了一下，一轉身就走了出去。

二、誰是兇手

到底該叫這女人什麼呢？老是用「妳」這個代名詞總是覺得不對勁。即使是假名也無所謂。可是瑪麗啦、娜娜啦、翠花啦，又豔得讓人喊不出口——至少是不該以這樣的名字來稱呼這個女人的，或者說不忍心更恰當些。

而這又是一個難題，取名並不是難事，怎樣的名字才適合這個女人卻有點困難。

這女人是有點刁鑽的，她的話總是刺得人無力招架。她離去之後，張福逐一品味著兩個小時的過程，尤其品味著這個女人的氣質為何使他不能把她視為一個平常的賣身女。若說只為了她有一雙琴手，似乎有點牽強。手在她的生命裏也許佔著很重要的地位，但張福卻自信絕不是為了她的手而不能跨越楚河漢界。

仔細想想，為什麼要花一萬塊錢來求這女人一宿呢？一萬塊在他當然不算什麼，掏出筆在支票上塗幾個字就行了，甚至不要勞動他一百一百的數一百次。但跟一般的賣身女人比起來，一萬塊總是嫌太貴了。剛才是一對一那樣當面比劃著，現在單單剩下他一個，張福不免惶惑起來。就像在夢裏對人撒了什麼滔天大謊，夢醒了還心悸著，一點一滴去回味到底撒的是什麼要命的鬼謊。

而街上的車聲清清楚楚響著，這是眞眞實實的世界。

「不要走！陪我到明天，一萬塊。」這是剛才自己說過的話，可不是夢或者謊言啊。既然一切都是眞實的，又不是拿不出一萬塊，有什麼好惶惑呢？天塌下來都自信頂得住的O型人，卻突然這麼神經兮兮地惶惑起來？

張福不禁笑起自己。還是什麼都不想吧，等她來就是。也許在漫漫長夜裏，純吃茶派會禁不住時間的腐蝕而變節的，那樣也就不枉花一萬塊了——總是在靈肉之間任取其一有了代價。

張福走進洗手間洗了一把臉，出來就坐在沙發上抽煙。奇怪，就在煙的浮昇之間，他突然知道剛才的惶惑並不是沒有道理的，但也就在這一轉念的同時，惶惑已經像煙灰一樣落地。他終於想清他爲什麼要留這個女人了。閉上眼睛吧，一個眼睛看住一個，兩個女人的臉孔盡入眼底了。可是她們漸漸的不聽使喚，左右的距離越拉越近了，兩張臉孔竟耳對耳、眼對眼準準確確地嵌入同一個模子裏，瞬間只剩一個。但只看得見臉，沒看見她們的身子，不知道她們的手是不是一樣，都有一雙琴手，僅僅是琴手。

難道是投胎再生嗎？即使是再生，也同樣是人，人就得按部就班一年一歲地長上來，怎麼可能三年之間就再生出一個二十多歲的女人來？那樣的傳奇是聊齋的時代，現在張福是不肯去相信了。

而週末的街聲依舊喧嘩著。在這文明的城市裏，男女的愛慾已經很泛濫，沒有誰願意痴等仙女下凡；更沒有人要相信再生之緣。張福睜開眼，一下就把女人的臉孔甩遠了。

很遠很遠，就在被他甩遠的一點上，張福看到女人的臉孔像一顆不滅的星辰，在那兒閃著亮光。白色的臉孔仍然飄浮著冰冷的美麗，身上也仍然是黑色的及地禮服。她向他走來，越來越近，越來越近……

而數步之間，已足夠回顧六年。

張福第一次看見杜眞，她就穿了一件黑色的禮服，胸前別一枚銀色的星形碎鑽胸花。在她死後的三年中，張福對杜眞的回憶永遠是初見的杜眞，因爲在見面後的日子裏，杜眞永遠穿著黑色的衣服，即使睡衣也不例外。

他們的第一次見面其實是很傳統的，跟所謂「相親」的性質並無差異，不同的只是相親的型式：那天他們一直在跳舞，不是男方端坐、女方奉茶那種死板的相親。

「她的確很美，但也太固執了。每個男人都喜歡她的美，但也都被她的固執嚇跑了；到現在沒找到一個能接受她的條件的男人……」

「都是些什麼條件？」

爲了偶然從朋友的閒談間聽到杜眞，他那O型的血液蠢蠢欲動。我去試試怎麼樣？他想，任何條件都可以接受的，只要她的美值得接受。

於是舞會很快就被熱心的親友安排好了，而且雙方都事先就知道舞會的性質。這不是突擊戰術，是公平的決鬥。兩個人都握著短槍對立著，當朋友喊一、二、三的時候，兩個人就向前跑去，準備一決勝負。

跳舞的時候，杜眞很少說話。她是有資格沉默的；她那美麗而高貴的外表就是一種有力的語言，她不必說什麼，千言萬語他彷彿都聽到了。這樣美的女人竟到二十八歲還沒結婚，張福一廂情願就認定了他們是緣訂三生。

「你眞的會容忍我嗎？」當他向她求婚的時候，她那清澈美麗的眼睛，在微笑裏仍波動著一層疑惑。

「眞的。」

「我知道男人要娶的是太太，而不僅是一個情人。可是我很了解我自己，我只適合做一個情人，做太太是絕對有虧職責的。我不會做飯，也不會清理內外。啊，說起來我眞不配做一個女人，除了彈琴，我什麼都不會。」

「可是，妳是一個最美的女人。」

「比我美的女人多的是，你這個『最』字用得不恰當吧？」

「不見得，女人的美是要由我們男人來品評的。」

「哦——？」

婚禮在教堂舉行。那是唯一的一次，她沒有穿黑色的衣服。她堅持只有黑色才能和她那白得像磁的膚色形成強烈而高貴的對比之美。她的堅持總是有許多理由的。

而這附帶著許多條件，在別的男人眼裏有點偉大的婚姻承諾，事實上並沒帶給張福多少樂趣，除了滿足了他的虛榮心。在承諾的當時，他心胸坦蕩，以爲自己眞的是很不在乎的男人。

「聽說你要跟那個彈鋼琴的女人結婚，眞的嗎？」

「她的條件你都接受了。嘖嘖，眞偉大！」

那些奉承使張福也分不清自己到底有多偉大。可是在婚後的現實生活裏，他畢竟嘗到了附帶於那些承諾背後的寂寞。他甚至比婚前更寂寞了。條件之一是分房而居，兩人四天才同房一次。條件之二是他不能回家吃中飯，只有晚餐才一起吃。條件之三是如果要和她外出，必須前一天先約定她，還得送小禮物以表心意。條件之四是她不參加任何應酬的飯局……

張福以爲那些條件遲早會被生活磨損的，可是杜眞卻很固執的把條件和生活並行於兩條軌道上，而且是沒有交叉點的平行線。

「你眞像一首難懂的樂曲。」

張福記得自己時常這樣取笑她。

「有什麼難懂呢？我不過是比別人多了一個夢想。」

她夢想成爲一個出名的鋼琴家、演奏家：對婚姻條件的堅持，正是爲了實現她那偉大的夢想。而且她早已替自己安排了一種名成利就的演奏家的生活方式。事實上，一個偉大的鋼琴演奏家又有何生活方式可循呢？每個人都有自己的生活方式，那永不能成爲一種讓人模倣的規格的。一個演奏家公諸於人的是琴技而不是生活方式。可是杜眞卻堅持一個演奏家的生活就是像她那樣的。

但張福已不能去分辨她的對或錯。在他的婚姻承諾裏，他的妻子已沒有對錯可辨。甚至她懷了孕去墮胎，他也不能阻止，因爲不生孩子也是條件之一。

「可是——妳想想，孩子是我們兩人的共同生命——」張福幾乎要哭出來了。他已三十七歲，怎能不要孩子呢？在所有的承諾裏，他最後悔的就是忘了無後爲大。我怎麼會那麼荒謬呢？難道美的本身也存在著讓人意識眩惑的品質嗎？如果是那樣，我和我的孩子豈非成了美的受害者？美竟然變成扼殺生命的兇手嗎？

而即使她眞的拿掉孩子，張福也只像在車禍裏受了點輕傷，很快就結了疤、長了新肉，就像從沒受過傷一樣。

可是寂寞畢竟是最容易腐蝕人心的東西。張福恢復了婚前到酒吧去消磨一個晚上的習慣。當他深夜回家時，她有時還坐在鋼琴前練琴，甚至不曾問他爲什麼遲歸。也許她仍有資格沉默，可是這時的沉默卻對張福造成最大的傷害。她竟然無視於我的作爲嗎？張福這時才從一廂情願的夢裏醒來，知道自己在她的心裏是無足輕重的。她愛的是她的夢想，而不是活生生在她週圍的人。

張福一點也沒想到她竟會爲夢想殉身。

「我想開一次演奏會，你得大力支持啊！」

「那還用說嗎?當然支持到底。」

她原是爲了實現夢想而舉行演奏會的，不幸演奏會卻變成兇手。

「每次我說想開演奏會，那些鋼琴老師就勸我再等一段時間，我已經三十歲，不能再等了。」

「他們爲什麼這麼勸妳呢?」張福好像明白了，但他實在不希望情形會那麼可悲。

「誰知道呢?一定是怕我開了演奏會一舉成名，搶了他們的風光。」

是這樣嗎?張福很想對她說:不是吧?但他終於不忍心說。甚至明知如此，也不能勸她死心。

「你算什麼嘛?你說這些話?你根本就不懂音樂，還要故意對我說喪氣話!你是什麼意思嘛?」

張福早就想到了，如果他對她勸些什麼放棄夢想之類的話，杜眞一定會這麼責備他的。算了，還是沉默是金吧。馴馬師總會分辨百里馬和千里駒的。我不懂音樂，難道那些鋼琴老師也不懂嗎?

演奏會的籌劃，完全交給工廠裏的公共關係主任去做。租場地、印宣傳稿、請記者……，一切都按照杜眞的意思。尤其對於握有刀筆大權的新聞記者，幾乎聽任他們隨心所欲:逛夜總會、上舞廳、送衣料……。

「廠長，這些人眞難纏，花樣層出不窮。」李主任說。

「沒關係，都答應他們好了。要人家幫忙，光靠一張嘴巴，力量是不夠的。」

「可是——你看，已經花了這麼多錢，我覺得太浪費了。」

「要做點事，總得花點錢的。我都不心疼，你心疼什麼呢？只要演奏會成功就行。」

嘴巴雖這麼慷慨，張福這時卻另有一番想法了。或許這是個將計就計的機會吧？只有這個機會，也許可以扭轉他在婚姻生活中所處的劣勢。所有的籌劃，表面上是爲了杜眞的夢想，而在它的背後卻隱藏著張福不爲人知的陰謀。這陰謀的靈感事實上是杜眞親口觸動的：

「每次我說開演奏會，那些鋼琴老師就勸我再等一段時間……」

杜眞的話就如曙光乍現，張福彷彿有了一線生機。既然鋼琴老師都那樣說，演奏會是否成功也就不難猜度了。杜眞的夢想一旦破碎，也許就會放棄她對夢想所做的堅持，轉在現實生活中紮根吧？張福是懷著這種陰謀，等待著演奏會來臨的。

而杜眞自己是什麼也不必操心的。禮服早就訂做好了，她每天仍然在鋼琴前努力不懈。她甚至根本就沒想到失敗的可能性。在她的幻夢裏，只有成功的火焰在她眼前熊熊而燃，以致於竟無視於黑暗的沉寂。

兩個人就在這截然不同的心境裏等待戰果。張福好像胸有成竹，料定杜眞才是這場冷戰的犧牲者。而杜眞卻單純的陶醉在琴聲裏，不知道她的眼前已醞釀著一股非命定的風暴……它可能會把她的命運完全改變的。

演奏會當天的報紙都登出了杜眞的照片和介紹。演奏會結束後，發生了一件小小的挿曲。當聽衆——只有六成——離去後，後台卻出現了兩個電影公司的老闆，想請杜眞去替他們公司拍一部音樂片。

「你叫他們走嘛！」杜眞不耐煩的說：「人家開鋼琴演奏會，他們卻來叫人家去當電影明星！」

那些吃過夜總會大菜的記者們卻抓住了材料，第二天影藝版都登載著這令杜眞覺得羞恥的消息。他們只一味讚美著她有一張可以拍電影的臉孔；對於她的演奏卻以「有待努力」作結束。而這些都只算是小小的槍戰。眞正致人於死的大砲是一個音樂評論家寫的「評杜眞」。那個樂評家沒有吃過夜總會的大菜，因爲他向來不吃。

「不可否認的，天才在任何一種藝術裏都是必要的。有些人彈了一輩子的鋼琴也不可能變成演奏家；所以，對於彈了二十四年鋼琴的杜眞來說，其演奏技巧的失敗，並不令人感到意外。蕭邦或者杜步西的作品，在杜眞女士的演奏會裏，只是一些散漫而呆板的音符。我們只聽到她把音符忠實地彈出來，而不能賦予作品以新的面貌和有力的詮釋……我們尚不能在此時就認定杜眞女士是一個演奏家，而只能稱之爲一名琴手……」

「我只是琴手嗎？我只是琴手嗎？」

整個早上張福只聽到杜眞這憤怒而又失望的吶喊，她的手抖得像在彈琴，甚至忍不住哭起來。張福不知道該怎麼安慰她，只是握住她的手，讓它們得到休息。

「沒關係，下次再來嘛，反正妳還年輕。」

張福嘴裏雖勉強擠出這一句安慰，心裏卻不希望再有下一次。戰果如他所料，他或許可以得到一個眞正的妻子；至少他可以等待了，等待一個沒有任何條件的妻子。

但等待也往往是一個盲目的夢想。張福只喜悅的知道他贏得了什麼，卻不知道他也將要失去什麼。

他照常到工廠去上班，中午的時候，他掛了一個電話回家，可是王媽說太太已經睡午覺了。黃昏他回到家時意外地看不到她在彈琴。也許她眞的死心了，他想。

「太太還在睡覺呢，」王媽說。

他走上樓，輕輕地旋開杜眞的房門。

杜眞仍穿著昨晚的黑色禮服，躺在粉紅色的床上。從演奏會帶回來的玫瑰花洒了一地的繽紛，散發著濃而沉悶的幽香。他走近她，看到她仍緊閉著眼睛。她太累了，他想。她的眉心微皺著，好像在夢裏仍有一個夢想沒有完成。難道她還不死心嗎？他伸出手，想輕輕地把眉心的那團皺紋撫平。可是那團皺紋好像有什麼力量把他的手反彈了回來。

一股幽幽的冷氣在玫瑰的幽香裏冒出來。他再度伸出手，很快地把手按在她的眉心上。但那皺紋已經冰冷。永遠冰冷了！

「杜眞，」他叫一聲；「杜眞，」又叫了一聲。

沉默。

直到現在，杜眞仍是有資格沉默。她那至死依然美麗的臉孔，仍是最有力的語言。「我討厭人家說我漂亮，」杜眞曾這麼埋怨著：「我又不想當電影明星，漂亮對我有什麼用？」

而那微皺的眉心，在她向人世告別的時候，眞的把她的美微微地破壞了，那小小的眉心，集聚著多少的哀痛和抗議啊。

「我只是琴手嗎？我只是琴手嗎？」他又聽到杜眞的哀泣在屋裏迴旋。

他翻開她的手，這雙爲夢想而躍動而也爲夢想而死的手，冰冷、慘白，昔日的溫暖一握已成舊夢了。在那雙手的左掌心，黑色的簽名筆留下了她的遺言：

「我終究不能成爲演奏家，而只是一名琴手罷了！」

張福頹然地坐在一地的玫瑰花瓣裏。厚垂的粉紅色窗簾正承受著金色的斜暉，整個屋裏盪漾著如夢一般浪漫而又恍惚不定的光澤。沒有恐懼，也沒有眼淚，生和死在這裏重疊成一點了！

然而，這樣的結局是否太殘忍了一點？這樣的死是否也太固執了？爲了夢想而生、也爲它而死的人，除了某些勇者——所謂的革命家——又有誰會那麼執著到底呢？張福冷靜地思索著杜貞的死，但卻不能分辨她到底是強者抑或弱者。這個女人的一切，是至死也不容分辨的嗎？

太陽已經閉上了眼睛。屋裏暗黑一片時，張福才知道自己的腿坐麻了，而他仍然一動也不動地坐著。他不知道站起來以後要做什麼。好像有許多事要去做，又像都不必去做；做什麼都沒有用了，這個交叉點已經變成了永恆的十字架。

就在這種既不清醒也沒完全死去的沉寂裏，張福突然聽到不知何處傳來的琴聲。很慢也很平淡的琴聲，好像一個人閒來無事，坐在琴前用一個指頭在彈琴，那麼從容自在，悠然忘我。在那沒有伴奏的琴聲裏，聽不到驚悸和憤懣，也聽不到感傷和哀怨。這是誰呢？誰會這麼適時地爲杜貞奏出這首輓歌？

可是琴聲突然像驟雨，狂暴了起來。幾乎可以看到琴鍵上的手指頭由一個變成兩個，三個，四個……終於十個手指都投了進去。那是什麼樂曲呢？不是貝多芬的，也不是柴可夫斯基或莫札特，是一種即興的傾瀉吧？琴聲像驟雨打在鐵皮屋頂的聲音，亂而急躁。這又是誰呢？又是誰這麼適時地爲杜貞奏出另一種的輓歌？是杜貞自己的靈魂嗎？張福屏息凝聽，琴聲好像來自樓下，但隨即又像是整個大氣之中都有著驟雨的奔騰和狂風的呼嘯……

而驟雨終於也停了，這次張福聽到了可怕的聲音：

「你是兇手，你是兇手……」。

是的，你是兇手。張福三年以來一直不能卸去的，就是這種自責。它就像兇悍的毒蛇，盤踞在他的心裏，使他覺得罪惡和顫慄；這種自責的痛苦是不能、也不敢向任何人傾吐的。

「你這個做丈夫的，多麼自私啊！太太要開演奏會，你卻先咒她失敗！你看，她可被你咒死啦！」

任何人如果知道他曾懷著那種陰謀，一定會這麼罵他的。而自責已經很夠噬人，他怎能再讓自己變成槍靶呢？

在杜眞的演奏會裏跑腿跑得最勤的公共關係主任，現在變成張福最厭惡和妒嫉的人物。所有的陰謀實際上是他賣力促成的，他卻能免於共犯的罪嫌，不受自責的折磨。有幾次張福眞想拿起筆塗幾個字就叫他走路，再不要見到這個賣力的走狗。但這僅是在不能忍受自責的痛苦時引發的怨怒，當然不能毫無緣由就白紙黑字叫人走路的。我畢竟是一個企業的老闆、是有社會地位的人；不僅僅是一個在精神上涉嫌殺妻的丈夫啊！張福就這麼矛盾的在內心裏從事馬拉松的自我鬥爭；而那個忠心賣力的走狗，每天仍若無其事地忙著接洽產品廣告、接待外賓等等的所謂公共關係事宜。他的薪水在年資的制度下，一年比一年增多，每年的紅利也因工廠收益日增而作著累進的跳躍。他的太太在教小學，一男一女兩個孩子都長得肥胖可愛，最近還在郊外的山脚下買了一幢新洋房，養了兩條名貴的狗，院子裏還闢了一個養魚池，種了許多花木。這賣力的走狗倒更像一個快樂而且受社會尊敬的人！有一次他還忠心耿耿的在張福面前拍了一個很臭的大馬屁呢。

「我說，廠長，您年紀還輕，總不能光棍打到底，寡婦都有再嫁的，何況你是個男人！你的錢財地位都比以前高，還怕找不到一個更漂亮的嗎？」

「滾你媽的蛋，閉上你的臭嘴！」

張福眞想一個大砲就把這個馬屁轟出門，但畢竟被理智制止了。

「老李，別開玩笑了。」他只是懶洋洋的這麼說。

眞的，別開玩笑。在這永遠被自責盤踞著的心裏，怎有空隙容納別的女人呢？

唯一能容納的，是每個週末以夜渡資買來的女人的肉體，這對張福已經是最大而也最無奈的解脫了。在一種普通的人之層次裏，他是一個沒有任何拘束的肉身；但在某種特定的、非人眼所能洞穿的層次裏，他已經是一個失掉自由的男人。他不敢到岳家去見那失掉了女兒的岳父母大人，尤其不敢見到那些一拍肩膀就要把心都挖出來讓你看的諂佞之輩；如果偶然地見到，也總是哼哈兩句就趕緊掉頭而去；甚至閉起嘴巴、皺起眉頭，讓他們想到他是一個喪妻的不幸男人，悲哀得無話可說了。

「小張完全變了個人啦！你瞧，連我們這些老朋友都不認啦！」是的，不認啦。跟他們說不上十句話，他們就會把盤踞在你心裏的那條蛇給活捉出來，那條蛇必然會在你臉上反咬一口的。我怎有勇氣承擔那種當場給咬破臉的痛苦？朋友，我已經連跟你們說話的自由都沒有了啊。我變了，變成這麼個畏縮而固步自封的男人！

現在唯一擁有的，就是每個週末以金錢買來的女性肉身。這些不必以心靈去和她們交談的女人，可以讓你過濾身上的魔鬼品質，得到短暫的、潔淨的酣睡。

可是今天這個女人卻完全把過去已定了型的週末面貌作了一番大異其趣的整容。

到底該叫這女人什麼呢？折騰了半天，也沒想出一個恰當的名字來。

已經來不及了，女人像鬼魂那樣悄沒聲息的現身在他的眼前。

「我敲門你沒聽見啊？」她說。

「沒有啊。」

「我以爲你睡了，」她的手涼冰冰的伸到臉上來：「是不是睡了？嗯？」

「沒有啊，我雖然屬豬，可不像豬那樣貪睡。」

「你是屬豬的嗎?人家都說屬豬的人有福。」

「什麼福?你說說看。」

「咦，坐享其成呀。」

「我可沒有那樣的福氣，也不喜歡那種福氣。坐享其成的人，多半也是坐以待斃的。」

女人咯咯地笑起了。

「眞奇怪，怎麼我們老是談到一些很玄的問題!」

是啊，怎麼這女人一點也不讓魔鬼的品質滲透到她身上去?今晚的純吃茶是吃定了嗎?

女人換了一套黑色瑞士紗的低領洋裝，黑鞋、黑皮包，胸前睡著一隻銀色的蝴蝶。

「怎麼，妳也喜歡黑色嗎?」他惶亂的注視著她，幾乎以爲那是杜眞的陰魂再現了。

但女人卻狡猾地笑了起來。

「你這個『也』字用得很不技巧，」她說:「那麼，另一個喜歡黑色的女人是誰?」

這利嘴的女人，一句話就把人問住了。

「是跟別人結了婚的女朋友?還是棄你而去了的太太?」她仍然步步爲營地進逼著。

「咦?妳怎麼知道的?」——糟了，這女人難道是神仙!

「我不知道呀，」女人笑著說:「只是猜猜罷了。這麼長的夜，又下著這麼大的雨，我倒蠻喜歡聽故事的，怎麼樣？純吃茶的先生，你的故事可好聽？」

不能說，不能說，不能說。張福緊閉著嘴，覺得這個女人變得不可愛了，凡是愛刺探別人隱私的人，多少會讓人感到厭煩的。

「你看你，臉色都變了，我可沒強迫你說呀，你怎麼能生我的氣？」

女人的手在他的臉上來回地輕撫著，她的眼光盈盈地落下來，正好是一點一滴的懷疑。

「我只是覺得這個夜太昂貴又太難打發了。」她說。

張福拉開她的手，下了床去穿外衣。

「我們到外面去吧，在這裏是短兵相接，太危險了。」他拉長了臉說。

女人沒有說什麼，沉默地跟他走出去。她是很職業地聽從了客人的要求，不必去問內容是什麼。

街上依然下著大雨。張福向櫃台的管理員借了一把傘，轉了兩個街口才坐上他那輛一九六三的雪佛蘭。這輛車是跟杜眞結婚那年特別買來作迎娶禮車的。

怎麼今夜下了這麼大的雨，有些街道已經積水了。在這茫茫的大雨裏，他跟這社會的關係好像一層一層都被沖擊得點滴不剩。只有旁邊坐著的女人是眞實的，而且是唯一在這大雨傾盆的街上行走而不被雨毀容的人。張福猛然刹住車子，一轉身就抱住了女人，狂野地吻著她的臉和嘴。雨水依舊在他們的頭頂上肆虐著，可是這小小的車身就是一個世界，這個世界已經變成神話裏的荒島，男人和女人在這島上都不必僞裝什麼了。

女人默然地接納了他的熱情。當張福放開她，重又開動車子，她也仍然無語。沉默有時是最美的交談，讓車窗外的風雨去互相笑罵和撕打吧，這美麗的和平是不能破壞的。

車子停在張福的家門前，女人疑惑地看了他一眼。張福自顧自下了車，開了門，然後撐傘立在車門外叫她下來。

一入大門就可以從甬道的這頭看到亮著燈的走廊，磨石地上左右各擺著一盆紫色的綉球花。

客廳只亮著一盞橙色的座燈，寬大的米黃色沙發呈現著一種漠然的睡姿。女人好像不勝疲倦地在沙發上坐下來。沙發像是在夢裏被人搖醒了，全綳緊了臉孔，不知這深夜時分發生了什麼令人訝異的事情。

「妳想喝什麼？可樂還是果汁？還是一杯酒？」

「可樂，」女人的聲音細微得像落地的塵埃。

張福進餐廳去拿了兩瓶可樂。

女人左右審視著這長形的大客廳。沙發、冷氣、電視、電話、音響，這客廳有著昂貴的文明。可是總讓人覺得空洞，好像在這些文明裏，缺少了某些溫柔的品質。除了家具，這個客廳幾乎沒有任何擺飾。雪白的牆上空無一物，除了兩隻壁虎正在互相追逐。沒有花瓶或鮮花，也沒有玩偶或雕刻。有些飯店的套房還掛著塞尚的靜物或畢卡索那些總是歪了半邊臉的裸女呢！這個客廳未免文明得太生硬無趣了。

雨怎麼越下越大了，屋簷的滴答聲密得就像成排的子彈，在疏落的叢林沼澤裏一粒一粒炸開來。

張福一直在抽煙。女人含著麥管，把它當作很費神的活兒，細心地，一小口一小口吸吮著可樂。

很久很久以前，有一個女人叫杜眞，她長得很漂亮——噫！我總不能用這種迂腐的開場白吧！張福又點燃一根煙。越過女人的肩頭，他恍若看到杜眞就站在客廳的角落裏，白色的手臂伸得長長地朝他指過來。你說，你說呀！

「好，我開始說。」他很嚴肅地坐直身子，清了清喉嚨，好像剛才遲疑了半天就是爲了喉嚨被什麼東西給塞住了。

「從鋼琴談起好了，」他說：「妳彈過鋼琴嗎？」

「咦？怎麼問起我來了？」女人聳著肩膀笑起來：「故事是你要說的呀，跟我可扯不上關係。」

「好吧，這個故事很簡單，就是一個女人跟鋼琴的故事。」

女人的手肘擱在茶几上，手掌支著半邊臉，透亮的眼睛一直盯著張福，好像不那樣盯牢，張福就會厚臉皮的編出幾簍筐的謊話。

兩隻在牆上追逐嬉戲的壁虎終於交尾在一起。張福不必說謊，他是恨不得把心掏出來，讓女人看看他的心已經被啃噬到何等潰爛的地步。甚至他生命裏與生俱來的O型血液，也快被吮光了。封閉了三年的創口一旦被揭開來，它將在空氣裏散發出何等腐敗的氣息！

張福激動地把潰爛的創口一層一層剝出來：婚姻的承諾、演奏家的夢想、生活的寂寞、陰謀的醞釀、演奏會的失敗、杜眞的死……

這個夜晚的雨聲給了他勇氣，而這個雨夜的訊息是眼前的女人帶來的。這個女人坐在那裏傾聽的樣子，多像杜眞呀。這會是杜眞的靈魂再現嗎？在這落雨的深夜，她從遠處的山崗草墳裏涉水而來？她來傾聽你的辯白和悔恨，同時爲你做審判嗎？不，聊齋的時代已經過去了，張福這時確知他的傾吐是有目的的。

雨好像是停了，屋簷的滴答聲很久才滴那麼兩、三滴。兩隻交尾的壁虎，已經合久必分，啾啾的哼著小調。壁虎的叫聲把故事的尾聲切斷了。張福抬眼看著壁虎，牠們竟瞬間就溜得了無蹤影。兩人對望一眼不禁都笑了起來。咦，這個女人還對著我笑呢，她竟不責備我嗎？你聽，她還問鋼琴在不在呢。在啊，鋼琴是杜眞的供桌前最重要的祭品呢！

琴室的燈一亮，就看到杜眞懸掛在桌前的遺照。

「哦，眞的是漂亮的人呀，你看她那對眼睛，亮得多麼野心的樣子。」

女人在琴前櫈上坐下來。她揭開布罩，掀起琴蓋，刹時便看到那排森白得令人發冷的琴鍵，那麼秩序井然地臥躺在那裏。女人的手在琴鍵上輕撫了半天，幾次把手指按下去，卻都又遲疑地縮了回來。她是怕琴聲破壞了這深夜的沉靜吧？張福想。

女人終於蓋上琴蓋，一轉身就走出琴室，逕自回到客廳的沙發上坐下來。

「如果我今天不是坐在這裏，就該坐在我自己的琴前彈琴。」女人的手搓了半天才接著說：「不錯，我現在也算是有鋼琴的人，但那是非常陳舊的鋼琴了，有些鍵已經壞得不能修，只能給孩子們彈著玩。」

「什麼？妳有孩子？妳生過孩子嗎？」張福無論如何不相信一個生過孩子的女人，會有那麼美好的身段。

「誰說我生過孩子啦？你眞是神經質！」

奇怪，這個女人聽過故事後竟無品評嗎？這個故事對她只是一陣風嗎？她的心已經被所謂的「風塵」掩蓋得不見一點血色了嗎？張福不禁後悔了起來。他原是希望在傾吐之後得到女人的安慰，甚至希望女人爲他點破迷津，告訴他陰謀的醞釀是否該負涉嫌殺妻的刑責。而這個女人竟吝於施捨婦人之仁。她的心地，眞的跟杜眞一樣冷硬嗎？

可是女人卻開口說她也有一個故事。沉默了這半天，就是在考慮該不該交換故事嗎？

「反正是消磨時間嘛！」她輕描淡寫的說：「我也來說個故事，而且也像你一樣保證這個故事是眞的。」

張福的兩雙腳放肆地擱到茶几上。賣身的女人都有一個好聽的故事，姑且聽聽吧。

「關於我乳房，我得感謝我的父親。」女人的故事別開生面的，竟是從她那雙毫無文明僞裝的乳房說起的。

「如果我父親不是個牧師，也許我們就不會到漁村去，我或許也就不可能有這麼好的乳房。」

「哦——」

「我七歲不到，父親被教會調到一個漁村新蓋的教堂去。那個漁村的人世世代代都是以養蠔爲生的。那時還沒有工業起飛，沒有大量的工廠廢水流入海裏去作集體屠殺，所以那些時常從教會取得救濟和信心的漁民們，幾乎每天都送鮮美的蠔來給我們。你知道吧，蠔的荷爾蒙很豐富，所以我一直認定我的乳房是蠔的營養孕育的。當然漁村的女人也都有一對豐美的乳房，而且世世代代的嬰兒都仰賴著它們撫育的。外地人都說漁村女人的奶水是蠔奶。蠔在他們生活中的地位，一度被他們認爲是永恆的、無法取代的聖品。

「你知道吧，不論在怎樣窮鄉僻壤的教堂裏，總有一架風琴的，我想我的音樂細胞就是在那時繁殖起來的。父親一有空就教我彈琴，九歲的時候，我已經可以在禮拜天幫父親彈琴了。他總是說我有一雙修長纖柔的手，該去學鋼琴才對。」

女人平伸著十個手指頭，眉心微皺地注視著它們。

「也不知道那時父親是基於什麼想法，大概是對獨生女的鍾愛吧。不久，他眞的送我到鎮上一個教中學的音樂老師那兒去學鋼琴了。從漁村到鎮上得坐一個鐘頭的汽車，路又顚簸得很厲害，一個禮拜兩次，都是父親送我去的。那個音樂老師年紀已經很大了，他總是對父親說我是天才。等我上了中學，父親就對我說，不希望我老是在教會幫他彈風琴，他要我以後成爲一個鋼琴演奏家。

「高中畢業我果眞如了父親的願，考上音樂科；父親也就兌現了他的支票，爲我買了一架鋼琴，我是不是天才呢？上了學不久我就發現自己不是了，至少我知道幾個同學是比我才份高的，他們也都拜了知名的鋼琴老師。父親認爲我是天才，那是因爲在偏僻的鄉間並沒有別人可以比較。可是我也不願因此而傷他的心。每次寫信回去都在信裏說了一大堆我在學校裏怎麼快樂又怎麼勤奮，受到老師讚賞一類的話。現在想起來，我那時的說謊是什麼動機呢？倒像是爲今天的我做了拓路先鋒！

「是的，我當然要告訴你，我為什麼會由一個唸音樂的、牧師的女兒，變成一個賣身的女人，不然我何必說這個故事呢？事情的轉捩點是我讀大二那年寒假。我回到家時，發現家裏住了十幾個孩子，最大的十歲，最小的只有一歲。本來就不太寬敞的家，被那些不知憂愁的孩子們吵得好像要炸掉了。教堂四週雖然有一個大院子，可是那時是冬天，海風狂而冷，孩子們都被父親和母親關在屋裏，父親買了不少圖畫書啦！象棋啦！跳棋啦！……等等給他們，可是他們卻更熱衷於在屋裏躲迷藏和打仗。怎麼家裏突然收養了這麼多的孩子呢？我被這意外的事實驚得啞口無語，最後才問父親是怎麼回事？父親說收養這些孩子已經三個多月了；他不是瞞著我，只因為忙得沒空寫一封長信，向我解釋收養的原因。

「大概在我唸高中的時候，漁村的人已經逐漸明白，他們非改變謀生的方法不可了。他們世代賴以為生的蠔，已經不能在海裏自由生存了。同樣的，天空的顏色已經和海的水質一樣，有了改變。我每次從學校搭車回家的途中，都會看到不斷出現的大大小小的煙囪。橙色的黃昏幾乎都被灰煙搶走了。那時我只知道工廠的灰煙改變了天空的色澤，卻不知道它竟改變了我的命運。我的生存方式和這些漁民一樣，不得不改變了。

「因為蠔的產量逐年減少，漁村的男人開始出海捕魚了。老天並沒有特別眷顧這些男人，他們和別的漁夫一樣，在和風浪搏鬥的日子裏，總有不幸被大海捲去的偶然。許多女人頃刻之間都成了寡婦，無依無靠地拖著一羣孩子，有的寡婦爲了肚皮問題，不得不再嫁，可是人家卻不願她連帶地拖了一堆油瓶過去。還有些寡婦是死心眼地生是夫家人，死是夫家鬼，只好挺直腰身，跑到城市裏去幫傭。可是人家也不願意傭人是把整個家都搬去同住的。這樣，那些死了父親的孩子就成了燙手的洋山芋。奇怪的是小女孩都很快地被人買去了，但男孩子就沒有這麼暢銷。牧師對所謂罪惡的事端總是很敏感的，這大概是神賦予他的天職吧！父親很快就發現了這些人口買賣的可怕，接著就把這些山芋都帶回家了。漁村的人認爲教會反正有錢，養幾個孩子是沒問題的，這個觀念就害苦了我們。孩子越來越多，而從教會得到的補助是有限的，父母親半生的一點積蓄，不到半年就被孩子們蠶食淨盡。這時我已經在課餘去教鋼琴，可是一個月的收入卻不夠這些正在長大的孩子們吃十天。

「是的，你不必驚訝得睜大了眼睛，我就是在這種景況下走上了這條路的。漁村的人認爲是教會出錢在養孩子，父親認爲是我的一雙琴手賺錢在養孩子，就讓他們一直這樣想也沒什麼不好。一層一層的觀念都是色調一致的，只有我這個被重重包圍著的核心知道自己有幾種保護色。

「不，我一點也不感到罪惡。商業行爲的接觸往往是止於行爲而已，這些行爲的汚垢是可以洗刷乾淨的。所以我一點也不怕神會遺棄我，我知道神看得見我的心是清淨的。

「你說偉大？不，我不覺得這有甚麼偉大。能救衆人於苦難的才算偉大，我們這一點點的施捨怎能說是偉大呢？我覺得我們倒比較像犧牲者。說不定你的工廠也有工業廢水吧？我們一家和漁村的人，尤其是那些曾經肥美的蠔，都是所謂工業起飛的犧牲者。而且我相信，在這個海洋大於陸地的地球上，我們並不是僅有的一羣。」

女人並沒有哭，她只是低頭在把玩她的手指。

「我記得小時候父親替我取了一個英文名叫 PIANO，直到現在，我偶然回去，他還會這麼叫我。如果你還要問我的名字，那麼就叫這個好了。」

女人的語氣現在是那樣的平和自然，一字一句都是語眞情摯，不由你不信了。張福現在終於知道，她和杜眞是不相同的；兩相比較，杜眞的死顯得多麼輕率和幼稚。這個女人說了這麼一個故事，豈不就是對於杜眞的指責嗎？那麼，在這女人眼裏，我是無罪的吧？

突然，刷的一聲，張福聽到窗簾拉開了。他霍然站起來，朝女人站著的窗口走過去。這麼快又是黎明了嗎？清晨的寒氣一絲絲地從窗口滲進來，樹梢的鳥兒已經開始叫噪了。

——原載一九七二年元月～二月《今日世界》

羣鷹兀自飛

「你看到我家的貝兒嗎？」
「剛剛還看到他跟木炭在玩沙子。」
「木炭，貝兒沒在你家玩嗎？」
「他跟張媽媽家的哥哥去捉蟬啦。」
「他跟一半又和大頭跑回來了。」張媽媽家的哥哥說。
「大頭，貝兒沒跟你一起回來嗎？」
「他說要去草地那邊看人家打棒球。」

……………
而草地空無一人，只有一羣小雞和幾張碎紙在風裏跑著。
愛眞穿過草地，走到盡頭的池塘邊。池邊堆著碎紙、破瓦片、空罐頭……。閃著油光的池裏蔓延著一大片布袋蓮，紫色的花串，一串一串挺立在夕陽下。貝兒不致於掉進這池裏去吧？

也許他在違建區那邊跟人家玩捉迷藏。

繞過池塘往前走，就聽到違建區的孩子們哭笑和女人們叫罵孩子的聲音。炊煙緩緩自木屋的空隙奔竄而出，空氣裏飄著煎魚的香味。

兩排用木板拼湊而成的房子中間，是一條狹窄的巷子。裸著上身的孩子們成羣地跑來跑去。種在奶粉罐裏的鳳仙花，白的、紅的、紫的，兀自開得燦爛蓬勃。白瓷破臉盆裏種著玫瑰花，枝椏高高地攀沿到屋簷上，就依著那刷白漆的木板開了一朵巴掌大的玫瑰花，每一片橙紅色的花瓣都伸展著一種傲岸的美麗。竹簍邊有一窩小白狗擠在大白狗身上吮奶。幾隻棕花的小雞吱吱地趴著沙地找蟲吃。鍋鏟的聲音此起彼落。男人們有的在餵豬，有的在修理門窗、洗刷板車，也有的坐在破沙發裏，意態悠閒地抽煙。

在這窄巷裏奔跑戲耍的孩子們都說沒看見貝兒。

「他也許到山上去玩了。」一個跛脚的孩子說。

「山上有瘋子哦。」一個頭上生瘡的說。

「眞的嗎？」

愛眞的汗從抖顫的心中溢出來，一顆顆轉眼就冰冷了。在孩子們無知的喧鬧裏，一種怕被什麼遺棄了的、孤獨而焦慮的痛楚，越發尖銳地刺進她的心裏來。

倉惶地走出違建區，通向山頂墳場的馬路只有兩、三個行人。黃昏很快就要過去了，一出門就看到的那羣兀鷹，依然在天際飛翔；鷹羣似乎一直跟著愛貞，在她頭頂上的天空盤旋。像是嘲弄，又像是默契著某種陰謀，振翅高飛的鷹們是一組詭異的幽靈，揮之不去地在天空製造一種暗沉的色澤。

「貝兒！貝兒！」

愛貞終於忍不住心裏的驚悸，失聲叫了起來。野地無人，我的貝兒眞的棄我而去了嗎？不，不會的，他不過是暫時走失罷了。

然而走失到何處去了呢？

在這無所依歸的惶惑裏，不由得恨起那個珠光寶氣的房東太太來。在實質上同樣是人家的二房，爲何她竟能高高在上的凌遲於人，而我卻是卑下的受凌遲者呢？只因我在這實質裏堅持了什麼，以致於失去了什麼嗎？

雖是如此，愛眞始終不後悔她的堅持，只是更加堅韌地織著生命的厚繭。在那繭裏蠕動的蛹是唯一的富足，那是從懷著貝兒時就存在了的。

貝兒是蛹。而蛹終將突破裏身的繭，或蛻變爲蛾、或蝶、或蠶……。

然而那突破的一日絕不能是今天。一切都還沒有準備好。措手不及的突破，會把人的心震碎的。

就像懷胎足月的某個午後；

就像這個房東太太突然造訪的下午。

「當然啦，房子還有兩個月才到期，本來是不該來跟妳說的。可是呢，那樣高的價錢，誰不心動啊！人說見錢眼開，換作是妳，也會這樣的。」房東太太幾乎是開門見山的說。

「妳——是要我搬家嗎？」

「對啊，是這樣的，這附近蓋了這麼多公寓，卻沒有一家煤氣行，我有個朋友看中這爿店面，想來這兒開煤氣行。他呀，開了個好價錢，押金三萬，月租三千五——」

房東太太說到這兒就停住了，一雙手無聊地玩弄著太陽眼鏡。愛眞正在縫一件乳白色的媚嬉裝下襬，不必側過臉去都可觸到房東太太手指上那粒鑽戒的光芒。

她是多精細的女人啊，把話停在那兒，讓妳自己去比照。差了一大截呢，妳怎麼好意思讓人家倒掉那一大桶油水？當初講好的是押金一萬，月租一千五；後來又加到押金一萬五，月租二千，那已經是最大的能力了。就憑著一雙手脚、一架縫衣機，再大的能耐也沒法比照煤氣行的條件；付掉月租三千五，難道叫我和貝兒喝稀飯嗎？

「現在這社會啊，什麼都好做，就是做人難！妳想，他自己找上我，開出那麼高的價錢，我如果拒絕了呢，是不是顯得太不知好歹？但如不拒絕呢，就要叫妳搬走；實在說，我心裏也挺難過的。」

「是啊。」

愛眞只能這麼說了。

至少那些小便宜妳是佔不到了。現在妳身上穿的迷底，不是我做的嗎？除了旗袍，妳哪件衣服不是我做的？每次把料子送來就訂下日期：「我要和我家老爺去吃飯啊。」「要到機場接個朋友嘛。」「親戚的少爺大喜，要去喝喜酒。」……一次一個堂皇的理由，就得把顧客催的衣服擺在一邊，先趕她的。等做好了衣服，她總說：

「妳把賬記下來，付房租的時候再扣除好了。」

而把一千五或兩千的房租送到她手裏，她總是一轉手就整疊放入手提包，把衣服工錢忘得精光。愛眞每次都盼著她會自動記起來，然而沒有一次這盼望不落空。久而久之，愛眞終於了解她不是健忘了。把她兩年多來的衣工錢加起來，怕也有萬把塊了吧？而如果把這些錢算進去的話，每月的房租豈僅是一千五或兩千？即使不去算這份錢債，至少也是份人情啊。怎麼人情就這麼薄，人家開個比妳優厚的高價錢，什麼人情都扯碎了。既然這樣，剩下的也就是那份錢債了。好吧。既然只剩一層錢的利害關係，等搬家時就把賬單開給她好了。

「妳有什麼意見沒有?如果有就說出來,不要緊的,說出來我們好商量。」
「要我什麼時候搬家呢?」
「最多也只是十天半個月吧,人家在等著我回音呢。」
「一個月不行嗎?我最近收的衣服比較多,一時恐怕沒空去找房子。」
「其實妳的手藝很細巧,可以把工錢升高一點嘛。妳的顧客又多,工錢提高些,還怕一個月付不起三千五嗎?」
「我的房租是兩千啊!」愛眞一時還沒摸淸她的意思。
「是啊。但是如果妳也能一個月付三千五的話,我倒寧可租給妳,不租給煤氣行了。說眞的,租給煤氣行並不好,房子容易弄髒不說,一旦漏了氣著火,房子燒掉了怎麼辦?即使保了火險不受到損失,總也是一件倒楣的事!」
「我——我恐怕付不起!」嘴裏這麼說著,心裏卻想著:加上妳的衣服工錢,不是四千一月了嗎?我一個月拚盡全力也只能做五千塊,去掉四千,剩下的連稀飯都喝不成了。
縫好下襬,愛眞站起來,抖了抖衣服,就插上電熨斗,開始燙衣服。這件衣服是隔壁巷子陳小姐的,吃中飯時就跑來催了一次,保證四點鐘一定讓她拿回去,也是穿去吃喜酒的。已經四點五分了,大概馬上就來了吧?

貝兒睡醒午覺，看到房東太太坐在那兒，就說他要出去找朋友玩。好吧，既然不能陪他唱歌或聊天，總不能把他關在家裏，他的年紀是飛躍的年紀，沒理由叫他沉沉地陪妳挨過生命的分秒。

「五點鐘就要回來，知道嗎？」

「知道了。」

貝兒拿著拔拉，邊啃邊走出去了。

「妳這孩子倒是長得蠻結實的，塊頭又大，不像六歲的孩子呢。」

「是啊，他很能吃，也不挑嘴。」

「這才好嘛，像我家的孩子呀，要是天上的星星能吃，也摘下來給他吃了，就是長不胖！都已經小學二年級啦，還沒妳這孩子高，一到颱大風我就擔心，眞怕被風吹走了。」

「那不是輕得像羽毛啦！」愛眞笑著說。

「反正很瘦就是。」停了一下，又說：「妳這孩子臉孔體型都不像妳，一定是像他爸爸吧？」

「嗯——」好勉強地擠出這肯定的聲音。

「妳是不是基督徒？」

「不是啊。」——難道妳是來傳教的？

「那妳怎麼沒供妳先生的靈位呢？」

「以前供過的，」她壯著膽說，「可是孩子看到照片會怕，就拿掉了。」

「哦。」

「反正那只是形式嘛，供不供都無所謂。過年過節祭祭他就是了。」——我祭他就咒他早死！

「其實妳還很年輕嘛，怎麼不再結婚？一個女人啊，不管怎麼說，都該有個男人陪在身邊，那樣妳的擔子也輕一些嘛。」

「過幾年再說，反正現在生活還過得去。」

剛拔揷頭，陳小姐就來了。陳小姐是大學生，臉上長了好多青春痘，但因爲有一對靈活的大眼睛，笑談之間，眼睛的光芒全把青春痘蓋過去了，是個討人喜歡的女孩子。

「哇，好棒啊。」

陳小姐穿上新衣，站在鏡前叫起來。

「我媽不相信我會設計衣服，快，我要回去穿給她看，她答應把她心愛的蘭花剪一朵給我戴在這邊。」她指著左胸的上端。

「記我媽的賬啊，她昨天剪了新料子，過幾天會來量尺寸。」

陳小姐走了，愛眞又開始縫另一件洋裝下襬。

「嗨，我想起一個兩全之計了。」房東太太突然拍著手說：「這一計如果行得通，妳就不必搬家了嘛。」

「哦——？」

「剛剛不是跟妳說，我那朋友要開煤氣行嗎？他還沒結婚哪。年紀也不太大，只有四十二，錢大概有幾個的。他以前是專門搞走私的，撈了不少錢呢。現在海關查得緊，他一看苗頭不對，才想到開個煤氣行。妳看怎麼樣？我給妳做個媒吧？如果說成了，妳想想，這爿店面也不太小，一邊賣煤氣，一邊做衣服，不是挺理想嗎？那樣你們一個月合起來，不知要賺多少萬呢。」

拐彎抹角的探了半天，難道她的本意就是來說媒的？如若是那樣，她積欠的那筆衣服工錢就不能說只是錢債了。這份心意，多少是一份人情啊。

「怎麼樣？妳怎麼不說話？又不是沒碰過男人的老小姐，還怕羞嗎？」

不是怕羞的，這種事有什麼好羞？再羞的事都經過了。面皮磨練得很厚實，有一段時期都認爲自己的臉皮已經厚到刀槍不入的地步了。

「既然不是怕羞，爲什麼不說話呢？妳是不是嫌年紀太大了？」

「不是。」——他年紀比四十二還多一些呢。

「那是嫌他搞過走私？人家現在已洗手不幹了。再說，有錢就好，何必管他那麼多！」

「不是的，我——我只是不想再結婚，至少也要過幾年再說。」

「妳呀，別太癡情啦，他都去世那麼多年了，該守的守過就好，難道替他守一輩子！」

只有裝著對她苦笑了，讓她認爲我守著什麼也好，那樣不更像貞節烈女嗎？而去他的貞節烈女，我替他守個鬼哦！我守的是一股不能揮發的怨恨，我怎能對她說，我是爲了不願把這份怨恨滲給別人才不願結婚的？這是不能說的，要說也說不清。每日的清晨就像一把剪刀，手一抬起就把一天剪開了——就像剪衣料那樣——然後就得一針一針去縫，到了夜晚只覺得困乏，日子是自己剪開的，也得自己把它縫合。這是看起來最簡單不過的道理，妳又如何去向人解釋包含在這道理裏的苦心積慮呢？

而房東太太還不死心地說著，那人如何的談話詼諧、體魄如何的魁梧、做事又是多麼精明、善於經營、一袖子可以舞出幾大疊鈔票來……

五點早就過了，貝兒怎麼還不回來呢，房東太太越發熱心地述說著那人的善體人意，種種說不完的好處，像是根本就忘了她原是爲了他才來催討房子的。弄到最後只讓愛眞焦躁地想到她像一隻討人嫌惡的蒼蠅，只顧嗡嗡營營地去沾別人頭上的爛瘡，一點也不替人想想那爛瘡的痛楚。

幸好隔壁洗衣店的老闆來叫她去聽電話，一通電話就把她叫走了。

「我們老爺催我回去，今晚家裏有牌局，妳再仔細想想啊，兩樣事情都想想，有了決定就掛個電話給我。」

她匆匆忙忙在門口攔了一部計程車，走了。

而那時，黃昏的脚已經伸到了店前。一抹薄弱的斜陽正照在玻璃橱窗裏那個塑膠模特兒的粉紅色的大腿上。

月亮像剛從水裏撈上來，顏色褪盡，很淡很淡地貼在天邊，三兩顆星子也開始眉目傳情了。眼前的原野怎麼都長了荒草，那一大片菜園和稻田全都不見了。只隔三個多月沒來，一切就變得這樣面目全非嗎？那麼那些太太們閒聊的所謂調整都市計畫，是鐵定的了。這一大片土地原來是公園預定地，上個月公布新的都市計畫，又把它開放爲住宅區了。聽說把土地賣給建築公司蓋公寓可賺大錢，那些世世代代和土地搏鬥而又收入不豐的農人們，今年終於任由荒草蔓延，待價而估了。

野地裏揷了幾塊「××新村建築用地」的木牌，看來這片身價不同了的土地，不久又要遭到開土機的欺凌了。這是以前愛眞常帶貝兒來散步的地方。時間總不固定，當她心裏的內疚累積到無法自遣的時候，她就毅然地把那些衣料丟開，鎖上門，帶貝兒出來散步；每次總走到這片田野，說故事或者唱歌給貝兒聽。平常的時間全在顧客的「快啊，我的先做好不好？」的催討下，整個賣給了剪刀、布尺、縫衣機……只好任由貝兒出去找伴玩。附近的孩子家教都還不錯，天晚或下雨貝兒也自己知道回來，所以她總很安心地由他去。這樣的習慣一養成，她更安於沉默了。有時貝兒玩累了，坐在她身邊好幾分鐘，她竟只一針一針縫著，全然忘了該找些話題和他聊聊。直到他遲疑地說：「媽，妳怎麼都不喜歡和我說話嘛？」她才驚醒過來，說些「噢，你在外面跟誰玩啦？玩些什麼啊？好不好玩？有沒有跟人家吵架？」一類皮面的慰問。不然就說：「媽媽忙嘛，噢，你唱支歌給我聽好嗎？」貝兒唱的差不多都是從電視裏學來的歌，也有幾支是跟上幼稚園的小朋友學的。

「媽，妳說，我到底什麼時候才可以上學嘛？」貝兒一唱幼稚園的歌就要這麼問。

「快了，快了——」愛眞心虛地說。

「快了是什麼時候嘛？妳每次都說快了，快了，不知道還要說多久呢？」

「唉，你還小嘛，急什麼？」

「我啊，才不小了呢，」貝兒拍著胸脯說：「人家翰翰才五歲，他的弟弟才三歲，都上學了嘛，我比翰翰還大呢。」

貝兒這番比較，好幾次讓愛眞心慌得針刺到肉裏去，爲了不讓貝兒看出異樣，愛眞甚至連一聲低喊也沒有，拿另一隻手去搓被刺到的指頭，三下、兩下就把刺痛的感覺搓麻了。

而搓不厤的，是心裏的痛楚，那被怨怒層層包圍著的痛楚，是心的底層一粒堅硬的碎石。磨不去的、恆在那裏牽扯妳那沒有法律地位的、不名譽的過去。

今年貝兒已經滿六歲了。過完暑假就該是上小學的年齡。但誰寄那張入學通知給妳呢？在法律上貝兒只是一抹沒有名字的靈魂；雖然在實際的生活裏，他是一具那麼堅強、活躍的肉身。

愛貞記得有一次貝兒拿零用錢去買回一盒跳棋，他興奮的說，他在木炭家學會跳棋了。

「來，我來教妳！」他大言不慚地攤開棋紙：「嗯，妳用紅棋，我用綠棋。」棋子都擺好時，他突然皺著眉說：

「媽——那，誰用黃棋呢？」

「沒人用啊，我們只有兩個人嘛！」

他思索了一下，說：「好吧。」就開始走第一步棋。

「媽，妳這一步該這樣走，——嗯，對了，這樣妳下一步可以走得更遠一點，說不定可以回老家哦。」

愛貞陶醉在那種假裝的無知裏，失神地看著貝兒紅通通的臉。瞧他那在眉目之間閃爍的機靈，愛貞不禁想起出生後第一眼看見的他，脹成青紫色的臉全皺在一起，雙手握緊拳頭，哭得漫天價響。他那雙小脚不停踢著，像是一生出來就了然於自己無可改變的身分；傷心地哭著、不甘心地踢著，但能把那層楣運踢掉嗎？

那張臉如今卻出落得如許光潔、靈巧，沒有一絲苦相。然而，在血脈裏奔流不息的那份淒苦，又豈是這張臉所能掩飾或改變的呢？

「媽，妳怎麼搞的嘛，我剛才就跟妳說，妳該走這一步，下一步可以走得更遠，妳怎麼不走嘛？媽，妳是不是看不懂啊？」

「嗯，媽好笨，是不是？」

「才不呢，媽會做那麼漂亮的衣服，才不笨！」

「下跳棋比你笨呀。」

「因爲妳還在學嘛，學會了就不笨了。」

愛眞舉著棋子，裝著惘然地看了半天，才走了一步。突然想起「舉棋不定」那句話，貝兒也許不能了解吧？即使了解也只是純粹的「棋」；在生命的許多事物中掙扎的棋，他是斷斷不能了解的。

（而貝兒不正是妳生命裏最難安揷的一著棋嗎？這記長考是不能讀秒的，它是至死也需掛懷的一著棋。）

「媽，如果妳輸了，妳會不會哭？」

「會哦。」愛眞不加思索就說了出來。

（怎能不會呢？爲什麼偏偏是我輸？想起來就不甘心！）

「那我讓妳好不好？妳走兩步我走一步？」

「爲什麼要讓我呢？」

「怕妳再哭嘛。」

「我是說著玩的，」愛眞笑了起來：「我才不會哭！」

「哼，妳本來就是好哭鬼嘛。」

「現在不是啦。」

（是的，媽媽曾經是好哭鬼。在那個出走的深夜，小鎭一街寂寂，卻彷彿有鬼哭神號。媽媽哭腫了眼睛，趺坐在寒風凜冽裏，任你的手脚在腹內抗議！）

愛眞望著那由圓圈和直線交錯而成的棋紙，越發覺得它像莫測的生命。只是兩種符號的交錯，卻有無數的終點。從起點到終點原是一條直線的路途，卻往往需翻越千重山、萬重水，度過層層的關卡，繞道盤旋才能走到終點。生命的路不也如此嗎？愛眞記起初中時，數學老師總愛以「兩點之間以直線距離爲最短」那句話來訓勉同學。那時眞的信守不渝，以爲一切的事都可以俐落的解決。直到有了貝兒，才悟到人際的關係是那樣變幻無窮，怎能以單純的幾何原理爲依據呢？人類不過兩性，但其間的糾纏卻往往是無限

「媽，我看妳是輸定了吧？妳看，我已經有四步回到老家了，妳一步都沒有，快點把後面那幾步跳出來嘛。」

愛眞聽話地把後面的棋跳出來，但是貝兒突然把面前的棋子一推，站起來說：

「唉，算了。」

「怎麼啦？不是玩得好好的嗎？」

「兩個人玩眞沒意思，」他愁著臉說：「三個人才好玩嘛。」

「哦！」——愛眞捂住胸口，知道那老問題又來了。

「媽，妳到底什麼時候才生出一個弟弟來陪我玩嘛？」

「媽要做衣服了，妳再去找木炭他們玩好了！」

每次都要凄然地把話題扯開，這是沒有答案的問題啊。

「爲什麼我們家只有一個孩子嘛？人家木炭的媽媽好棒哦。生了那麼多個，多好玩！」

愛眞只能無言地把貝兒的埋怨吞進去。該怎麼跟他解釋呢？總想不出一個完整的理由。陷在這種無奈裏的愛眞，有時就會渴想自己成爲第二個聖母瑪利亞。雖然不曾受過什麼洗禮，但初中時的英文老師是個虔誠的教徒，常說聖經的故事給她們聽。當時誰也不知道所謂肉慾的受孕和聖靈的受孕有什麼區別；因爲不了解肉慾，所以區別不出聖靈。而當妳的心已被肉慾耕耘得支離破碎後，聖靈是否肯眷顧妳這片土地，爲妳播種呢？還記得英文老師說，瑪利亞之所以從聖靈受孕，是爲了應驗主藉先知說的：「必有童女，懷孕生子」。「要將自己的老百姓從罪惡裏救出來。」而妳，妳已不是童女了呀。

所謂山頂墳場其實無山，只是一大片斜坡罷了。貝兒眞的到墳場來了嗎，以前他曾跟小朋友跑到墳場，躲在碑石後面玩捉迷藏的遊戲，被愛眞罵了一頓，以後他就說再也不到墳場玩了。今天爲什麼又來了呢？一個人被包圍在無數的、陰冷的碑石之間，不害怕嗎？

愛眞開始沿著斜坡走上去。

在墳場的上端，愛眞發現那暗沉沉的鷹羣似乎飛得更低了。牠們的翅膀時常在一鼓作氣後，平伸得像一排靜止的劍，突然從高處斜刺下來，低掠一陣後又振翅高飛。那無聲的、飽滿的力之展現，是最詭譎的、死亡的語言。

或者今天又添新墳了吧？

鷹們總是在死亡的頂端盤旋，伺機掠食。牠們那堅硬如鈎的嘴和有力的魔爪，不就是以壓榨別人死亡而求取自己生存的武器嗎？

其實宇宙間豈僅鷹是陰險無義的生存者；人的社會裏，不也多的是善舞的鷹族！

想到他那隻所謂的鷹鈎鼻子，就覺得他那個人的臉，根本就像一隻鷹。因爲眼睛小而無光，嘴也細薄，額際掠過一些不聽話的頭髮，都沒有什麼特出，就把那隻鼻樑陡峭的鼻子，襯得更爲顯眼。說到人的鼻子，人家總要先想到鷹鈎鼻子，因爲那種鼻子總存在著一些可懼的什麼，好像人人都害怕似的。

第一次去他店裏，並沒有發現他那可怕的鼻子。直到懷了貝兒，一切都像順理成章了的某個夜晚，她躺在他身邊，靜靜地看他抽煙，突然從他的側臉瞧見那隻如山嶺般聳立的鼻子。

「喲，你的鼻子是鷹鈎鼻呀！」

「怎麼？妳不喜歡？」

「可怕。」她細聲的冷笑著。

「怎麼可怕啦？也沒欺侮過妳！」

她的心一沉，沒作聲。「還說沒欺侮過我！」眞想再衝著他叫起來，而貝兒突然在肚子裏翻了個身，似乎是勸她說：「媽，算了，爲了我，妳就忍一忍吧。」

「怎麼不說話呀？難道我這人眞的可怕？」

「沒有啦，」愛眞強顏地說：「他在我肚子裏踢了一下，蠻痛的。」

「哦——」他笑起來了：「一定是男孩，才那麼搗蛋。」他的笑一直掛在嘴邊，還用點頭來肯定他的猜測。

「怎麼能一定？女孩也有很調皮的。」

「哼！」他的笑微微收斂了起來：「再來個女孩，可以搭戲班子了。」……

十七歲畢竟是太稚嫩的年歲，愛貞仍沉浸在他那些愛的誓言裏，死也不相信生個女孩就冒犯了他。而且即使生個女孩，第二胎說不定生男孩呢。他的名正言順的洪太太生了六個女孩，到現在也仍是高高在上的洪太太，我替他生個女孩又算什麼？反正也不愁吃穿。

他的名字叫洪全順，算起來整整比愛貞大二十歲。從第一次見面就喊他洪先生，喊慣了也就很難改口，直到懷了貝兒，還是那麼喊他。

「什麼洪先生、洪先生！叫得像個外人！」有一次他捏著她的臉頰，這麼戲謔著她。

「喊慣了嘛。」那時還這麼對他撒嬌著。

「喊我名字，不會嗎？阿全、阿順、全順，隨妳怎麼喊。洪先生是讓外人喊的，妳呀，妳是內人啦！」

他特別把那個「內」字加重又拉長了半個音。可是愛貞心裏明白，自己是既不算外，也不算內的，是夾在內外之間飄盪不定的一抹沒有名分的陰魂。

「好嘛，那我就喊你全順好了。」

「這才像話，」他說。

洪全順布號在鎮上可不是等閒的招牌。那面招牌懸得好高，從三樓頂的陽台一直垂掛到底樓來。另一邊懸了一面比較小的招牌是「美麗縫紉班」。靠街的店面是布店，縫紉班在裏面。布店請了三、四個男夥計，洪全順總是坐在櫃台後收賬撥算盤，一站起來就露出渾圓的小肚子。

初中畢業那年，一次大颱風把田裏的收成全泡爛，升學升不成，大嫂就把愛眞送到洪太太的美麗縫紉班學洋裁。因爲住在偏僻的鄉下，到鎮上光是騎車來回就得三個小時，父母親又都過世了，洪太太就勸大嫂讓愛眞住在店裏。大嫂跟洪太太好像有一丁點兒親戚關係，洪太太也就很熱心地以親戚的情誼關照著她。

那兒的人學洋裁是算稻穀。一年要多少稻穀愛眞也不知道，反正一切都有大嫂跟洪太太接洽，她也就心安理得的住下來了。她跟洪家的大女兒住在底樓的後進。那女孩因爲患過小兒痲痺，跛了一條腿，爬樓不方便，特別在後院替她加蓋了一間房。洪家的女兒剛上初一，愛眞偶爾也可幫她作作習題。起先洪家的女兒都喊她林姊姊，但被洪太太糾正了過來，說按禮數該喊阿姨。

難道一切竟像一開始就安排好了的？阿姨，喊到最後她竟變成名符其實的阿姨了。一般大房的子女喊二房不也喊阿姨嗎？

洪家的大女兒叫燕玲，臉孔長得像洪太太，皮膚細白，眼睛亮汪汪的，很討人喜歡。算起來只比愛眞小兩歲，以姊妹相稱又何妨呢？然而洪太太竟說萬萬不可以，一定要喊阿姨。

事情就出在燕玲初中畢業那年，她到台中去考高中，是一所教會辦的女子高中，聽說辦得很好，燕玲又是教徒，考上了就歡歡喜喜的去唸了。

直到那時，表面上一切都像日出、日落，雖然偶爾陰雨出了常規，總還是晴日居多。洪先生還是坐陣在布店的櫃台後撥算盤，洪太太還是忙著趕衣服、教學生。這時愛眞已經算出師了，雖然手藝沒洪太太那麼精巧，總是該學的都學過了，她跟洪太太說，想去台北替人做衣服，聽說那兒的女人愛打扮，衣工也比較貴，可以賺大錢的。許多出師的學姊都到台北去了，聽說一個月都可往家裏寄三千多塊，愛眞不光想賺錢，還想到那五光十色的大都會去開開眼界。然而洪太太卻說：

「妳大嫂沒跟妳說過吧？妳出師以後得留在這兒兩年才可以走。當初妳大嫂說家裏收成不好，沒稻穀給我們，我跟她講好了的，稻穀不要算，出師以後得幫我做兩年。」

「眞的嗎？」

半信半疑跑回去問大嫂，居然是眞的。這還有什麼話說？白吃、白住了人家的，還學到手藝，只好一聲不吭。還債嘛，兩年的債期呢。

同樣是在那片樓底下吃、住、縫衣服，因爲知道現在住在那兒是爲了還債，心情便異樣了許多。燕玲到台中去了，自己一個人住著後進，一到晚上就氣得在日記上咒罵大嫂，恨她當初爲什麼不把眞相跟她說清楚，害她心裏沒一點兒準備，措手不及的就落在人家手裏。幾次想狠下心逃出去，又想到洪太太當初也是一番好意，說走就走未免讓人背後笑妳沒良心。

然而爲了落得良心，卻把妳的一生都付出去了。

那痛楚的清晨，是與貝兒出生的清晨同樣清晰的。它們是兩個因果的環結，扣在一起就扯不開了。

起先以爲是昨天踏縫衣機踏得太久了，後來又懷疑是不是月經要提前來，反正是沒有確切原因的，整個人癱瘓在床上，望著清晨漸漸的被陽光驅走。樓上的人都陸續走下來了，漱口的聲音咕嚕咕嚕響個不停，怎麼就起不來呢？像是身上有一條筋骨給扯斷了，傷口正在滴血，一定是滴了很多，整個人才虛得這麼厲害。頭有點暈，但也沒咳嗽，喉嚨也不痛，不像是感冒。胡亂猜測著，聽到洪家的女兒來喊她了。

「阿姨還不起來嗎？太陽曬到屁股囉。」

窗子沒加鐵柵，四、五個女孩都擠在窗前，把玻璃窗推開了，笑著羞她貪睡。想逞強爬起來，但背還沒坐直，又不由自主的躺下去了。

「唉——！」愛眞苦笑著，不知怎麼下台階。

「阿姨病了。」終於擠出了這句話。

孩子們像出號外那樣，嚷著去報告洪太太，洪太太走來站在窗外頭，探問是什麼病。

「大概是感冒了。」只好這麼搪塞著她。

「我送妳去李大夫那兒看病吧。」

「不用了，並不厲害。」

「那妳就多休息吧。今天不要起來了，要吃什麼跟我說，我去買來。」

洪太太說完就吩咐孩子們去上學了。過了約莫一個小時，端了一碗熱騰騰的豬肝湯，隔著窗子叫愛眞開門。

「吃點豬肝湯，補補元氣。」她說。

那一天吃了三碗豬肝湯，還替她買了蘋果和牛奶。愛眞躺在床上，幾次陷入一種曖昧的幸福裏。洪太太人多好，簡直像自己的母親一樣體貼。不免想到如果去了台北也碰到一病不起的日子，誰會端豬肝湯給她喝？也許連一口水都沾不上口，聽說台北人都是自私鬼！

果然是的，台北人都是自私鬼。要不房東太太何致於房子沒到期就叫我搬家呢？要不是她長屁股、長舌頭，何致於我竟需奔到墳場來找我的貝兒呢？

雖然淸明節才過了三個多月，墳場的草已長得很高了。太陽整個落入地平線，晚霞在一座座靑墳上端燃燒著。貝兒到底在哪裏呢？靑白的碑石分出死人的貧富：有的短小寬濶、有的高大燙金字，我的貝兒躲在哪一塊碑石後面呢？天這麼晚了，又有誰要在碑石之間捉迷藏？好吧，一座座看過去，進行所謂地毯式的搜查吧。我總要找到我的貝兒，就是爲了他，我才逃到台北來的。

如果人的肚皮像透明的玻璃，那該多好！一眼就能看出在羊水裏的胎兒是男孩，神態飛揚地端起「我替你家傳宗接代」的架勢，不也可以度過很威嚴而輝煌的一生，何必出走呢？

錯就錯在什麼也看不見，又沒有一點自信。洪太太一連生了六個女孩，我怎能確信自己會一胎得男？洪太太也未免不夠警惕，一直以爲一切都包庇得很完美的，卻在最後的關頭把底牌亮出來，她也許是想講和吧？不想卻把局面都弄砸了。

不過也該感謝她的粗心，否則妳豈不是至今仍在那後進的房中，做一個連生孩子都沒有自由的女人！他們只不過想利用妳留個種，什麼「愛妳，不捨得妳去嫁給別人」……那些甜蜜的謊言，只不過是浮在這種陰謀之上的一層泡沫罷了。

十七歲的確是夠荒謬的年歲，喜歡任性的撒嬌，也會激烈的反抗。而幸抑不幸，十七歲也可以是極溫馴的妥協者，並且一經妥協就死心塌地的，再不去懷疑其中的異議了。

把過往的一切仔細的回味，愛眞心疼的就是那段不知底牌的、妥協的日子，實在是幸福啊，如果不把外人那輕蔑的眼光算進去的話。

家裏開了布店，自己又會裁剪，做多少漂亮衣服都不算稀奇，稀奇的是洪全順竟然從那經年累月坐著的櫃台後走出來，有時陪她在後進的房裏吃孕婦都愛吃的零嘴，有時陪她到台中啦、嘉義啦、八卦山啦，照相、看電影，還替她買了許多飾物和鞋子。銀行裏替她存了錢，每個月還有「薪水」；那兩年的債當然一筆勾銷了。洪太太更是像好母親似的，買了許多補品叫她吃，三餐也比別人多了排骨啦、豬肝啦、豬脚啦、豬肚啦……。那時眞敬佩洪太太的風度，竟是那樣毫不計較和寬宏大量。有時和全順到外頭去玩三、四天，回來看到洪太太一個人忙得團團轉，心裏就有些過意不去。然而洪太太卻還笑嘻嘻的說：

「忙慣了嘛，妳別操心我，還是去休息吧。」

那種一經妥協就被推入無底的幸福裏的日子，誰能逃得出來呢？或許那時太陶醉了，竟不知那無底的幸福，其實是可怕的深淵。

幸好是洪太太的底牌，把我從那深淵裏拖了出來。愛眞一直記得那個亮出底牌的午後。六月天，房裏異常的悶熱，電扇開到2，呼呼地轉個不停。洪太太一推門進來就說：

「哎呀，電扇不能這樣吹，已經順月了，得小心一點。」

「很熱嘛。」

洪太太趕緊把電扇開到4，這才在床邊的椅子上坐下來。

「現在就嫌熱，那坐月怎麼辦呢？七月更熱的呀。忍一忍嘛，做女人別的不忍都還好說，就是生孩子這件事，不忍也不行，吃虧的是自己的身子嘛。」

愛眞嘴裏含著酸梅，只是尷尬地笑著，不知該說什麼。

「頭胎最重要啊，」洪太太又說：「這一胎養得好，以後的都沒問題啦。」

「以後？以後還要再生呀？」愛眞訝異地說。

「看情形嘛——」洪太太頓了一下，接著說：「生一個總是太少嘛，妳看我，生了六個！要不是出了毛病，我還想再生呢。」

「不，我生一個就夠了。」愛眞想到大嫂每次生孩子都痛得在床上又踢、又哭、又叫，眞像大哥賣豬時，豬販子把豬綑綁著抬上車去的聲音。

「那怎麼行？要是生個女的，妳總得再生呀，至少也要生個男的才能停。妳想想，要是生個男的，全順不知要怎麼疼你們母子！我那六個女兒反正遲早是要潑出去的水，這一大擔子的家產，不都要落到你們手上了嗎？」

「……我不要。」——我只能做一次被出賣的豬。

「那以後再說吧，反正頭胎都還沒生下來，談那些太早了。不過有件事倒要跟妳說清楚。……」

「什麼？」愛眞吐掉酸梅核，生怕一著急就把它吞進去了。

「妳是說把孩子送人？」一字一字緊接著酸梅核吐出來。

「女孩，」洪太太把頭一點：「女孩才送人。」

「我不要，」愛眞的臉凝起來了。

「是街尾媽祖廟的廟祝算的命，不信妳去問問他。再說，女孩本來就太多，上次我生老六時就想把她送人，廟祝先生說不可以送，有招弟命，所以才替她取名招弟嘛。誰想到我的輸卵管會出毛病！哎！說來也是我命壞。」

愛眞沉著臉，開始懷疑這曖昧的幸福了。

「頭胎是最難說的，有的晚個十天、半月才生，有的又提早。生男、生女更是猜也猜不著，我如今提前跟妳說，就是讓妳心裏有個準備，免得生完發現孩子送人了，大吵大鬧對妳身體不好，對我們也很難堪。而且妳還這麼年輕，夠妳生的，送掉一個又算什麼！」

愛眞恍惚看見一線靈光在眼前閃了一下，突然開竅了，就不動聲色地說：

「好吧，沒關係。」

「這才好，」洪太太說：「我們是一家人，凡事都好商量的。」

愛眞心裏想著：什麼商量呀，明明是你們把繩索繫在我鼻子上，硬拉著我往前走的！洪太太寬心的笑著走出去，大概要向全順報告去吧？這一向全順很少到房裏來睡了，只在白天過來陪她聊聊天、吃吃零食，有時太陽快下山時到外面散散步，說是有利於生產的。有這麼些單獨相聚的時間，爲何全順竟不把這話說出來呢？還要透過洪太太的嘴，大概他自己有點心虛吧。不由得想起他前兩個月說的：再來個女孩，可以搭戲班子了。當時心裏只震了一下，就自我安慰似的，避重就輕地忘掉了。

洪太太一走出去，愛眞突然激動地撫摸著那突起的腹部，第一次想到她竟可能失去「它」。以前她對懷孕的感覺只是像馱了一個沉重的包袱，不曾覺得有什麼喜悅，也不曾想到生了會怎樣。好像一切都是命定的，想也一樣、不想也一樣。每天就那樣吃吃、玩玩，享受著極放肆的幸福，並且心裏認定那是她該得到的補償，就越發要讓那幸福的表面裝飾得更近乎一種招搖。反正，面皮是丟盡了，再怎麼招搖也不若一個十七歲的女孩子，突然頂著肚皮那麼的羞恥。

而任誰也不相信那懷孕的過程是那般的離奇。對著逐漸發脹的肚子，起先只以爲是發胖了，雖然月經過了三個月都沒來，因爲以前也很不規則，並沒放在心上。女孩兒家，也不敢把這事跟洪太太提起，倒是洪太太自己卻很關心的悄悄問她，是不是三個月沒來洗了。

「嗯。」——當時還很羞澀的低著頭，心想洪太太怎麼知道的呢？

「沒關係，」洪太太這麼安慰著。

接著洪太太就換了一種十分細柔的口氣，像哄小孩那樣哄著。……她的聲音比平常的還溫和，聽久了會把人化掉似的。但愛眞恍惚覺得洪太太手裏握著什麼，正在一層一層的把包了火種的紙剝開，讓它在氧氣裏赤裸著，終於冒出火花，熊熊地燃燒起來。洪太太並不曾讓火燙著就返身走了，留下愛眞一個人面對那團烈火……

「記得那天早上嗎？」洪太太是這樣開頭的，「妳說妳好像患了感冒起不來……是啊，妳記不記得那前一個晚上打烊的時候，他請妳喝了一杯熱咖啡？原來是說要下跳棋，喝了提提神的……記得啊？對啦，就是那樣……就是全順做的。……妳一點都不知道嗎？那難怪，他說放了五片安眠藥呢。……」

在擺盪不定的火光裏，愛眞清晰地看到在自己肚子裏存在的，竟是一抹再也揮之不去的夢魘。而當時爲何那樣沉靜啊！即刻接受了事實，不曾想到要去控告他，或者去找婦產科解決。也許是一切太突然了，魂都被嚇住了，完全失了主。雖然終於在炙人的火光裏哭起來，但那聲音是極低的，細水長流地綿延著。洪太太把全順叫來，跪在地上說好話，應允了許多條件，那無非是他以爲破財可以消災，拿錢在唬人罷了。

就那樣，全順以一種鐵般沉重的臉孔，逼到愛眞身邊；開始了一種曖昧的、揉和了陰謀的肉慾的、姨太太的生活。約莫有一個月光景，愛眞可以感覺到自己體內迸發出極大的、仇恨的力量，來抗拒這個曾在無意識裏佔有了自己的男人。罵他、捶他，抓得他四處血痕斑斑；而他只是笑著，並不曾發脾氣。這種沒有爭執的單面戰鬥終於讓愛眞感到厭倦，認爲一切都無所謂了……就在失去堅持的空隙裏，那播種者終於奪回他開墾過的那片土地。

而收穫的季節不是快到了嗎？

洪太太卻那麼不明智的製造了小小的颱風。

愛眞逐一回味著兩年多的生活，終於把一切環結扣在一起，明白了自己是一開始就走入圈套裏的。什麼家裏繳不起學洋裁的稻穀，出了師不准到台北去……大哥、大嫂也許早就和他們串通好了，或者是被他們出賣也說不定。不然爲什麼從不來看我呢？心虛吧？把妹妹送去讓人家當傳宗接代的工具。哼，不知酬勞幾許！不知臉皮幾吋厚的！

愛眞下了床，拿著紙筆開始計算手邊的錢財。非走不可了，洪太太的話終於把她從任性的、迷糊的心境裏拖出來；第一次體認到自己對胎兒的愛，不是任何陰謀或算命先生的符咒可以奪去的。誰能保證生下的一定是男孩？而且即使是男孩也不留給你們。要讓你們籌畫了幾百日的陰謀毀於一旦，讓苦心耕耘的你們，睜開眼來發現土地空無一物！沒有種籽可收獲了，這土地上的一切都要連根拔去的……

在鷹羣密集得更低的天空下，愛眞漸次清晰地聽到了啜泣的聲音。濃綠的樹影在黄昏裏顯得更爲陰鬱，晚霞已燃燒得只剩一片灰燼了。月光從這片灰燼裏浮上來，渾圓光潔、閃著盈盈清輝。突然想起了，這圓淨的月色不正是十五嗎？農曆七月十五——是明天吧？鬼節的月色啊！

愛眞的額頭冒出更多的虛汗，想到鬼節、鬼月，這墳場的鬼們這時或許都在妳身邊遊移著……

而哭聲更近了。在一棵低矮的桂樹背後，一塊純白大理石的碑石之前，愛眞終於看到了貝兒。他背對著她坐著，她一眼就從他穿的紅格子襯衫認出了他，摻和著喜悅和埋怨地叫了起來：

「貝兒，你怎麼在這裏？」

「我在等他，他一直不醒過來！」貝兒很委屈的哭著。

就在貝兒身邊的水泥地上，一個穿白色上衣寶藍色西褲的男人，俯睡在那裏。愛眞直到這時才猛然記起違建區的孩子說的：「山上有瘋子哦。」這人大概是那瘋子吧？愛眞不由得生氣的說：

「叫你不要來這裏玩，你爲什麼不聽？天都快黑了還不回家？把媽媽嚇死了。」

「他說叫我等他醒過來，他要到我們家去嘛。」

貝兒抬起頭看著天上的鷹羣：「而且，那麼多的大老鷹，我不敢一個人回去。」

愛眞看了一眼睡在地上的人說：「不要管他了，來，我們快回去。」

貝兒扭回頭凝視那個人，終於遲疑的說：

「他還沒起來嘛，他說今天一定要到我們家去，他已經說了好多天了。」

「別聽他胡說，他是個瘋子，到我們家去幹嘛？」

「他說他認識妳！」貝兒直視著著愛眞的眼睛，「他有妳的照片哦，眞的，他給我看的，妳綁了兩條辮子。」

愛眞像被什麼東西撞了一下，有點暈眩。除了全順，誰會有我留著辮子的照片？

愛眞站直了身子，只覺得俯在地上的那男人細瘦的背影是全然陌生的。遲疑了一下，終於踱到他身邊，彎下腰去探看他朝裏的臉。他身上有一股腥臭，似乎還摻雜著一絲冷颼颼的什麼，把愛眞的腰刹時震直了，但隨即又硬著臉彎下去，也還是不能明確地看清他的臉。燃成灰燼的天空本來就夠黯淡，低飛的鷹羣又正好在他的臉上撒下一大片陰影，愛眞只能從他的側臉瞧見一隻鷹鼻，似乎有點腫脹地靜止著，一羣黑色的大螞蟻正沿著鼻翼往上爬。愛眞抖顫地伸出手，費了好大的力氣才夠到他的鼻子。而尚未觸及，愛眞就抽回手來了。不必用這種方式去求證什麼，愛眞確然地知道，這人是永遠不會醒過來了。

不知他給貝兒看的是在哪兒的照片？綁著兩條辮子，不就是懷著貝兒的時候嗎？而他是怎麼找到這裏來的？貝兒說他「已經說了好多天了」，難道貝兒這幾天都看到他嗎？爲何他回家竟不提起呢？

愛貞轉回身，想從貝兒那裏探尋這一層層的惶惑，但一轉身就被貝兒那張臉嚇住了。他像是全然了解整個事件的眞相，兩隻眼睛集聚了身上所有的力量，迸射出一種灼人的光芒。

「我知道妳騙我了。」愛貞恍惚聽到他這麼說：「我知道這人爲什麼要到我們家去……」

是這樣嗎？貝兒。愛貞像被抽空了一切，虛弱地望著貝兒那沉如火光的眼睛和緊閉的嘴，突然腿一軟就坐了下來。好累啊，她想。

而鷹羣仍在頭上盤旋著，甚至肆無忌憚地衝刺到愛貞的眼前來。揮不去的，揮不去的，整個墳場好像都隨著鷹羣飛旋起來了。

——原載一九七二年九月十四日《聯合報》

拾玉鐲

一

三叔從老家寫信來，說農曆六月卅那天，是我們曾祖母撿骨的日子，叫我們大家都得抽空回去祭拜。

所謂我們大家，其實也沒幾個人了。二哥、三哥、大堂兄和堂弟，都在國外。他們當然不可能爲了曾祖母撿骨，就老遠的從美國回來。大伯去世的時候，大堂兄和堂弟，也都沒回來。

看完三叔的信，我趕緊跑到隔壁巷子的公用電話亭，打電話給大哥。大哥開了一家貿易公司，每次我打電話給他，都得過通他的女秘書：妳貴姓？有何貴幹？對不起，董事長現在有客人，妳隔半個小時再打來……，總要經過諸如此類的一番折騰，我才能聽到大哥的聲音。我不喜歡這煩瑣的通話程序，不常給大哥打電話。現在公用電話又都限制講話三分鐘，有時大哥剛喂一聲，公用電話已響起淒清哀怨的告別曲了。

不巧得很，大哥的女秘書說，大哥到香港和新加坡去考察業務，得到下星期三才回來。我放下電話，扳著指頭盤算，下星期三是六月廿七日，還來得及。

暑夏的陽光，炎炎的烤著火紅色的鐵皮電話亭，汗珠從我的額頭直淌到衣領上。我扳開電話亭的門，用右腳頂著，再撥我二堂兄的電話。二堂兄是電視公司的導播。我打電話到電視公司去，那邊回說：李導播不在。於是我打電話到他家去。傭人說：先生還在睡覺。這時已是上午十一點了。

「那太太呢？」我說。

「太太也在睡覺。」

二堂兄的太太，是個歌星：她的兩隻大眼睛，比她唱的歌還要深邃些。他們算得上是新婚——不及半年。二堂兄十多年前就結過婚，有兩個兒子。他到電視公司當導播後，眼朝天看，但見繁星閃爍，就應允了卅萬元贍養費，把舊任的堂嫂打發走了。那位堂嫂是個小學教員，挺溫柔賢淑的女人，相貌也不差，聽說已改嫁到南部去了，兩個孩子也都跟了去。

我掛了電話，把汗溼的手略擦乾，再撥三堂兄的電話，三堂兄是一家公家機構的工程師。

「三叔的信嗎？」三堂兄說：「我也剛剛才看到。我正在考慮呀，照理說，我們當然都該回去的。可是，最近我也許要到東部去出差，我們那裏有個大工程在進行。這樣好不好？再過四、五天，妳再打電話給我，那時再作決定。」

「好吧。」

我有點兒灰心。打了三個電話，卻打不出一個肯定的答案；倒顯得我窮熱心似的。不過，也許是天氣太熱，我的心雖是有點兒灰，卻還不曾冷下來。我嘆了口氣，撥最後一個電話。撥了一次又一次，那邊始終在講話，打不進去。我堂姊以前在老家那邊的銀行當出納，嫁到台北來後，帶了一筆私房錢，盤了一家半片店面的銀樓，現在已擴大為珠寶公司了；在敦化南路和天母，都買了洋房，租給外國人住。

想來是珠寶生意鼎盛，電話才那麼忙碌。有一天堂姊對我說：「有時候，跟人通一次電話，就可以做一筆二十萬元的生意，所以，一部電話的價值，可不只一萬八千元而已……」不知今天她在電話裏又做成了多少錢的生意。

我跟自己打賭說，再撥一次還撥不通，我就不再撥了。這一招很絕妙，電話再撥過去，果然就聽見堂姊那一貫沙啞的聲音。

「喂，金屋珠寶公司……哦——信我是收到了，可是，妳認為我們一定要回去嗎？」

「當然要啊，三叔不是叫我們都得回去嗎？」

「剛才我打電話給妳姊夫，跟他商量這件事。妳姊夫說，我們女的都是潑出來的水，已不姓李了；撿骨的事，該他們男的去管。而且，天氣這麼熱，回去得坐那麼久的車子，很累的啊，恐怕也得花不少錢呢；那種錢不該我們花的呀。」

這樣嗎？我怎麼都沒想到這些？一時給楞住了。

「妳一定要回去嗎。」堂姊又問道。

腦筋還沒轉過來，我就又直直的答一聲：「是啊！」

「妳是不是聽人說過，我們曾祖母下葬時有許多陪葬物，才要回去的？」

我不僅是楞住了；而且吃驚得極厲害的趕緊否認：「沒有啊，我根本不曉得有什麼陪葬，妳是聽誰說的？」

「我也不記得。我是現在突然想起來的。以前我在銀行做事時，好像聽誰說過。我們曾祖父，以前是大有錢人嘛。我們回去，也許能分到一點東西呢。」

「那樣嗎？可是，三叔信上沒提起呀。」

「他也許是忘了。」

我於是又愼重的問一次：「那妳到底要不要回去呢？」

「如果有東西分的話，我當然要回去啦。」堂姊的聲音是沙啞而卻高昂的。

總算尋得了一個肯定的答案，雖然……。

我那頂著鐵門的右脚，已經發麻了。我緩緩的縮回右脚，鐵門碰一聲又閤上。右脚像有幾千隻螞蟻在啃著，我靠在密不通風的電話亭裏，等著那幾千隻螞蟻死去。也許是昨晚沒睡夠，也許是鐵皮電話亭上的炎陽太毒了，我覺得很累，累得幾乎想哭出來。

那幾千隻螞蟻，終於死去了。我的衣領，已全汗溼，只好又推開門，仍用右脚頂著。這時已將十二點，我再一次撥電話到二堂兄的家去。他已經起床，還沒收到三叔的信。

「阿英，」我聽到他在電話裏對傭人說：「到樓下去，看看有沒有我的信。」

我把三叔的意思說給他聽。他嗯嗯哦哦的聽著，大概神智還不十分清楚的樣子。後來他終於說：

「我知道了，我知道了。我當然想回去，不知道時間湊不湊得出來就是。如果決定了，我再跟妳說。妳裝電話了沒有？還是沒有？我告訴妳，我們公司最近買了好多長篇小說，要改編國語電視劇，妳有沒有合適的？如果有，賣一次版權，就夠妳裝一部電話了。」

「恐怕沒有吧。」我難為情的說。

「上次我不是告訴過妳嗎？別儘寫那些小貓三、四隻的短篇！要寫，就寫一部大堆頭的，轟轟烈烈的愛情故事。愛情故事才容易賣錢哪……」

我僵僵的笑著。每次人家這麼勸我，我總是這麼笑著。雖然，我的二堂兄遠在電話的那一頭，是根本看不見我這笑容的。

二

三叔並不曾叫我們回信給他，告訴他是不是要回去。在他心裏，如若不是篤定我們都會回去，便是存著一種回不回來全看你的良心和孝心的這層心理。而不知爲什麼，我似乎更傾向於第二種的推測，因而，暗暗地爲三叔感到悲哀。猜想著他自發出那幾封給我們的信後，心裏一定天天叨念著：也不知在台北的那幾個，到時會不會回來？可別一個都沒有啊！那樣就太對不起祖先，太不孝了……。

彷彿是爲了撫慰三叔的這層心理，我回了一封信給三叔，告訴他我們在台北的幾個人，一定會在曾祖母撿骨那天回去祭拜的。

大伯父和父親都已過世，只剩三叔夫婦和他們那白癡的兒子留守老家，照樣種田。哥哥和堂兄他們都了解，初中在老家附近的鎮上讀，高中到台中、嘉義去；到了大學，就遠去台北或台南了。像二哥和大堂兄他們，大學畢業後又跑到國外去，在那兒成家、立業；書讀得越多，離老家就越遠。尤其離我們那百年傳家的種田祖業，不但遠、而且早就擺出了告別的姿勢，重返不得了。現在我們老家的祖田，只剩三叔那一份，父親和大伯的份，早都被大哥和堂兄他們賣掉瓜分了。

「讀了那麼多年的書，再回去種田，那豈不是開倒車？」

「要種田的話，當初根本就不必出來讀書！白浪費了那麼多的時間和金錢！」

「那些田，你要是租給人種，收的租錢繳稅剛剛夠；要是碰到天災，收成不好，恐怕連繳稅都不夠！那樣不死不活的拖著，土地不會消失，也不會增值，留著反而像個疙瘩……。」

「可是，把那些地賣掉，拿錢到台北來作別的投資，價值就大大的不同；你就是隨便在荒僻的街尾買塊空地，它每天也都在增值……。」

在傳統的習俗裏，嫁出來的女孩子，是沒資格分土地的，然而，每次問到他們賣祖田的原因，他們就有那許多冠冕堂皇的理由。我總愛把那些理由譽之為「新價值論」。而他們也總攤開雙手，笑著自慰道：

「妳說得對極了，一點兒都沒錯，是新價值論！」

在他們的新價值論裏，大哥賣地的錢，投資在貿易事業上；二堂兄投資在廣告公司；三堂兄聽說炒了一大堆股票。三堂兄為人比二堂兄木訥，但娶了一個善於理財的太太，有幾次我到三堂兄家去，只有他的岳母和孩子在家，因為堂嫂到證券公司去，很少在家。

三

我給三叔回了信後，自己卻開始惶恐起來。眞怕那塡寫著「一定回去」這個諾言的支票，到時不能兌現。我簡直後悔起來了。在我們幾個人裏，我年齡最小，又是堂姊所說「潑出來的水」，爲什麼要替他們承擔那樣大的風險呢？那天如果他們都不回去，我該怎麼向三叔解釋？我又不是善於編造理由的人，一編造就結結巴巴、上句不接下句的，人家還沒瞧出破綻，自己的心就先虛慌了……。

在誠惶誠恐中挨了幾天，我忍不住又逐一的給堂兄和堂嫂他們打了電話。彷彿是爲了從他們口裏套出一個肯定的答案，來安撫我這惶恐不安的心靈。

幸而，他們都還記得有這麼一件事。而且，他們的語氣，也都和上次不一樣。我想，在這些天中，作爲李家的後代，他們一定很謹愼地思考過這件事，了解自己尙揹負著一些不能卸掉的責任。這次他們的語氣都極熱烈、也極肯定。尤其是我的二堂兄，那一番激昂的言詞，彷佛是一段背得滾瓜爛熟的台詞：

「我不但要回去，我還要帶妳堂嫂回去，讓她見見我們的老家。我們的曾祖父也好、曾祖母也好，甚至將來我們的祖父、祖母也好，只要是我們的祖先撿骨，都是隆重的大事，都該回去祭拜。我們是讀了書的人，讀書人該知書達理，不能數典忘祖呀。要不然，三叔會笑我們的。三叔就只那一個白痴兒子，說來也可憐，那兒子連我們李家的姓氏都不會寫……。」

在電話裏，我彷彿還聽到二堂兄拍胸脯的聲音。在他們男性行爲裏，拍胸脯就是人格保證啦。那麼，我可以完全放心了。我終不至於那麼不孝地開給我三叔一張空頭支票。在幽冥的世界裏，這支票甚至直通到那不曾謀面過的曾祖母那裏的……。

剩下的，就只我大哥了。我打電話到大哥家去，想問大嫂要不要一道回去。二堂兄要帶堂嫂回去，我希望大嫂也能和大哥回去。三堂嫂是不可能回去的，她每天早上都要跑證券公司，比坐辦公桌上班的人不自由。

大嫂不在家，接電話的是大嫂那還在讀大學的弟弟，他說大嫂帶著兩個孩子隨大哥到新加坡和香港去了，可能要繞到歐洲和美國去遊覽，學校開學之前才會回來。我著實的嚇了一大跳。如果還要到歐洲和美國去，大哥怎能在農曆六月二十七日那天回來？如果他不回來，父親這一房，就只有我一個女的回去，似乎太不成敬意了……於是，我又打電話問大哥的女秘書，她說大哥不到歐美去，只有大嫂和孩子去，他一定會在農曆六月二十七日回到台北的。

到了曾祖母撿骨那天，我們一夥人，果眞都坐上了大哥租來的中型遊覽車。我的心情和他們略有不同：在這些時日中比他們多經歷了一番看似無形而卻沉重的驚險，才能在這啓程回老家的凌晨，體會到化險爲夷的平和。

夏季凌晨特有的濃霧，灰濛濛的把街道的臉孔罩得一片模糊。車子穿過濃霧，從寂靜的街道駛過，只聽得賣早點和賣醬菜的鈴聲，清晰的響著；是一種柔美而卻有力的聲音。我們一夥人，起床後雖經過了一番打點，上了車後仍還不十分清醒，大家寒喧了幾句，就都沉默下來了；還有再補一覺的那番懶散。二堂兄是一上車就閉起眼的，車子還沒繞出台北市，他的鼾聲已經雄壯地響起來了。新任的堂嫂似乎很難爲情，不時地拿手絹到二堂兄的鼻端去蒙著。誰都知道手絹是蒙不住什麼聲音的，堂嫂那舉止，反倒讓人覺得多餘而且幼稚。

不久，車子進入新闢的高速公路。車速一百的晨風從敞開的窗子直灌到臉上來，猶帶著一種強勁的冷意。我們那殘留的一丁點兒睡意，這時也被強勁的風颳走了。陽光跑得眞快，沒多久就追上了我們，赤條條地在我們眼前裸露著。大哥吩咐大家關上窗子，叫司機把冷氣開了。大哥坐在司機的右側，中間放了一隻白鐵皮箱子，他開了箱子說：

「誰渴了？這兒有可樂，冰的！」

兒子正高興有冷氣車坐，又聽到有可樂喝，興奮的拍著手，移到他大舅跟前，要了一瓶。

父母親尙在世時，兒子還小，雖然帶他回過老家，經過五、六年，也都快忘光了。

趁著放暑假，我就帶著他一道回去。剛上車時，堂姊說：

「怎麼妳還帶孩子？」

「放暑假嘛，順便帶他回去看看。」

我和堂姊坐在一起。她又問道：

「暑假那麼長，妳把孩子都關在家裏？」

「偶而也帶他出去玩玩。天氣太熱了，在家涼爽些。」

「妳沒讓他去學點兒什麼？」

「沒有。」我知道堂姊的孩子，每年暑假都送去學繪畫、學彈琴、學芭蕾舞、學游泳……等等的。堂姊的大女兒，已經初三了。兩個兒子，最小的也已小學四年級，聽說成績都不大好。

「妳就只一個孩子，還捨不得讓他去！」堂姊埋怨著我。

「他對那些沒興趣，」我說：「他只愛看書。」

「哦？愛看書？」堂姊提高了嗓音，繼之一頓，加重語氣說道：「那也不錯！」兒子從他大舅那裏，拿了可樂給我和堂姊。我們喝著可樂的時候，堂姊繞來繞去，又繞到曾祖母陪葬物的事。我沉悶的說：

「妳難道是爲了那些才回去的？」

「回去看看嘛，」堂姊瞪著眼睛說：「既然別人那麼說過，一定有點影子。」

「那麼——回去探虛實囉？」我勉強的笑著擠出這麼一句。

「又有什麼關係？」堂姊依然瞪著眼睛，朝堂兄他們呶呶嘴：「他們還不是一樣！」

「妳也跟他們講了？」

「要是我沒講，他們今天恐怕就不會坐在這車上了。」

這樣嗎？我這直腦筋，怎沒想到中間有這一層！

「那——他們都怎麼說？」我壓低嗓門問道。

堂姊反而提高了聲音：「大家都一樣，興趣大得很！」

「麗淑，妳說什麼事興趣大得很？」二堂兄醒過來了，正啜著可樂。

「他們在談曾祖母陪葬的東西。」三堂兄說。

堂姊問二堂兄道：「都有些什麼東西呀？」

「我也不知道，」二堂兄說：「我聽麗淑說的。」

「我也是聽別人說的嘛，」堂姊趕緊解釋：「我記得人家只說有值錢的東西陪葬；是什麼東西，人家也沒告訴我。」

「他們恐怕也不知道有些什麼，」二堂兄說：「盜墓的人虎視眈眈，誰願意讓人家知道有些什麼陪葬！」

「有些愛炫耀的人家，還是讓人知道的，」大哥說：「陪葬物越多、越值錢，就越顯得風光。」

「麗淑聽人說的也許只是臆測之詞，隨口說著玩的，那時我們的曾祖父田地多。」三堂兄說。

「反正回到家，眞相就大白了。」我插上這一句。

「等我們回到家，說不定墓已掘開了。」堂姊說：「我們該早點回去才對，人家掘墓的時候，我們沒在旁邊看，說不定會——」

「三叔會在旁邊看的。」我打斷堂姊的話說。

我穿了一件無袖的圓領洋裝，手臂上的雞皮疙瘩，像傳染病一般的密布起來。堂姊說：

「大概是冷氣太冷了。妳怕冷，該穿件有袖子的衣服。」

「沒關係，」我說：「我們老家那邊，太陽大得很。」

我突然覺得，我們本來順著一條溫暖和煦的日光大道回老家去的，卻不知爲什麼，竟彎入一條陰異森冷的岔路去了。

四

我們的祖宅，是一幢紅磚四合院，是在我們祖太手上蓋的，已有一百多年了。經過百多年的日晒雨淋，黑色的屋瓦淡成灰色，瓦縫又因破損糊了石灰和水泥，遠遠看去，就彷若一幅被驟雨打過的潑墨畫。

我們祖宅的四週，原本用紅磚圈著圍牆；時日一久，陸續地被颱風颳倒，父親他們三兄弟又分了家，沒誰出錢整建，後來就乾脆都拆掉了，拿那些舊磚塊去添蓋豬舍和牛舍。

倒是原本種在庭院內的花菓樹木，仍然蒼勁繁茂的佇立著；像一圈綠色的牆，把我們的祖宅忽實忽虛地掩映在一片翠綠之中。

我們的遊覽車在祖宅的門前停下來。成排的木瓜樹，黃綠錯綜、滿是纍纍的果實。釋迦和芭樂，映著陽光在枝頭閃亮著。龍眼樹的枝椏，都被一大串一大串的果實給壓得直不起腰來，有些竟垂到地面上。

我下了車，斜靠在車邊，看著祖宅。祖宅的前面，是一塊水泥鋪的晒穀場，堆放著一些晒了半乾的樹枝和竹枝。東廂和西廂的房子，沒人住，門窗都閉著。三叔他們一家三口人，住著正房，已嫌多了。

這時，我們的祖宅靜悄悄的。正房的門雖是開著，卻無有人影和人聲，彷彿是一座古老的、被人棄置了的城堡。在這麼端詳祖宅的剎那間，我突然聽到兒時和堂兄、堂姊他們繞著祖宅玩警察抓小偷的聲音，只一閃就又靜下來了。我忽而錯覺到，這時正輪到我當警察，而小偷卻都已跑得老遠，大概找不到了，茫然得很。

「媽，妳要不要吃龍眼？」兒子手上拿著一大串龍眼，搖著我的手：「很甜的呀！」他說。

我驚醒過來，突然厲聲問道：「誰叫你去摘的？」

兒子似乎嚇著了，怯怯地指著遊覽車後面說：「是舅舅他們摘的嘛。」

我這才發現，大哥和堂兄、堂姊他們一夥人，正站在龍眼樹下，不是吃著龍眼就是吃著芭樂。我邊走過去邊聽到二堂兄說：

「眞可惜，釋迦還沒熟，釋迦比較香甜。」

堂姊摘了一串龍眼，塞到我手裏：「哪，這串給妳。眞甜呀，比在台北菜市場買的還甜！」

我拿著龍眼，回頭望了我們祖宅一眼說：

「屋裏好像沒人？」

「大概到墳場去了，還沒回來。」大哥說。

「咦，那兒不是有個人走出來了嗎？」堂嫂說。

我們大家都朝祖宅望過去。果然有個矮短身材，穿著黑色短褲的光頭男人，赤著胸膛，朝我們這邊跑過來。因為肥胖，他跑的時候胸膛上的肉像波浪一般聳動著。他手裏還拿了一根木棒，邊跑邊揮舞著。他嘴裏似乎喃喃說著什麼，待他漸漸跑近，我才聽清楚他說的竟是「賊啦，賊啦……」

「那不是大樹嗎？」我說。

堂嫂問：「大樹是誰？」

「是我們三叔的兒子。」二堂兄說。

三堂兄接著說道：「一個白癡。」

大樹已經跑到我們面前，大眼睛瞪著我們。他的手臂粗短肥圓，指甲縫裏藏著泥垢，口水從那兩片始終闔不住的厚嘴唇間直流下來。

「賊啦！賊啦！賊啦……」大樹繼續在我們面前揮舞著木棒，只是沒敢眞打下來。大家都像在看一齣丑戲，笑起來了。我笑不出來，突然覺得好悲哀。我們眞的已離家太久，連大樹都認不得我們了；不但認不得，還被他認成一羣賊！

「大樹仔，你不認得我們了嗎？」大哥說。

大樹聽到有人喚他名字，稍稍愣了一下，圓溜溜的大眼，在我們每人臉上逐一掃了一遍。我注視著他那眼白太多的眼睛，那兒浮著一層厚厚的疑惑。他用那木棒指著龍眼樹，然後拍拍胸膛說：「咱的啦，咱的啦！你，你們，是賊啦！」

「別理他，」大哥說：「我們進去吧。」

大樹緊跟在我們一夥人旁邊走著。堂兄他們，邊走還邊吃著龍眼。大樹仍然揮著木棒，嘴裏急促地呢喃著什麼。他越走越快，變成小跑步了，他那粗大的脚掌，跑在水泥晒穀場上，發出沉重而短促的啵啵聲。他很快的跑到祖宅的廊簷下，繼續揮著木棒。這次可讓我聽清楚了，大樹嘴裏呢喃的，仍是「賊啦！賊啦！」

「他到底是要幹嘛呀？」堂姊尖著聲音說。

「眞拿他沒辦法，」二堂兄說：「人傻，就是那樣！」

「他眞是不認得我們了。」我認眞地說。

「也難怪，」大哥說：「我們離家太久了。」

我們走到正房廊簷下時，大樹卻退守在正房當中那間正廳的門口，兩脚岔開，雙手分撑在門框上，不讓我們進去。兒子說：

「媽，妳說這個也是舅舅？他爲什麼那麼兇，不讓我們進去？」

「他在生氣。」

「這下可好，」二堂兄說：「我們老遠跑回來，卻是有家進不得！」

「誰叫你們一下車就去摘龍眼？」我悶悶的說：「他眞的把我們當成賊了。」

我突然想起來，小時候我們玩警察抓小偷，大樹從沒抓到過小偷，今天可被他逮著了——還是現行犯。

「別說得那麼嚴重好不好？」二堂兄抗議道：「那些龍眼，小時候誰沒爬上去吃過？我們雖然到外頭去住了，這祖宅還有我們的份哪，難道連回來吃幾串龍眼的資格都沒有？」

「就是說嘛。」三堂兄幫腔道。

大哥打圓場說：「我們該見過三叔才對。」

「也不曉得他幾時才回來。」二堂兄說。

「難道一直叫我們在這兒罰站？」三堂兄說：「喂，大樹，你阿爸幾時轉來？」

大樹不答話，一逕讓他眼裏那呆板而又泛著忿恨的波濤潑向我們。在他的頭頂上方，我看到寫著「隴西衍派」的匾額，雖是爬滿了蛛網，深紫色的宋體卻仍淸晰可見。

正在這僵持不下的當兒，後院那兒傳來了人聲。

「好，好，就放在這裏，辛苦您了。」

那是三叔的聲音！

「阿爸，來呀，阿爸，來呀，」大樹忽然高聲喊起來：「來捉賊呀！」

一夥人都搖著頭笑起來。

「李先生快去，」一個陌生的聲音說：「外面有賊！」

「唉，我那憨呆，別的不會，就會看門！」

三叔從後面走到前面來，我們大聲叫著：「三叔！」

「啊呀，」三叔大喊著：「阿樹呀，你這是瘋啦？這是你堂兄、堂姊回來啦，從台北回來啦。」

三叔把大樹的雙手扳下，往裏一堆說：「進來，進來，從那麼遠的地方回來，快進來坐坐。」

祖宅的正廳供著祖宗牌位，也兼作客堂。靠裏放著一條長方形神桌，桌上立著祖先的牌位和香爐。神桌前又放著一隻四方形的八仙桌，祭祖時就把祭物放在八仙桌上。平時客人來了，八仙桌就是擱茶壺、茶盤的地方。

正廳裏只放著四隻紅木太師椅，三叔又進去端了幾把圓木櫈子，我們這才分別坐下來。二堂兄趕緊問道：

「三叔，你到現在還沒有買電視？」

「沒有啊，田裏工作多，哪有時間看電視！」

「我現在在電視台工作，這位是我太太，」二堂兄指著堂嫂：「她也在電視台，在唱歌。」

「在唱歌啊？」三叔上下打量著堂嫂：「妳怎麼改行了？教國民學校不是很好嗎？」

「教國民學校是另外一個。」二堂兄說。

「噢，這個是第二的？做小姨的？」

「不是小姨，三叔——」二堂兄尷尬地解釋著：「以前那個離婚離掉了。」

「噢——」三叔笑起來：「你們少年人啊——唉，總之，你們都能回來，我心裏很歡喜！」

「我們也是，」大哥說：「好幾年沒回來了。」

「你們都在台北忙著賺大錢嘛！」三叔呵呵笑著。

大樹這時正坐在門墩上，自顧吃著龍眼，丟了一地的核和殼。三叔眼光落到他身上，笑容頓時收住了。

「三叔歹命，就只這個不成器的憨呆兒。」

「他會看家呀！」二堂兄略帶嘲諷的說。

「光會看家有什麼用？」三叔說：「狗也會看家！」

大樹聽三叔說到狗，吐掉龍眼核，做鬼臉朝我們汪汪吠了兩聲，吠完把頭一縮，抖著肩膀笑起來了。

三叔的眼眶，在眉毛底下變紅了起來。

「前生世做的孽啊！」三叔嗚咽著：「你們一個個都那麼爭氣，光耀我們祖先的門楣。只有我，我生這憨呆兒，敗門聲！眞不孝呀，對不起我們的祖先。」

我們也不知怎麼安慰三叔，一時都沒話說。想起小時候玩遊戲，大家都喜歡作弄大樹；害得大樹常挨三叔打，不知三叔那時心裏有多難過！如今，三叔的頭髮都快全變白了，大樹也已經三十多歲，卻還像個孩子，永遠長不大。

三叔站起來。

「來，我們到後面，看你們曾祖母的遺骨去。」

我們穿過被油煙薰黑了的厨房。三嬸正在大灶邊忙著。灶台上放著一盤盤的牲禮，蒼蠅在那上頭飛旋著。

「三嬸，妳忙呀？」我們齊聲叫著。

三嬸好像沒聽見，猶在砧板上哆哆切著筍絲。

「她前年生了一場病，耳朵聽不見了。」三叔說著，走過去拍拍三嬸的肩膀，三嬸抬起臉，驚愕地看看我們：「你們都回來了？」臉上浮起笑容：「我炒菜啦。牲禮都備好了，十二點我們就要祭拜。」

三嬸的嘴唇皮，和大樹的一般厚，一笑就合不攏來。

五

一個穿灰衣的男人，蹲在後院的龍眼樹下，用舊牙刷刷著什麼。三叔領我們走近，才看清他刷的是我們曾祖母的遺骨。三叔指著放在旁邊的舊木板說：

「這是你們曾祖母的棺材板。你們阿公當初替她訂製的是檜木棺材，應該不會爛的，可是底下那一塊，大概被棺材店掉包了，爛得光光，所以你們曾祖母的遺骨全散在泥土裏，被土包住了，得一塊一塊的刷乾淨。」

我們蹲下去，看著那些形狀古怪的骨骼，好奇的問著：這一塊是哪兒的？那一塊又是哪兒的？有些骨骼是完好的，有些聽說給老鼠啃了，每一塊骨骼，看起來都那麼短小。我們問三叔，曾祖母一定是個矮小的女人吧？三叔卻說：不矮呀。三叔手裏正拿著曾祖母的腿骨端詳著。那腿骨看來就像一枝兩頭略圓的棒子，差不多只有飯匙那麼長。三叔幽幽地說：

「再高大、強壯的人，死了後，也就只剩這麼一點兒！」

「本來就是嘛，」撿骨師頭也不抬地說：「幾十斤肉都爛光了，就剩這些，怕沒四斤重呢。」

「這些，還得埋回去吧？」我說。

「新墓還沒造好。」三叔說。

三叔解釋著新墓的建築設計和造價，問我們大家的意見，估價起來，要花一萬五千元。

「這些錢，我們大家分攤吧？」二堂兄說。

「你們要是不願意，我自己出也沒關係。」

「願意，願意。」一夥人齊聲說。

堂姊扯扯我的衣服，在我耳邊低聲說：

「我們女的也要出？」

「大家分攤，沒多少錢嘛。」

「一萬五千元，實在太貴了！」堂姊又在我耳邊嘀咕：「不到四斤重的骨頭，要花一萬五千元埋回去？」

這時，撿骨師把曾祖母的遺骨都刷乾淨了，放入一隻深褐色的金斗裏。他在地上的一堆泥沙中撥來撥去，說是記得還有三片指甲沒找到。指甲沒爛掉？一直袖手旁觀的我們，剎時都伸出了手幫忙去找，果然把三片指甲找到了。那指甲的色澤，竟是十分晶亮的粉紅色。

三叔說，要是棺材板沒爛掉，也許十片或者二十片指甲都還能找到，眞是太可惜了。

「三叔，那我們曾祖母陪葬的東西，也都散在泥土裏啦？」堂姊問道。

「是啊，」三叔說：「撿了好久才撿齊的。」

三叔走到另一棵龍眼樹下。那兒放著一隻竹籮筐。三叔把竹籮筐倒過來一扣，一堆和著泥沙的東西，都倒在泥地上了。

「都在這，都在這，我還沒空整理呢。」

「三叔，你有沒有仔細找，說不定沒撿齊呢。」二堂兄說。

「都撿齊了，都在這裏了。」

二堂兄突然哎喲叫了一聲。原來是大樹爬到龍眼樹上吃龍眼，把核擲到二堂兄額頭上。聽到二堂兄的叫聲，大樹像隻作弄了人的猴子，在樹上拍著手，呵呵的大聲笑著。

「莫理他，」三叔說：「那是沒指望的人了！」

三叔那黑污污的手，慢慢在地上撥著，把附在飾物上的泥沙剝掉，慢慢的說著：

「這是銅的髮簪和耳環，這戒指，一隻是銅的，一隻是銀的。還有這付假牙和這隻鐲子，也是銀的……。」那些飾物都生了銹，有的還帶著銅綠。

「都沒一樣金子的呀！」堂姊問道。

「看來都沒什麼值錢東西嘛。」堂嫂接口說。

「是呀，我以前在銀行上班時，聽人說曾祖母陪葬了值錢的東西，這些都不怎麼值錢嘛。」

「值錢的東西在這裏。」

三叔從褲袋裏摸出一樣東西，原來是一隻暗綠色的鐲子。

「是玉鐲！」堂姊說。

「這是以前你們曾祖父到大陸遊歷時，買回來給你們曾祖母的。你們曾祖母很喜愛這隻玉鐲，過世時就讓她戴回去了。」

「呀，還是大陸上的玉鐲呀？」堂姊驚叫著：「讓我看看，大陸上的玉鐲，眞的很值錢哪！」

堂姊把玉鐲拈在雙指間，對著近午的陽光，前前後後審視著，像是個行家，要鑑定它的眞假。那玉鐲的顏色，綠得很沉、很古樸，映著陽光時，卻又發出一種晶瑩溫潤的光澤，讓人很想握它一握，或者放在手心握一會兒。

「這隻鐲子，拿到台北去賣，可以賣不少錢呢。」堂姊說。

「可以賣多少？」二堂兄問道。

「最少也有十萬！」

「有那麼多嗎？」我說。

「怎麼沒有？有的還賣十幾萬呢。大陸上的玉鐲，大部分是他們外省人來台灣時帶出來的。有些人缺錢用，就拿到我店裏寄賣。」

「一隻十幾萬，也有人買？」三叔說。

「有呵，好賣得很。台北有錢人多，人有錢就愛炫耀。台灣也產玉鐲啦，可是大陸的玉鐲比較好，價錢都貴了一大截。」

「我們製作人的太太，也戴了一隻大陸的玉鐲。」堂嫂說。

「她多少錢買的？」堂姊問道。

「聽說是她媽的嫁粧，她媽過世，就留給她了。」

「三叔，那我們曾祖母這隻玉鐲，要不要賣？」堂姊拈著玉鐲說。

「爲什麼要賣？」三叔一伸手，把玉鐲奪回去，忿忿然的又放回褲袋裏。

一直沒開口的三堂兄說：「可以賣十萬塊嘛。」

「也許可以賣十二萬。」堂姊又加了兩萬。

「你們要那些錢？」三叔驚訝的掃視我們。

「賣了錢，我們大家分嘛。」堂姊說：「當然給三叔多分一點。」

「呸！我還沒窮到那地步，要靠賣祖先的遺物吃飯！」三叔那隱在黑臉上的眼睛，瞪得好亮，亮裏透紅，像一把沾了血的刀：

「你們回來是爲了分錢的？土地都賣了，還不夠？這唯一的一樣傳家的寶物，還要賣掉？你們是餓得沒飯吃的人嗎？你們是一字不識的人嗎？」

三叔的聲音嗚咽著，我們都垂著頭，落入一個酸楚的僵局中。恰好三嬸在廚房門口喚著我們，說是十二點到了，要進正廳去祭拜。大樹從樹上爬下來，搶在我們前面跑進去。我們默默的跟在三叔的後面走著。堂姊又扯著我的衣服，低聲說：

「看我們三叔多貪心，他要獨吞那隻玉鐲！」

我覺得好厭煩，把堂姊的手猛猛的推開了。

進了正廳，只見神案上燒著燭火，八仙桌上放著一盤盤的牲禮、酒杯、祭紙、焚香……。

三嬸點了一把香，大樹搶著要了四支，不住地朝祖上的靈位叩頭、祭拜。三嬸逐一的把香分給我們，分完了，忽聽三叔說：

「都給我跪下，好好的向你們曾祖母懺悔！」

大家都驚愕地對看一眼。堂嫂先跪下，一夥人咚一聲，也都跟著跪了下去。

「這是爲什麼呀？」三嬸急促地眨著眼睛：「誰說要跪著拜啦？你們讀書人，怎麼這樣多禮！」

濃濃的香味瀰漫著祠堂，把我的眼睛薰溼了。

三叔走到我兒子身邊，把他拉起來。

「你免跪，」三叔仍舊嗚咽著：「以後別學他們就好！」

三叔又走到大樹身邊，拍著他的光頭：

「你，你也免跪，你這個憨呆兒呀——！」

三叔大哭出聲。我聽到許多淚珠琤琮淌落。

三叔走到神案之前，把那隻玉鐲放在曾祖母的牌位前。那玉鐲映著金色的燭光，發出一種讓人無法逼視的巨大光芒。我不得不閉起眼睛，淚珠又琤琮地落了下來。

——原載一九七四年十月二十日中國時報當代中國小說大展

雞

一

看完八點到九點的連續劇，接下來是「行的安全」，阿苦仙沒興趣，也懶得起身去關掉，只呆坐在沙發裏對著電視發楞。他的妻寶貴在廚房洗碗刷鍋，一遍遍喊著：

「順利呀，水燒好了，你快來洗呀！」

阿苦仙只當聽不見，視線移到電視機上擺著的一瓶塑膠花。硬硬的淡黃色菊花，裏著一層灰塵，在日光燈下像萎黃了的白菊。

「你怎麼啦？我叫你都沒聽見呀？」寶貴走到沙發邊，在他肩上猛拍了一下。

阿苦仙點點頭，表示聽見了，寶貴卻會錯了意，伸手拉拉他耳朵，有點生氣的說：

「眞的聽不見啦！連你也病了？」

「聽見了，聽見了。」

阿苦仙推開寶貴的手，霍然站起，拖鞋叭噠叭噠拖向厨房，進了藏在厨房裏的小小洗澡間。

洗完澡，換寶貴去洗，阿苦仙又悶坐在沙發裏。電視已被寶貴關掉了，懶得再去開。十一月還不很冷，門窗開著，老太婆家的雞屎臭依舊像陰魂樣在空氣中游移。加上鄰居的電視、電唱機聲音哇啦哇啦灌進來，阿苦仙很覺不耐，嚦哩叭啦把門窗都關了。

「喂，喂，別關門哪，我來了。」

住在巷尾的大德，高得像支竹竿，入門得略彎腰，頭才不會碰到門框。他一走進來就往門邊沙發坐下，嘆了一口大氣。阿苦仙覺得那口氣像大石塊，恰恰打在他的心坎裏。

「沒辦法呀，」大德說：「我好話都說盡了，明宏還是說，十五號要把那張四萬元的放進去。」

阿苦仙皺著眉，深深的吸了一口菸。

「也難怪明宏，」大德又說：「最近他老母又從鄉下來了，你又不是不知道，他老母愛玩四色牌。平日裏，明宏應付他老母煙酒檳榔再加玩牌，本來就夠緊，最近大街上又開了兩家平價商店，再加上大百貨公司都在打折比賽，明宏的生意差多了，有人要出三分利給他，比起你這裏二分利，每月就多加了四百元呀——」

「伊娘他這還算是朋友？明明知道我現在落難，爲了每月多四百元利息，要把票子放進去讓我坐牢？伊娘我去坐牢，我老婆孩子去吃他家？大德，你去告訴他，我現在剝皮可以賣四萬元，我馬上剝還給他，你去問人看看，看誰要出四萬元買我的皮？如果沒有，他儘管去放——」

「哎呀，莫說得這麼殘忍，大家都是同鄉，人在情義在——」

「什麼情義？要我去坐牢，還有情義？」

「你聽我把話講完嘛。其實，明宏也不是眞的那麼無情無義，只是手頭緊，不得已的呀！我跟他說到嘴內無一滴口水，他也捨不得開一瓶汽水哪！這樣啦，最後他說，如果你照人家出的三分利給他，他就暫時不把票子放進去，但是這多出來的利錢，要從這個月初追算起，等你以後有錢再慢慢還，這樣你看可好？」

「伊娘，我就知道他是要加利息——」

阿苦仙一口氣燒在肚子裏，話到這裏，一時還作不了決定，正好寶貴洗完澡出來了，寶貴知道大德是爲了那張票子的事來，倒了一杯白開水給大德，順便就探問結果。阿苦仙咬緊著大拇指，大德就把剛才說的話又對寶貴說了一遍。

「好嘛，」寶貴無奈的說道：「既然他那麼說，我們還能怎樣？多四百元我們還出得起，一時要湊四萬元，我們是挖地洞也挖不出來呀！」

大德聽完又問阿苦仙的意思，阿苦仙仍是咬著大拇指，默默的、軟弱的點了一下頭。

「既然你們甘願，」大德站起來，搓著手左看右看，「明宏說，這個月要多加的四百元利息，可不可以今晚就帶回去給他？」

寶貴望向阿苦仙，想從他的眼神裏看他的意思，但是阿苦仙低著頭，寶貴只看到他手上燒著的菸一縷縷擴散著。

「好啦，」寶貴說：「你等一下，我進去拿。」

送走了大德，寶貴很瞭解丈夫心情的把門又關了起來。

「幹伊娘，以前他剛來台北開店的時候，我們不是一萬元借他用過？有向他拿一文利息沒有？五、六年前的一萬元，跟現在四萬元也沒差多少，幹伊娘，利息要緊緊，還說有情義？……」

阿苦仙自言自語罵個不停，寶貴知道他心情，不回一句話，開了冰箱，取出冰塊到廚房叭啦叭啦剁著，剁完裝好冰袋就提著進房間去了。

也許是因爲天氣轉涼，一個多月來，三個孩子輪流感冒，上次十歲的阿文和九歲的阿霞一起感冒。阿文還併發了肺炎，看病看了半個多月，前兩天才停了藥；如今又換七歲的阿珍，喉頭發炎，一直發高燒，兩小時就要換一次冰袋。

阿苦仙聽著寶貴在房間裏哄著阿珍吃藥，阿珍沙啞的嗓音低低呻吟著，時而夾雜著一兩聲沉悶的咳嗽。

「噯——」只能從心肺裏發出這麼一聲長嘆啦。

阿苦仙站起來，加了外套，繞到房門口說了一聲「我出去走一下」，也沒等寶貴回話就走出去了。

在門口，阿苦仙習慣的抬頭望望天空，看到一輪滿月亮亮的閃著，心情略寬鬆了些。但是聞到那陰魂般的雞屎臭，不禁趕快邁開脚步，沿著窄而沉暗的巷子走去。起先阿苦仙什麼也沒想，腦子空空的，只是想走到外面透透氣，漸漸的，走到了巷口，看到對面巷口明宏的雜貨店還沒關門，只見白白的日光燈照著店內兩三排架子，明宏好像在清點什麼。沒看到大德在裏面，也許大德要等明天早上出去時，才順便把那四百元利錢送來給明宏吧。

想到利錢，又想到握在明宏手裏的四萬元支票，阿苦仙空空的腦子又開始發漲了。這種漲滿的感覺，從腦子直墜到脖子，阿苦仙抬手在脖子上摸一摸，緊緊的，像眞的有條繩子在勒緊著他。

阿苦仙退回十幾步，轉過一條橫弄，折入另一條巷子。如果不這樣，他就得經過明宏店門口那條巷子才能走到街上去。他不想經過那裏，平時騎摩托車經過，即使見面也一剎而過，見和不見沒兩樣。可是現在兩人眞照了面，阿苦仙生怕自己會忍不住的朝明宏破口大罵「錢鬼」、「沒良心鬼」，甚至於雙方口角不休竟至相互扭打起來，那往後見了街坊鄰居舊友就更難堪了。爲了往後著想，只好忍吧。欠人的理虧，到了這一地步，除了忍，又能怎樣？

走到大街上，有幾家店舖已經關門了。阿苦仙站在一家鐵門已拉下的騎樓下點了一支菸。這街上有不少店面都是舊相識，阿苦仙從這大街上搬走後，偶而也會和他們重見，人家客套的問起「最近做什麼大生意呀？」他頂多匆匆答著「沒啦，沒啦，小生意啦！」

事實上，以前在這大街上開的小布店也不過是小生意，現在卻是連小生意也快做不成了。人家知道他從這大街上搬走後，景況不好，客套兩句也就不再多追問了。

一支菸抽完，阿苦仙的腳步恰好停在街頭的公園門口。他遲疑了一下，終於折進去把菸頭丟在垃圾桶裏。離垃圾桶不遠，有一隻長長的石板櫈，他就走過去坐了下來。這公園規模不大，夏天時才正式開放，花木都還沒長茂盛，但是因爲做了不少石板櫈，可坐下來納納涼、透透氣，天熱時倒也吸引了不少住在附近公寓裏的人。阿苦仙住不起公寓，一家五口住在十多坪大的平房裏，夏天熱得像蒸籠。許多次他騎車路過，看到公園裏那麼多人在納涼，很想回家就帶著寶貴和孩子們也出來走走，到公園坐一坐，無奈回到家就累得不想走出來了。有一兩次他跟寶貴提到這件事，寶貴只說：「你還有心情去坐在那裏嗎？」他也就明白了寶貴是不肯來的。

如今天氣轉涼了，公園裏沒什麼人，阿苦仙寂寞靜坐，想到寶貴的話，只覺得絲絲悲愁又從肚腸深處直湧上來。實在也沒料到是在今晚心情又受一次刺激後走到公園來坐著。匆匆路過的一瞥，和坐下來面對昔日的滄桑畢竟有很大的不同啊，難怪寶貴不願意來。

阿苦仙站起來，沒有目的的四處走走看看。花和樹的暗影在風中搖曳著，阿苦仙幾乎還能確定是走在誰家的門口。在公園還沒籌建之前，這裏是一落落低矮、擁擠的簡陋平房。大家心裏明白是住在公園預定地上，遲早要被拆除的。中間波波折折，雖也有民意代表去說情，希望把公園計劃撤銷或另選一塊地，終究也只是把拆遷時間作了幾次拖延，並不能免去被拆除的噩運。去年冬天，阿苦仙和所有終於認命的鄰居一樣，忙忙碌碌的遷離了，現在住的房子，就是明宏替他找的，那天大德還來幫忙搬家……。

走到公園最裏面的角落，是一座公廁，阿苦仙不禁停下了脚步。呀！這就是我以前的家呀！公廁裏亮著小燈，是紅磚蓋的。阿苦仙走進男廁的一邊看了看，順便撒了一泡尿。啊，回家我要跟寶貴說嗎？說「寶貴，妳知不知道，我們以前的家現在是公共廁所？」寶貴也許不相信，也許會罵道：「你瘋了？」那麼我就說：「我哪裏有瘋？是別人瘋了呀！」……

事實也許只是巧合，如果一定要說是誰瘋了，那麼阿苦仙可要大聲的說：「老天爺，是你瘋了，我以前的店，現在是餐廳，以前的家，現在是公廁，你可眞會安排呀！」

但是說得再大聲又有什麼用？老天爺是聽不見的。事實就是這麼殘酷又可笑。當初接到最後一次拆遷通告時，明宏來說，離他雜貨店不遠的巷內有一家平房要賣，阿苦仙算算身邊一點積蓄和可以領到的補償費，還差四、五萬元。隔天明宏就叫大德來說，他願意借出四萬元，但是要付二分利，阿苦仙那時還是有店的人，認爲這數目不很大，買房子還是要緊，就由大德陪著去找明宏一起去看那座房子。後來他聽說明宏從原來的房主那裏得到了一萬元介紹費。

家搬到那邊後，阿苦仙的生活起了很大的變化。他的布店就在公園的對面，中間只隔了一條去年才新闢完成的四線道大馬路。那店面全部只有六坪大小，往昔到了吃飯時間，寶貴就從對面不遠處的家中走到店裏看店，換阿苦仙回家吃飯。如今家離得遠，回家吃飯往返費時，只好由寶貴騎著脚踏車送飯來店裏。以前他偶而還能回家睡個午覺，如今哪還有那福氣？少了一個白天活動和休息的地方，每天從早上九點開了店門到晚上十點多關門，阿苦仙頓覺像突然掉進牢籠裏。有客人上門的時候，討價還價、量布剪布、客套寒喧，時間倒也好打發；沒有客人上門的時候，以前他常去附近租書店租武俠小說回來看，但是如今一空下來就呆坐著，看對面的工人忙來忙去的蓋公園。其實工人有什麼好看？挖土機又有什麼好看？阿苦仙看著他們時，眼中還浮現著舊居的影子，他看的只是這個。

這種和以前大異其趣的日子也沒過多久。大概是搬家後一個多月吧，有天晚上吃過飯，寶貴剛剛回去，房東朱先生來了。朱先生五十開外年紀，是個中醫，平常只在月初來拿房租，那天晚上是月中，阿苦仙起初以爲他只是散步路過，進來坐坐就走，哪知喝了兩口茶，寒喧了幾句「最近生意如何」之類的話後，朱先生就換了語氣說：

「你有沒有聽到左右鄰居說，這排房子要改建？」

「沒有啊，」阿苦仙直挺挺的應了一聲。

「呃——？我以爲你聽到風聲了呢。」

「沒……沒有，眞的沒有啊。」

「是這樣，這塊地要跟人合建店鋪公寓，這兩天建築商老是去找我，我想想，也應該，房子破舊了嘛，對面蓋好公園漂漂亮亮的，這邊還是黑漆漆的老房子，看著不舒服嘛，隔壁幾家的地主也都這麼說，所以——你得準備再去找個店面哦——」

「那以後呢？」

「你是說蓋好了以後呀？那可難說囉，我們要跟建築商分房子，還不知道分到哪一層呢？不過，如果我分到樓下的店面，可能要找個朋友開一家餐館，現在台北人好吃，聽說開餐館挺賺錢的。」

事實就是照這些預言發展出來的。朱先生把隔壁三家店面也買下來，開了一家在這附近算是豪華的「冷氣開放」餐館。聽說餐館還分什麼四川菜、湖南菜、廣東菜之類的，阿苦仙從來沒上過大餐館，也不知道人家是怎樣的分法。朱先生是四川人，也許開的是川菜館吧。不過那也不一定，又不是朱先生自己掌厨。反正門口是掛著「眞好味餐廳」的招牌；既然是眞好味，大概是很好吃，理所當然也很賺錢的吧。

阿苦仙在公園緩緩繞了一圈，走出來又在公園門口站了一下。「眞好味」已經熄了燈睡在暗夜裏；許許多多房子和許許多多的人都睡在暗夜裏了。阿苦仙突然有點厭惡自己、看不起自己，覺得自己好像是被這地方趕走的，爲什麼還要懷著可憐的心情、厚著臉皮回來？阿苦仙想到電視上的連續劇，失戀的人偷偷的到舊情人宅外看看舊情人屋內的燈光；心腸軟的，連眼淚都流了出來。幹伊娘，我今晚就像個失戀的人！不過，雖然做了沒志氣鬼，眼淚可沒流下來啊！

於是，阿苦仙挺挺胸膛，大力邁開脚步，再無留戀的向前走了。街道的兩旁都暗了，只有新裝的水銀燈照著寬敞的街道。阿苦仙的腦子又空了，好像什麼都忘記了；他開始跑步，希望很快的跑回到他的窩裏去。

二

阿苦仙的全名叫許順利，說起他如今的綽號，還是到台北來後，漸漸演變出來的。台語的「許」和「苦」同音，初來台北時，人家也沒記性記住他全名，知道他姓許，就喊他「阿許仔」，聽起來和「阿苦仔」沒兩樣。後來大家漸漸熟了，發覺「阿苦仔」愛說笑，有空的時候，談東論西很有一套，就封他一個「蓋仙」的別號。又過了一段時間，不知又是爲了什麼，街坊鄰居都直呼他一聲「阿苦仙」了。對於這些，阿苦仙是從來不見怪的。誰叫我是生在姓「許」的人家呢？聽說名字不好聽可以改，姓可不能隨便亂改的啊！只有送人做養子，不得已才改姓，我不是人家的養子，就算日子過得和姓一樣「苦」，也不能改姓的。

所以，「阿苦仙」就這麼讓人叫下來，大概也有四、五年了吧。

當初阿苦仙離開家鄉來台北，是寶貴的意思。阿苦仙排行老二，上有大兄，下有二弟、二妹，父母健在，鄉下還有水田二甲、旱田七分，也算小康之家。但是婚後不久，寶貴一則聽說台北好賺錢，二則不耐日晒雨淋的耕作生涯，每晚入睡前都要爲「到台北去」的夢爭半天。阿苦仙沒奈何，到父母面前去爭「自由」，父母不答應，他也沒奈何。新婚的甜蜜漸漸都變成了相煎和愁苦。寶貴有一些陪嫁的私房錢，她堅持要「偷跑」出去，用那些錢去台北做做小生意，總比在鄉下每天起透早好。「如果你不偷跑，我自己偷跑」，「如果你不偷跑，你以後都去睡地上，不要來和我睡一起」……。阿苦仙受不了這種不間斷的爭鬥，終於答應「偷跑」了。

偷跑了，和家鄉就斷了。這些年他雖沒回過家，斷斷續續也從家鄉來的人口中得知一些家中情況。譬如說，當初他偷跑出來時，父親揚言要打斷他的腿；母親曾因子宮癌開過刀；二弟二妹也都結婚了；三、四年前家裏新起了一落大厝……。

如果不是偷跑出來，在外落難的人，總可以回家求點支援的；但是十年來，父親和兄弟都不曾託人帶口信來叫他回去。反倒是聽說將來分家田產沒他的份！所以，落難了也只好自己呑苦水了。這些年，寶貴對他很好，他也不敢再怪寶貴。有幾次寶貴提到回家，孩子不知道他們和老家的關係，有時也會說要回去看看祖父母。聽著這些，他只有茫然的說：「過一段時間，有閒再說吧。」不過他記得有一次背著孩子，語氣很尖刻的對寶貴說：「妳還有臉回家嗎？我是沒有了！」寶貴默默的哭了，他也不去勸慰她。從那以後，寶貴就再也沒提起回家的事了。

阿苦仙跑得一身汗，回到家已經是一點多了。擦乾了汗，洗了臉，他就在寶貴身邊躺下來。寶貴睡得很熟。他知道寶貴這些日子爲了孩子生病難得睡好，怕吵醒她，躺下來都不敢翻身。平時他習慣側著睡，一雙手搭在寶貴腰上，如果天氣冷，他愛緊抱著寶貴一年年發胖的身子，在一種溫暖的情懷裏入睡。但是現在他怕吵醒寶貴，不敢側過身去，也不敢伸手去搭在寶貴身上，只好直挺挺躺著，閉著眼，希望很快的睡去，明天好早一點出門，在菜場佔個好攤位。人家說，做生意講天時、地利、人和，在阿苦仙看來，地利最是要緊；有時去得晚，排在菜場的小巷弄邊，買菜的主婦不打那裏經過，生意就差了許多。

自從布店不得不接受關門的噩運後，阿苦仙也曾騎著脚踏車跑過大街、小巷，希望找到一處合適的店面。巷弄裏是有一些租金便宜的房子，但是地利差，不適合開店。地利稍好的街道，還沒租出去的，大都是新起的樓房店面，寬敞有氣派，但是租金比起原來的小店面貴了六、七倍，押金更是高得嚇人。阿苦仙撥了好幾天算盤，怎麼算都租不起，只好找人在家裏搭了間小閣樓，把店內的布一批批載回去存放。店面結束後，他去舊貨店買了一輛機車，每天就載著十幾匹花色不同的布出去零賣。上午通常在菜場，晚上就到夜市；下午有一段時間休息，賺的錢倒也不比從前差多少。不過，每天四處跑，地攤上一蹲三、四小時，逢到內急得一忍再忍；見到客人遠遠走來，得大聲招呼，比起從前是累多了，人也消瘦了不少。好在一家人有間小房子住，生活勉強過得去。沒有資格分家產的人，一切都得靠自己，再怎樣艱苦，也得咬緊牙根呀……。

雖然閉著眼，阿苦仙的腦子卻像裝了一部機器，轉來轉去想個不停；想的也無非是這一年不到的時間裏生活的種種變化。人家說，人往高處爬，誰都希望生活越來越好；可是，如今我的生活卻是越來越不好了呀！以前那幾年，雖然有間小布店，但是成衣便宜，做衣服工錢貴，布店生意不頂好，沒賺到大錢。布店關門後，早晚擺幾小時地攤，生活也還能渡過，可是最近一個多月，不知爲什麼，警察抓得緊，上午在菜場還能賺點錢，晚上的夜市卻全不能擺了。換了幾處夜市都一樣。載著十幾匹布出去，奔波了一陣卻又原封載回來的滋味，眞比吃膽還苦。三、兩天的失望還能強忍著氣吞下去，連著半個月，再沒勇氣「去試試看」了。「枉費時間！」他想。

半個多月來，每天中午從菜場回來，吃過午飯他就倒在床上。如果沒被隔壁老太婆家的牌聲吵醒，他就一直睡到電視開播才起來。孩子們看得很歡喜的卡通影片，在他眼裏只是一羣跳來跳去的小人和小動物。有時孩子們看得哈哈大笑，他就在嘴角牽出幾絲「同樂」的笑容，心裏卻茫然的不知孩子們爲什麼會哈哈大笑。有什麼好笑呢？他常常這麼想。

寶貴的身子動一下，彷彿做了個惡夢，驚醒了。他怕寶貴知道他睡不著，故意發出沉匀的呼吸聲。

寶貴下了床，摸到孩子的房間去，亮了燈，又到客廳去開冰箱，取冰盒，剁冰塊……然後是「阿珍，阿珍乖乖吃藥，吃了藥才會好——」

寶貴的聲音也啞了。天保佑，寶貴千萬別生病呀。如果寶貴也病了，我就得在家照顧她，幫忙煮飯、洗衣服，連上午的地攤也不能出去擺了，賺錢就更少了⋯⋯。

寶貴又回到床上來。他很想趁這時伸過手去抱住寶貴，「可是那樣不就讓寶貴發覺我沒睡覺了嗎？」這麼一想，仍然直挺挺躺著。寶貴似乎很睏倦的嘆了一口氣，不久又發出了微微的鼾聲。

鐘敲了二下，老太婆雞棚裏的公雞突然喔喔喔的叫起來了。奇怪，這麼早就開始啼？難道是那老鐘走得太慢了？不對，如果走得太慢，頂多也只差二、三十分鐘，不會差二、三小時的呀。這隻雞一定有神經病，才會三更半夜胡亂啼。喔喔喔，那公雞又叫起來，邊叫邊把翅膀拍得撲撲響。伊娘，人家的公雞都是啼晨，老太婆的公雞卻是夜啼，怎會這麼怪？莫非是隻怪物？以前只爲了雞屎臭和麻將聲，一家人都不喜歡那老太婆，還不知道她家雞棚有隻夜啼怪物呢？

那外省老太婆是個小脚婆，據說已六十多歲了，身體看起來卻很硬朗的樣子，紅光滿面的，說起話來又脆、又亮。她鄉音很重，阿苦仙一家人都聽不大懂她的話，除非有特別的事，平時不常跟她往來。但是從別的鄰居口中，約略知道她是獨居，二兒、三女散居全省各地，每個月寄錢回來孝敬她，所以她的日子過得不錯，每天除了養雞就是打麻將。由於是緊鄰，阿苦仙睡午覺時，常被洗麻將聲和大聲的聊天吵得睡不著，只好坐起來在客廳幫寶貴做塑膠花。偏偏卻常做錯，寶貴也不歡喜他越幫越忙。好在這只是三、五天一次，也只好忍耐，不去跟那老太婆計較。但是那雞屎的臭味，特別是天熱的日子，發散得好像大氣中都是雞屎臭，每一次的呼吸都是那麼不得已，那麼想作嘔。每到吃飯時，連最小的阿珍也都知道去把所有的門窗關起來。

老太婆的房子，佔地比阿苦仙的大，屋前有個小院子，雞棚就搭在院子牆邊，和阿苦仙的客廳牆壁緊貼著，中間只有半尺之隔。爲了雞屎臭的事，寶貴有一次和老太婆爭執了幾句。寶貴的意思是說，雞屎如果每天清理，就不會那麼臭，但是老太婆說她把雞屎包給巷尾一個種菜的，那個人講好每十天才來清一次。寶貴又建議她每天清理好放在塑膠袋裏等那種菜的來拿，老太婆聽了很不高興的說：

「每天清也一樣是會臭的啦，屎嘛，還有不臭的嗎？皇帝的屎都臭，何況是雞子呀？」

這些話是阿苦仙回家後，寶貴學給他聽的。寶貴說，彼此是鄰居，能講理就講，不能講理也就算了，不想跟她老人家吵起來，所以也就不了了之，一家人仍舊每天生活在雞屎臭中。

爲了這些生活瑣事，阿苦仙本就不喜歡老太太和她的雞，如今聽到那大公雞竟然半夜猛啼，越發睡不著，索性悄悄下了床，摸到客廳點了一支菸，在黑暗中無味的抽著。那公雞仍然隔不多久就猛啼幾聲，照那情勢，大概要啼到天亮吧。那麼，今晚是睡不成了，明早哪有精神去菜場擺地攤？摩托車後載著那麼重的布匹，精神不好，半路上說不定出車禍！伊娘，給這隻大公雞一叫，明早不去擺地攤就損失二、三百元收入；如果硬要去，又怕會惹禍。這麼一想，對那大公雞的氣憤和猜忌又深了一層。

是不是那大公雞每天都夜啼？以前自己一向早睡，又一向是一覺至天亮，從沒發現這件事。但是阿苦仙想著自從搬到這房子後，從關店開始，運氣越來越壞，尤其這一個多月來，警察抓夜市、孩子連著生病、明宏來討債，一樁樁都是倒楣透頂的事。伊娘！今晚才發現原來隔壁有隻夜啼的怪物。

阿苦仙赫然站起來，走到廚房去，這房子既然買下了，一時也不能搬走；為了那隻怪物搬走，似乎也太不像人！

阿苦仙在刀架上抽出菜刀，掩了廚房的門，在一方磨刀石上使勁磨了十多下，剛跨出廚房門，又聽到大公雞喔喔叫個不停。牠的叫聲脆亮，尾聲拉得特別長而尖細，好像在天空中繞了一大圈才肯停下來。阿苦仙的情緒越發被挑撥得火旺，開了客廳門，搬了一把高脚圓櫈出去，放在老太婆的院牆外，墊著椅子爬上牆，輕手輕脚溜了下去。還好，雞都睡著，沒被嚇出聲來。

但是那隻公雞應該沒睡，牠是靜靜的站在雞棚裏，亮著眼睛看我溜下來嗎？

朦朧天光下，雞棚裏一團團白色的影子。如果是白天，公雞、母雞很好分別的，可是夜深時分，看也看不淸，只好蹲在牆脚下，等牠再啼就下手。

就也奇怪，那公雞難道眞是怪物化身，知道自己命快不保？自從阿苦仙蹲在牆脚後，牠竟一聲都不再啼。苦等了十多分鐘，阿苦仙心裏反倒有些害怕起來。加上剛才出來得激動匆忙，忘了穿外衣，冷風又陣陣吹來，全身抖顫得雞皮疙瘩一粒粒冒出來，連牙齒都顫動起來了。但是阿苦仙可不死心。果眞那公雞是怪物出身，更是非殺掉不可。否則的話，這一陣牠作弄我一家人，過些時候，住這附近的人豈不是也要一家家遭到牠的禍害？

這麼一想，阿苦仙的勇氣更旺足了。伊娘，冷一下算什麼？男子漢大丈夫，爲人除害最重要！

於是阿苦仙挺直腰桿站起來，左手插著腰，右手握著菜刀，自覺像電視連續劇裏忠心耿耿要爲民除害的俠士，只待壞人出現就要一躍向前……阿苦仙正神態昂揚、沉醉在這短暫的英雄夢中時，忽聽那公雞好像睡了一覺醒來，拍拍翅膀又叫了。阿苦仙循聲走近，一把就抓住牠一邊翅膀，公雞猛掙扎，發出狂亂叫聲，引得雞棚裏的雞也都騷動起來。阿苦仙手勢快，下一刹那已經把公雞抓出雞棚外，使勁握緊雞脖子。公雞不能再發出掙扎怪叫，雙脚猛踢，阿苦仙也不知身上什麼地方被雞爪劃破了，只覺好像痛了幾下。

「伊娘，這怪物還想傷我呢。」阿苦仙把公雞壓在地上，左手抓緊雞嘴，右手菜刀一揮，對著雞脖子中段砍了下去。阿苦仙對殺雞頗有經驗，知道雞即使斷了血管，也不會馬上死去。體內的一口氣，是要慢慢斷離的，這時候放開牠，難免又是一陣撲拍亂跳，吵醒了老太婆，可就要吵個沒完了。

終於，阿苦仙感覺到公雞的身體氣數已盡，完全軟塌靜止了。於是他站起來，把雞頭擱在雞身上，揮掉身上的雞毛回家去。

寶貴沒有醒來。阿苦仙洗了手躺回床上。夜靜靜的在過去，什麼雜音都聽不到，他吐了一口氣，安心的睡了。

三

第二早上，也不知是幾點鐘，阿苦仙朦朧的感覺到肩膀被搖個不停。他睜不開眼，潛意識裏翻了個身，想避開那隻搖他肩膀的手。然而，到底怎麼搞的呀，那隻手避不開，又來搖個不停。糟了！一定是那隻雞：，那隻怪物的陰魂回來了！阿苦仙急急用雙手護住脖子，猛然睜開眼，只見寶貴坐在床沿，眼淚滴滴的滾落著。

「啊——！」這一聲嘆息，包含了許多說不清的情緒。先是放了心，知道不是那隻怪物，繼之是想到寶貴哭了，一定有壞事臨頭——「是不是阿珍——？」阿苦仙坐起來抓住寶貴的手，突然氣結說不出話來：，難道是那怪物的陰魂找到阿珍身上了？

寶貴搖搖頭，又是一串眼淚滾下來。既然不是阿珍的病惡化，阿苦仙就悠悠轉了一口氣。

「那妳是哭什麼？」他細心地輕聲問道。

「你自己做了什麼事，還不知道嗎？」寶貴掙脫了他的手，反手在他背上狠狠擰了一把。

阿苦仙頓時茫然的沉默著，不覺手背被擰痛，只呆望著寶貴的手彷彿微微抖個不停。

「里長在外面等你，」寶貴輕聲罵著，又在他手背上擰了一把：「你還死坐在這裏不出去？」

「里長？里長來做什麼？」

「要你去老太婆家談判呀。」

原來事情已經鬧到里長那裏去了。奇怪，老太婆怎麼知道是我？

「好嘛，」換了一種不在乎的堅定口氣：「去就去，有什麼好怕的？男子漢大丈夫！」

阿苦仙下了床，穿了長褲和上衣，並不先去客廳。折到洗手間在馬桶上坐了一下，然後刷牙、洗臉，這才施施然走到客廳來。

「里長先生，你早。」

「不早囉，」里長先生笑道：「已經九點多囉！」

阿苦仙在里長先生對面坐下來。里長先生近五十歲年紀，是個糧商，他西裝頭抹得油光水亮，一雙小眼睛嵌在肥胖臉上像兩粒晶亮玻璃珠。寒喧過後，收斂了笑容，兩粒玻璃珠在阿苦仙身上打了幾轉，這才擠出僵僵的笑容說道：

「阿苦仙，你也不是小孩子了，是三個孩子的父親了吧？怎麼還做這種憨呆事呀？」

阿苦仙深深吸了一口氣。他很想說：「里長先生，你聞到這雞屎味沒？」可是他只把剛才吸進的氣迅速的用力哈出來；甚至連這一句他也懶得說了！

「到底是爲了什麼事？」里長先生追問道。

「沒什麼。」阿苦仙仍舊懶懶答道。

「總有原因嘛，不然你是發神經？三更半夜跑去殺人家的雞！」

阿苦仙呆望著水泥地，陽光從窗口斜照進來，老太婆好像在餵雞，雞棚裏一陣騷亂吱叫，阿苦仙想整理出幾句站得住脚的話來說，被這雞羣一吵，腦子又恍惚且空白了。

「是嘛，我大概是發神經了！」他說。

「噯——！」里長先生長嘆了一聲：「這種話可不能隨便亂說的呃！」

「沒關係啦，」阿苦仙彷彿被心裏的一股氣給彈跳了起來：「我們現在就去找那個老太婆，我承認我殺了她的雞，看她要怎樣？要告我、要送我去坐牢都沒關係啦！」

「莫這樣，莫這樣，」里長先生緊張的站起來拉住他手臂：「有話慢慢說，大家是鄰居，不要再去吵架。」

「誰說我要去吵架？不是要去談判嗎？」

「好，好，我們去，你千萬莫再發脾氣呀。」

進了老太婆家，一眼看見雞棚邊泥地上一灘乾黑的血，白色的死雞就躺在血跡裏。阿苦仙只瞄一眼就把眼光移開。

「老太太，我們來了。」里長先生說。

「請進來吧，」老太太在屋裏啞著嗓音答道。

進了客廳，老太太抱著一個舊洋娃娃，坐在發黃的籐椅裏，一隻手彷彿無意識的輕拍著洋娃娃的身子。

「請隨便坐吧——」

客廳裏只有幾把舊籐椅。阿苦仙隨著里長先生坐下，一顆心突然緊張的猛跳不停。他以爲一入門老太婆就會像母老虎一般朝他吼奔過來，所以心裏早有了應付這局面的準備；如今見到老太婆只是靜靜拍著洋娃娃，反倒覺著意外，不知老太婆下一步會怎樣，心裏自然的緊張起來了。

老太婆不再說第二句話，只是拍著她的洋娃娃，兩隻眼睛大概是哭過，有點紅腫，無神的眼光彷彿找不到焦點，在屋子裏徨徨地游移著。

「老太太，」里長先生叫了一聲。

「嗯！」嚇了一跳的樣子。

「我還有事情要出去，我們可不可以——？」

「哦——」老太婆把游移的眼光停在阿苦仙的臉上。「你還不算是最壞的人，」她說：「起先我以爲你是要來殺我的！」

「殺妳？——」阿苦仙又意外的愣了一下。

「你跳牆進來我就知道了，我一直站在窗邊看著你，」頓了一下，聲音轉大，激動的說：「看著你把我的雞殺掉！」邊說邊舉手勢在洋娃娃身上大力剁了一下。

里長先生和阿苦仙都不知怎麼接話，老太婆的大力一剁，使得氣氛像眞刀就要砍過來般的緊張。

「還好你沒進來，」老太婆又說：「你知道嗎？我也提了我家的菜刀站在窗邊，我是準備把這條老命跟你拚啦，你知道嗎？」

阿苦仙膽怯的搖搖頭。

里長先生趕緊插嘴說：

「老太太，關於那隻雞——」

「那隻雞嗎？里長先生您看著辦啦，我那隻雞可是好種，我家幾代的雞都是牠傳的種，一隻隻都長得又肥又壯，賣得好價錢。如今牠死了，我家的母雞只能下蛋，孵不出小雞了呀。」

「是、是，可惜、可惜。」里長先生客套著。

「我知道我這位好鄰居不喜歡我養雞，他太太跟我說過，說我家的雞屎臭。里長先生，您說說看，哪一種屎是不臭的？」

「是爲了這樣嗎？」里長轉臉問阿苦仙。

阿苦仙木然看著洋娃娃，既不搖頭也不點頭。

「好吧，我看再說這些也沒用，」里長又轉向老太太：「您看這件事要怎麼解決，我們趕快做個決定。」

老太太右手朝阿苦仙一指，怒聲喝道：

「他還有良心，由他自己說！看他這麼欺負我一個老太太，他要怎麼樣補償我？」

阿苦仙男子漢大丈夫的氣概好像全跑回家去了，坐在老太太的家裏，他變得畏怯而軟弱，完全是坐等宣判的姿勢。看著老太太怒喝，他臉上只有冷漠和痲木。他不想答覆老太太，他也實在不知道怎樣的補償才是合理的補償。

「你說話呀，」老太太又怒喝了一聲：「我養雞又不犯法，你要管我養雞？你以爲殺了我一隻雞，我就怕了？就不養了？」

「我沒有這意思。」

「那你是什麼意思？你不說明白，我的雞死得冤枉；你看好了，牠的冤魂會回來找你討債的。」

「啊呀，老太太，」里長先生趕緊打圓場：「話別說得那樣，我看還是您自己定個標準吧，看那隻雞值多少錢，讓他賠您就是。我有事要辦，還得趕到桃園去呢，對不起，對不起！」

老太太說，那隻雞重七斤十兩，里長先生以爲她要照市價計算，忙說：

「現在肉雞大概是一斤四十八、九元的樣子，就照五十元吧，比較好算。」

老太太哪裏肯這樣便宜了事？她把失去「種雞」的損失和她半夜受驚恐的精神損失全加進去，阿苦仙也聽不清她嘴裏絮絮算著的數目，突然聽她清清喉嚨，朗聲說道：

「要九百九十九元。」

「啊——？」阿苦仙和里長齊聲驚叫，里長接著又說：「是不是太多了一點？」

「怎樣叫太多了？不要就拉倒！我到派出所去告，到法院去告，看誰有理？告不贏也沒關係，我家也有菜刀！」

里長先生沉默的抛給阿苦仙徵詢的眼光。阿苦仙覺得很疲累，不想抗辯，更怕上派出所、法院去耗時間，只有忍著一肚子氣，漠然說道：

「好嘛。」

阿苦仙回家去拿錢，寶貴又在餵阿珍吃藥。

「我們家還有沒有一千元？」

寶貴不理他。他知道家裏有一千元，他這樣說只是暗示寶貴把錢拿出來，可是寶貴不但不回答他，甚至看也不看他一眼。他了解寶貴的心情，可是這時候又能說些什麼？只好自己走到衣櫃，開了裏面的小抽屜，數了一千元。寶貴始終沒說一句話。

遞錢給老太婆時，老太太婆換了臉容，溫和的笑著說：

「不是我故意刁難你，我是要你記得這次的教訓是九百九十九元的代價，是久久久的，永遠別忘記！」說著把找零的一元硬幣塞在阿苦仙手心：「這一元硬幣給你壓底，爲你帶來好運氣！」

「對對對，」里長先生說：「老太太眞會做人。」

出了客廳，阿苦仙跳到死雞旁，一手提了起來：「我出錢買的，我可以拿走吧？」

「沒關係，應該的，你儘管拿去吧。」老太太說。

回到家，寶貴坐在客廳做塑膠花，頭都沒抬起來看他一眼，也沒問一聲事情怎樣解決。阿苦仙提著雞，兀自走到厨房，燒了一鍋水，把雞放在洗菜盆裏。寶貴聽到聲音，跑到厨房瞄了一眼，阿苦仙瞪著寶貴說：

「我在殺雞！」

「不是早就殺死了嗎？」寶貴冷冷的說。

「是啦，早就殺死了，現在要拔毛剖肚，這死雞公肉太老，不能吃白斬，我來煮清燉，連骨頭都煮得爛爛的吃下去！」

寶貴不搭理，又是默默走回客廳去。

水開了，阿苦仙把熱水淋到洗菜盆裏，灰白的水煙漫得小小厨房彷如灌進一陣濃霧。阿苦仙有剎那的時間什麼也看不見，只聞到熱水淋在雞身蒸發出來的腥臭直灌鼻孔，剎時覺得頭暈欲嘔，趕緊跑到客廳，大口、大口的喘氣，彷彿他體內也積有腥臭，要藉吐氣來排除。

寶貴抬頭瞪了他一眼：「那麼快就好了？」

「沒有啦，剛要開始。」說著又轉回厨房。

水煙消失了，阿苦仙一下下拔著雞毛。拔了粗的又拔細的。刻板的動作使他的情緒鬆弛了，疲乏軟弱的感覺又襲上來。他不願承認後悔，但是痛惜著窘困時突然又失掉了九百九十九元，又想到了窘困的現實不知何時才能過去，心裏突像淋了一場雨，又冷又滿，擠擠壓壓溢到眼裏來了。

等到洗淸內臟，阿苦仙的淚已流光了。他把菜刀又放到磨刀石上磨著。這次不怕寶貴聽見，用力的磨得沙沙響，寶貴在客廳惡聲說道：

「神經病的，不要連你的指頭也剁進去煮爛了噢！」

磨了十幾下，移過砧板，阿苦仙一刀下去，雞身一分為二。一刀刀剁下去，阿苦仙眞正感覺到報復的快感，全身充滿了昂奮的力氣，每一刀都是俐落準確。「死雞公，看你還作不作怪？還叫不叫得出來？」

寶貴始終沒再到厨房來。中午這頓飯，阿苦仙一個人在厨房裏摸摸弄弄。雞在燒熱水的大鍋裏煮著，香味瀰漫著整個屋子。阿珍醒來叫著寶貴，寶貴進房間去了，阿珍說：「媽，我聞到一種味道好香哦！」阿苦仙拉長耳朵想聽寶貴怎麼說，但是寶貴卻只悶悶的「嗯」了一聲。

過了十二點，阿文和阿霞都放學回來了，一進門都嚷著：「好香哦。」然後跑到厨房門口，先是「爸爸，怎麼你在煮飯？」接著：「爸爸，你在煮什麼那麼香？」

阿苦仙微笑著對孩子們說：

「煮雞呀，我們好久沒吃雞了，中午要吃雞。」

阿苦仙又炒了一盤蛋和一盤油菜。煮得爛爛的淸燉雞用大碗公裝著放在桌中央。阿苦仙為每一個碗都先裝滿清燉雞。

「爸爸，不是要先吃飯嗎？」阿霞說。

「先吃雞，吃了雞身體好。今天爸爸煮了一大鍋，你們可以盡量吃。」

孩子們很高興的吃著雞，說著學校裏的趣事。寶貴卻坐著不動。阿珍坐在寶貴對面說：

「媽，妳為什麼不吃？是不是妳也感冒了？」

寶貴苦笑了一下，「沒有啦，」她低聲說。

阿苦仙拿左手肘碰碰寶貴的腰部。「快吃嘛，」他陪著笑臉：「難得我煮一頓飯，我煮得不錯吔！阿文，你說爸爸煮得好不好？」

「馬馬虎虎啦。」阿文不懂事的笑著。

寶貴又苦笑了一下，終於端起雞湯來喝著。

阿珍的病大概好多了，兩天來高燒躺在床上都沒胃口吃什麼東西，現在像是很餓，一句話都不說，很快吃完了一碗。阿苦仙趕緊為她再添了一碗，笑著說：

「阿珍要多吃一點，身體才會快快好呀。」

阿珍蒼白的臉上浮出了嬌柔的微笑。

——原載一九七八年十二月《台灣文藝》革新第八號（第六十一期）

苦夏

一、萬應佣工介紹所

夏日黃昏，輪椅出了窄巷，習慣的進入省城一條寬敞的街道。坐在輪椅裏的石阿興，臉色萎黃、髮色灰白，穿著短汗衫和白布長褲，沉默而狀若悠閒的抽著煙。在背後推著他的是比他小三歲的妹妹石阿幸。阿幸身材矮胖，穿著直統的短袖洋裝和布鞋，腦後挽了個髻，髻上揷著一支玉簪。據說是她母親的遺物，阿幸長年戴著它以避邪；特別是在推著哥哥出遊之時……。

不下雨、不颳大風的黃昏，住在附近幾條街道和巷弄裏的人們，總會看到這對相依爲命二十多年的兄妹在大街小巷裏緩緩的穿越，在寂寂流逝的時光裏穿越；並且在人們心上留下像聆聽優美笛音般的感動。

天氣晴朗的日子裏，黃昏時如果人們沒看到這對兄妹，總有一些比較淸閒的人要互相走告：「奇怪，今天阿興他們——。」「是啊，沒看到呢，也許是阿幸又感冒了。」……於是，在不出遊的傍晚，總有幾位老鄰居提著一串香蕉或一小袋柳橙來敲石家那已經破舊得沒法上鎖的木門，滿懷關切的問著他們兄妹的情況。有的臨離去時還順便塞兩張百元鈔票在阿幸手裏，囑她買些補品和阿興共享。

五月下旬的這天黃昏，輪椅走上垂柳夾道的大街不久，阿興習慣的說：

「阿幸，累了吧？停下來坐坐，看看風景。」

人行道旁築造了一些磨石子的條椅，阿幸把輪椅停靠在條椅邊坐了下來，從衣袋裏掏出手巾，擦拭額上和頸間的些微汗水。阿興雖然瘦削，也許不足五十公斤吧，但是加上笨重的輪椅，推了半個多小時，總要費一點力氣的。

「汽車越來越多了！」阿興說。

「是啊，電視上不是說汽車像老虎嗎？」

他們常常就在這條椅邊一坐半個小時，有一句沒一句的談著眼前的景物或逝去的過去。有時遇到路過的街坊舊識也寒暄幾句。有時則只是靜靜的睜大雙眼，任繁複的世相在眼前不斷展現又不斷消失。

和台灣許多一步步走上現代化的都市一樣，這條省城的街道也在不停的蛻變著。在阿興兄妹的童年時代，這附近只有泥土路、菜圃、花圃和稻田。路旁一條大水溝，溝邊雜草蔓生，許多孩子都去溝裏摸蜆、撈魚、在溝邊釣青蛙。漸漸地，路旁有一塊地被徵購闢建了國民小學，柏油路鋪起來了；再不久，又有一塊地闢建了國中；然後，區公所、衛生所、派出所、商店、餐館、超級市場，相繼在這大街的附近站到人們的生活中來。柏油路又拓寬了，大水溝加了蓋，鋪上紅磚，路邊種了垂柳，市民散步時依稀又領略了一些些的田園風味；不同的是，脚底再不是走泥濘路了。

這條南北走向的大街很長，在阿興兄妹習慣坐的條椅對面，有一排十幾間店面連在一起的四層店鋪公寓，底樓的商店，有美容院、西點麵包店、花店、鳥店、乾貨店、攝影社、麵店、百貨店……，阿興兄妹常看到熟人在那店面前的騎樓下走過或從店裏出來，雙方隔著馬路揮揮手、點點頭，算是打了招呼。

在這排店鋪公寓的正當中——恰是阿興兄妹坐著的正對面——有一家比較特殊的店面叫「萬應傭工介紹所」。老闆三十歲左右，大概是外鄉人，阿興兄妹不認識他。他的身材瘦小，不時嚼著檳榔，常常跟人說幾句話就走到騎樓下的排水溝邊吐掉檳榔汁。他的外型不壯，氣派卻不小，跟人說話時總是雙手插腰，一副搖首擺尾的模樣。如果碰到脾氣旺盛又三言兩語不對頭的求職者，他的右手就猛然從腰間抽出，剎時飛到對方的肩上重重的一拍，大喝一聲：

「喂，你說話給我客氣一點好不好？」

有的求職者，浮著惘然而且說不上興奮的表情去上工了，有的白白交了介紹費卻謀不到一份中意的差事，只好沮喪著臉走了……。一個個都是陌生的人，但是，他們的表情卻都太熟悉了。

這天黃昏，阿幸眼力好，先看到介紹所內小沙發上坐了個低著頭雙手掩面的女人，沙發邊放置一隻紅白相間的中型旅行袋。這時店內並無別的求職者，那個老闆坐在辦公桌前看報。阿幸看了約莫一分多鐘，見那兩人互不搭理，覺得奇怪，遂拍拍阿興手背道：

「興兄，你看對面店內那個女人！」

「怎樣呢？」阿興慢吞吞說道：「不是來找頭路的嗎？」

「一雙手掩著臉，好像在哭呢。」

「大概是沒找到吧。」

「沒找到爲什麼還坐在那裏哭？」

「也許是在等人。」

兄妹二人，斷斷續續把話題繞著那女人轉。無非也是沒什麼話題，總要隨興找些話來說說。其實對人家也不知一二，說了一百句不也等於白說嗎？

「呀，你看那個老闆，他站起來了。」阿幸說。

「會怎樣呢？」阿興慢吞吞問道，「總不會是跟那女人打架吧？」

他們的目光更專注的看著介紹所，只見那老闆站到女人跟前，嘴巴動著動著，不知說些什麼，女人終於移開手，把頭抬起來了。女人似乎也說著什麼，然後男人比手劃脚的又說了半天。隔著馬路上的車陣和車聲，阿興和阿幸就像看著啞巴對談。過了一下，那女人站起來了，阿幸哎喲叫了一聲：

「興兄，你看，是個大肚子的女人呀！」

「唔，眞的，肚子很大了呀。」

「奇怪，肚子那麼大了還要出來找頭路！」

「大概是離家出走的吧？」

那大肚女人看起來很年輕，留著鬈曲的短髮，穿一件咖啡色大肚裝，伊拎起旅行袋，邊拭著眼角邊走出「萬應佣工介紹所」。出了門口，伊遲疑了一下就走了。伊的脚步很蹣跚，好像走每一步都要耗很大的力氣。

「眞是可憐！」阿幸喃喃自語。

走沒幾步，伊突然靠著一根廊柱歪歪的站著，雙手捧著肚子，似乎很痛苦的樣子。阿幸雖然沒結過婚，但是做爲女人的直覺和多少年來在鄰里間的耳聞目睹，猜想那大肚女人是快生了。

「興兄，我們去看看伊！」

阿幸推著輪椅，速度可比平時快多了。

「人家不是很可憐嗎？」阿興說：「妳還要去看戲？」

「怎麼是看戲？伊一定是快生了，哪有女人在路旁生孩子？」

「這麼說，妳是要帶伊回家囉！」

「對，我就是這麼想！」阿幸很肯定的說。

輪椅推到大肚女人身邊時，伊已經蹲坐在磨石地上了。那裏恰是鳥店的門口，主人大概在後頭忙著，店內一個人也沒有，只有一籠籠的鳥疊放著，吱吱啁啁的鳥鳴和一股怪異的味道在空氣中跳躍著。

「太太，太太，妳怎麼啦？」阿幸蹲下去喚伊。

大肚女人搖搖頭不說話。

「太太，妳在台中有熟人嗎？」

還是搖頭。

「太太，妳一定是順月了，妳可不能留在這裏生呀！妳到我家去好嗎？我家那邊不遠處有一個助產士，我去叫她來幫妳接生。」

大肚女人認眞的看著這個好心的女人，發現她一臉忠厚著急的神色，旁邊輪椅上還坐個病人呢，不像是會騙人的，大肚女人於是輕聲說：

「好啦，多謝啦。」

阿幸招了一部計程車，跟司機說了半天做善事積大德的好話，司機才答應幫她把阿興從輪椅裏抬到車內，又破例答應把輪椅放在車後行李箱內。依照交通規則，行李箱的蓋子必須蓋上，放了輪椅，無論如何是蓋不上的。阿幸安慰司機說：

「沒關係啦，如果碰到警察，我來跟他解釋：救人要緊呀，我們不是故意的呀！」

汽車順著阿幸的指引，繞過一條又一條小巷，終於在一座暗舊的紅磚平房前停下來。司機免不得又幫了一些忙，才把這孕婦、病人、輪椅給安頓到他們的家裏。巷內的鄰居，因著這不尋常的舉動，紛紛跑來看個究竟。司機費了一番口舌，才殺出一條生路，把車倒退出去。阿幸看著那關不緊的門湧進一大堆好奇的鄰居，只好一面告訴他們阿興並沒遇到車禍，一面告訴他們家裏來了「很特別的客人」，請他們都回去吧。卡通影片的音樂在附近響起來了，天色已暗沉，許多人家也都要開飯了，鄰居們也就只好懷著一份疑惑走回家去。

二、石家老屋A

晚上十點多，一個男嬰在石家的古老房子誕生了。助產士徐太太沒有收取任何費用，還答應明後天要再來看產婦並替嬰兒洗澡。嬰兒的衣服，是阿幸臨時去幾位鄰居家要來的，因為那隻紅白相間的旅行袋裏並無一件嬰兒衣。據產婦斷斷續續對徐太太說，她從未做過產前檢查，也不知產期已到……。

本來在另一間房裏矇矓入睡的阿興，聽到嬰兒的啼哭，睡意突然全消失了。許久許久前的一天晚上，他也曾在這座房子聽到嬰兒初臨人世的第一串驚啼，那時的助產士也是徐太太；如今徐太太的頭髮都已雪一般的白了啊！

眼淚從阿興的眼角汩汩流出來了。多少年強忍著平靜的心，這時終於壓抑不住地騷亂起來了。那嬰兒，如今也許長得比自己還高了。也許也已經娶妻生子做了父親。至於那嬰兒的母親，他只記得當年她那嬌柔的模樣，如今經過悠長歲月的洗禮，無論如何也不能想像她變成怎樣的婦人了。

一個有了孩子的女人，竟要離家他去，總有一樣她所堅持的理由或苦楚的吧？當年秋蓮是因嫌棄我這突然因車禍而被醫生宣布殘廢了的身子，才帶著孩子棄我而去的，現在在這屋內新做母親的女人，又是為了什麼而離家出走呢？何況又是懷著身孕的呀！有什麼委屈，總也得在家生完了孩子再作打算啊，怎麼能那麼隨隨便便就跑出來了呢？退一步想，她竟然寧願離家，一定是有著無法忍受的委屈吧……。

送走了徐太太，阿幸走到阿興的房裏來。

「興兄，伊生了一個男的！」

「我知道，」陷在沉思裏的阿興，一時不知再說什麼好：「我聽到了。」

阿幸聽出阿興的聲音異樣，走近床邊說：

「興兄，你怎樣啦？你不歡喜我救了伊？」

「怎麼會？救人是好事呀！」阿興裝出愉快的聲音。

「對啊，我想你也不是小氣的人嘛！剛開始這幾日，我也許要忙一點，沒空推你出去遊街了哦！你不知道，伊好像什麼也不懂呢，剛剛徐太太問伊，說是才十七歲呢。」

「那麼小啊？爲什麼要跑到外面來呢？」

「誰知道是爲什麼？伊連產期到了都不知道呢。我們看見伊的時候，伊還想叫佣工介紹所給伊找工作呢。那個老闆看伊肚子大，不肯幫伊介紹，伊才坐在那裏哭的嘛！」

「也眞是可憐，妳要好好照顧伊，明天就殺隻雞給伊補補身！」

「剛生完不可以吃補，過兩天再說吧。」

「伊有說家住哪裏嗎？」

「沒有，過幾天再問吧！伊一直哭著，怎好問呢？」

「現在還哭嗎？」

「好像睡了。」

「我猜得沒錯，伊一定有大委屈。」

「我也這麼想。我去移雞籠，晚上就陪著伊照顧囝仔，你有事再叫我。」

阿幸掩上門，出了大廳，拖鞋在院子裏叭噠、叭噠響，雞又驚叫起來了。阿幸養了四籠肉雞，倒也是一項財源。六、七年前一個冬天晚上，放在院子裏的十多隻雞全被偷光，之後的每個晚上，阿幸臨睡之前一定要把雞一籠籠移到這幢老屋的尾間，把門鎖好，第二天起床後再移出去。這幢老房子是標準的台灣房子，第一間廚房，第二間睡房，中間是擺供祭兼作客廳，第三間也是睡房，最後一間俗稱尾間，也搭了木板床，有親戚來過夜就住那間；平時則是個儲藏室，家裏用的各種器物都擺那間。至於浴廁，則是在房子的後面另蓋的。

這些年來，雖偶有親戚來探望，但絕少在這裏過夜了，尾間的木板床上全堆著一綑綑的籐片和編製好的籐器，地上的角落，晚上就都給雞籠佔滿了。

阿興常常想，阿幸如果結了婚，一定是個好太太。她是那麼善良寬厚，又會理家又會安排生計，這些年若沒有她，自己不是被送到救濟院，就必定早已不存在這人世了。

然而就因著自己，阿幸蹉跎了青春，毀棄了婚約，心甘情願留在這老屋。父母過世時，除了這老屋，本就沒留下什麼家財，從貨運行得到的一筆賠償費，又被秋蓮偷偷帶走了。那段日子，這老屋眞是黑暗。阿幸的婚期一拖再拖，自己的雙腿還在到處求醫，心情壓抑不住就對阿幸怒吼：

「妳走吧，把衣服包一包走到鄭家去吧。妳的阿兄無能，沒有嫁粧給妳，妳別爲了同情我留在這裏，妳走吧，走吧！……」

許多次無理的怒吼，都引來隔壁阿婆的一陣指責。

「她的心已經夠苦了，你就不能多忍耐少說幾句嗎？兄妹連心，她留下來照顧你也是應該，你就不會替她想一想嗎？」

後來阿幸要求未婚夫婚後要住石家好照顧阿興，偏偏未婚夫在鄭家也是獨子，堂上雙親還在，這要求不被鄭家接受，鄰里也不敢呵責鄭家的不是；幾經蹉跎，和鄭家的婚約就不了了之的結束了。

那次之後，大家也都明白阿幸這輩子是要揹著阿興這大包袱的，沒人再上門來提親了。即使有人來提親，阿幸內心也早就做了「終身不嫁」的決定，一池青綠的湖泊漸漸成了死水，褪了色，成了生命中似曾相識的遺跡！

爲了兼顧工作和照顧阿興，阿幸換過許多職業。後來人家介紹她到籐器店去學手藝，編製些輕便的籃子、小籐椅、小擺飾，阿幸學會了就拿回家來教阿興，不讓阿興覺得自己是個靠妹妹吃飯的廢物。後來阿幸就跟籐器店講妥不去上班，把材料拿回家做，每三天店裏就派人送新材料和訂單來，並把成品收回去。幾年來，兄妹倆靠著這手藝倒也生活得平靜安定，十多年都沒什麼波浪了。有幾次建築商人要求拆屋合建公寓，也總是被阿幸拒絕。「我們能生活得安靜就好，漂亮的樓房對我們有什麼用？輪椅推出推進都不方便呀！」阿幸總是這麼說。附近的人，有許多家都因合建而住進公寓了；在許多新起的高樓環伺中，石家的老磚屋就像一座沉默的幽靈，固執的坐在文明的邊緣守夜。

如今，這老屋來了陌生的年輕女子，誕生了新的生命，老屋似乎要比往昔熱鬧了。然而，在熱鬧的背後，又是一個怎樣的故事呢？

三、石家老屋B

伊醒來了，這是伊到石家的第二日。

也不知是幾點鐘，小小的朝北窗口都已透進白閃閃的陽光。伊揉揉眼睛，習慣的想要翻個身，但是，翻不過去哪，下身微微痛著。伊的手移到腹部摸了摸，啊！這才清醒了些，想起孩子已經生下來了。以前的無數個晚上，伊總是做惡夢，夢到自己被誰強迫著上了手術台，讓醫生給刮掉了孩子，正在大哭；哭醒了，摸摸腹部還是圓鼓鼓，這才放心的拭去了淚水。

但是這一次可不是噩夢。伊緩緩回想著，想起一個戴著眼鏡的白髮老太太，好像曾經用雙手不停按摩著伊的腹部；告訴伊要勇敢、要深呼吸、要認眞的用力，……沒錯的，伊記得她是喚作徐太太，是一個助產士。

伊於是更清醒了些，更放心了些。伊側過臉，看見伊的嬰孩睡在旁邊，紅色的發皺的小臉、黑色鬈曲的頭髮、握緊的小手、閉成一條直線的小嘴；伊看不出美醜，伊只記得他是個男嬰，是個調皮鬼，害伊痛了那麼久！現在他睡得那麼安靜，看起來又像個乖寶寶了。

一陣雞叫從屋外傳來，伊聽到男人的聲音說：

「阿幸，會把伊和囝仔吵醒啊！」

「馬上就好了。」女人的聲音回答。

過了一會兒，雞果然都不叫了。伊在想：是不是要抓一隻雞來殺呢？雞不叫了，是不是殺死了呢？伊心裏浮盪著一陣陣的溫暖和感動。我和他們本不相識的呀，他們竟如此善待我，這樣的好人，我竟在不幸中給幸運的遇到了。伊的記憶更清楚了。伊記得自己是在走出佣工介紹所後，蹲在騎樓下時遇見了他們，然後坐汽車回來。那個男的好像不能走路；而且，他們夫婦好像沒有孩子——啊，對啦，是不是因爲那樣才對我好？如果他們要我把孩子送給他們，又該怎麼辦？領受了人家的恩情，當然是要報答的；然而，如果是用孩子作報答，這卻太叫人心疼的啊！

這麼想著，在放心之中的伊，隱隱的又增添了些許不安。恰在這時嬰兒揮動著小手哭起來了。伊覺得更大的不安，下意識的伸出手去摀住嬰兒的小嘴：「別哭、別哭啊！」

女人很快跑進來了。

「一定是尿溼了！」女人說：「我來給他換尿布！」

女人手脚頗伶俐的替嬰兒換好了尿布。

伊專注的看著。伊心裏想：我已經做母親了，這是母親該做的事情，但我還不會呀！我一定要很快學會這件事！

可是換好尿布的嬰兒還哭著，女人喃喃說道：

「一定是餓了。小孩哭總不外是尿了、餓了，我知道的，我以前幫我嫂嫂帶過小孩！」

女人很快又跑出去了。

大概過了五分鐘，女人轉來時，手上拿了一隻奶瓶。

「我去向隔壁借的，這裏面是蜜水，他現在還不能吃牛奶！對啦，妳自己也會有奶！」

女人抱起嬰兒，餵他喝蜜水。嬰兒似乎還不懂吸吮，女人把奶嘴在他的小嘴裏緩緩轉動著。「快吃喲！這是你來到人間的第一口呀！」女人慈愛的對嬰兒叮嚀：「吃了肚子才不會餓！吃了才會長大！對啦，就是這樣！」

伊更專注的看著，不知不覺間眼淚緩緩從眼角滾了出來。

如果她是我的媽，該有多好！

「咦，妳怎麼又哭了？」女人轉過臉看著伊：「人家說，坐月內不可以哭喲，哭了會壞眼睛的！」

女人把嬰兒放回床上，坐在床沿看著伊。

「我還不知道妳的名字呢，可以讓我知道嗎？」

「我姓張，」伊說：「叫小蘭。」

「我姓石，叫阿幸，我的哥哥叫阿興。」

「就是昨天妳推的那個嗎？」伊急切的問道。

「是呀，我們只有兄妹倆。」她壓低了聲音：「我沒有結婚，我哥哥結過婚，可是我嫂嫂帶著孩子跑掉了。」

伊完全放心的笑了。

「我喊妳石媽媽好嗎？」伊天眞的問道。

「可是，我沒結婚哪，怎麼好意思呢。」

「妳看起來跟我媽媽一樣的年輕！」

「好吧，也算我們有緣，那麼妳就得管我哥哥叫阿舅囉！」

伊歡喜的直點頭。

「眞是糟糕，一說話就沒有完，你阿舅在院子裏看報，等著吃早飯呢。」

阿幸到厨房去，沒多久端來一碗糖水煮蛋。

「這一碗是給妳的，妳要吃了，身體才會快恢復。這幾天妳要吃得清淡些，過幾天才給妳吃補。」

吃完糖水煮蛋，伊很虛弱的又睡了。也不知睡了多久，矇矓中聽到嬰兒又在哭了！伊的反應很快，馬上想到嬰兒的尿布溼了，睜眼一看，嬰兒卻不在身邊！這可糟了！她一骨碌坐起來，聽到嬰兒還在哭，尋聲而去，走到隔壁，原來是厨房。地上放了大澡盆，徐太太正在替嬰兒洗澡，石媽媽蹲在一旁看著。

伊走過去，在阿幸身旁蹲下來。徐太太馬上說：「妳坐在椅子上，妳不可以蹲。」

伊在椅子上坐好，阿幸說：

「伊叫張小蘭，」轉回頭又說：「小蘭，徐太太眞好，她免費給妳接生，今天又帶了一瓶補藥、兩罐奶粉和嬰兒衣服來送妳。」

「謝謝，」伊低聲說。

嬰兒已經不哭了，伊看著他那紅通通、軟綿綿的身子，聽著徐太太說嬰兒臍帶還未掉落之前洗澡該注意的事，說到末了，徐太太又說：

「沒關係啦，反正我住得不遠，臍帶沒掉之前，還是我來替他洗比較安全。」

洗完澡，在床上替嬰兒拭身、穿衣時，徐太太提到要給嬰兒寫出生證明書的問題。

伊知道這問題終歸是要被問到的，伊於是很坦然的說：

「我還沒有結婚，我被人騙了；我不知道他現在在哪裏，他以前寫給我的地址是假的。」

一口氣說完，不慌不忙，倒讓徐太太覺得意外，懷疑伊是心裏早編造好的。

「眞的嗎？」徐太太問道：「那麼，妳的父母呢？」

「我——」

說到父母，伊突然哽住了。每次被人問到家世，伊總是傷心而且羞於啓齒的。

伊哭了，伊那天就再也沒說一句話。

一直到第四天，徐太太再來替嬰兒洗澡時，伊才平靜的說了伊的故事。

四、從孤兒院到中山北路

伊是生在台北縣的一個山區小村。父親原是個礦工，在伊兩歲的時候，因爲礦區災變死在礦坑裏。這些事當然是長大後才知道的。三歲以前的小孩，一向不記得生活中有過什麼喜怒哀樂，伊只記得從小和很多人住在一起，母親久久才來看一次。大概五歲的時候，伊在別人的指點下，才懂得那偶而來看伊的女人是「媽媽」。上了小學，伊才知道伊生活的地方叫「孤兒院」。上了國中，伊開始想：「我有媽媽，爲什麼我要住在孤兒院？

沒有爸爸媽媽的人才是孤兒。」

伊的母親那時還很年輕，大概只有三十歲吧！伊完全不知道母親生活的情形，有一次伊對母親說：「我不要住在這裏，我要回家去。」母親睜大眼睛望著伊，似是十分的驚訝。久久，母親才說：「我們沒有家呀！」

伊傻住了，不知道「沒有家」是什麼意思。

「等妳讀完國中再回家好嗎？那時妳可以出去做事幫忙賺錢了。」

因爲不常見面，和母親還是有幾分生疏，母親說的話，只敢聽從不敢抗辯。心裏雖有許多疑惑，卻一句也不敢說，小心靈裏只覺得孤獨無助，在學校也總是乖靜的坐著，生怕同學問起伊的家世和家人。

後來伊才知道，母親那些話都是一種搪塞；說得殘忍些，竟是欺騙。事實上，母親早就又嫁了人；不過伊終於也了解母親的欺騙是一種無奈，因爲她的婚姻是十分不幸福的。

伊的繼父大母親十多歲，以前曾因竊盜罪坐過牢，因有著前科，始終沒做過一份安定的工作。母親和他結了婚，不但要付房租和生活雜支，還得供他的煙酒零用。他偶而去租輛計程車跑跑，偶而在車站替野雞車拉客，賺點介紹費，零零碎碎的行業好像也做過不少樣，就是沒一樣做久長。他脾氣暴躁，凡事母親不順服就挨他拳打腳踢加各種惡毒辱罵。這些都是伊回到「家」後親眼所見，遂也漸漸明白母親往昔對伊說「我們沒有家」的心情，當然也更明白自己在這個家中是不能長住的。

母親在巷口擺了一個水果攤，剛回家那幾天，伊每天都跟母親去賣水果，因爲不敢和繼父在家。即使在母女獨處時，母親也從不提她和繼父的婚姻。也許是很後悔吧，但到底是認命了，認了命也就連埋怨的本能都死去了。

伊只回家住了七、八天就又離開家了。伊在中山北路一家餐館找到女服務生的工作，離中和鄉的家太遠，就住在餐館的宿舍裏，每個月只有領薪水後才趁休假日送錢回去給母親。通常也就在水果攤跟母親說幾句話就又走了。雖然和母親沒有一般的母女深情，但是在路邊和母親分別而轉身離去時，伊的眼淚總是一直流到被風吹乾；那時她才眞正意識到自己是一個孤兒！

伊在剛滿十六歲時，開始和阿德約會。阿德是伊的同事，比伊大七歲，退役後才來工作，比伊資歷淺，但阿德說他沒入伍前就在餐館做事了。

阿德很愛說笑話，午後空閒的時間，阿德最喜歡說他當兵時伙伴們鬧的笑話。伊很喜歡聽阿德說笑話；日子一久，心裏就常浮動著阿德的影子。有一天他們同時輪到休假，阿德把伊喚到一旁說：「我們去看電影好不好？」伊答應了。

在電影院裏，阿德握住伊的手不斷的撫摸。那天晚上阿德就吻了伊。阿德還說愛伊已經愛很久了，平時同事多，一直沒機會也不敢向伊表示。這是伊到人世以來，第一次聽到一個人那麼具體而直接的說愛伊，伊的心激動狂喜得幾乎漲滿了，一種從未有過的幸福流遍全身。

也許就因這份對愛的渴望，伊單純而全無抉擇的接受了阿德，把他當成世間最親密的人那般愛著。阿德常說起他在中部的家，家中有水田、有果園、有牛羊、有父母弟妹，一棟紅磚屋矗立在一圈竹林中，竹林上端停滿白鷺鷥……。但是伊要說什麼呢？伊在這人世只是一個孤兒呀！要說那滄桑的母親嗎？要說那無業遊民的繼父嗎？說出來是多麼丟臉呀！說不定阿德就看不起我而不愛我了……。

但是，一對相愛的男女終歸是沒有什麼秘密要掩蓋的，當伊已經懷有身孕而還不自覺時，伊點點滴滴的說起伊的家世；阿德很同情伊，對伊表露了更多的關愛和熱情。

「那些都是過去的事，」阿德說：「跟妳有什麼關係呢？我愛的是妳呀。」

伊歡喜的哭了。

到底伊還是幼稚的，又一直生活在閉鎖的天地裏，許多事都還不懂，因而有了身孕也不自知。有些人一有孕就嘔吐頭暈，伊卻一切照常，全無異象。直到腹部隆起，才讓阿德瞧出異樣：「妳好像是有孕了！」伊眞是心慌，那天晚上阿德就帶伊到圓環一家婦產科去檢查，醫生說已經太大了，不能拿掉。阿德不死心，第二天又帶伊去中山北路一家很有名的婦產科，醫生仍說不能拿掉，並說如果勉強動手術，也許會有生命危險。醫生還開玩笑說：「趕快結婚就沒事了，反正現在奉兒女之命結婚的也多的很呢。」

走出醫院，阿德直嘆氣。伊一句話也不敢說，彷彿所有的過錯都在伊身上。

第二天阿德就走了。他留給伊一封短箋，說要回家跟父母商量結婚的事。很簡單的，阿德用這拍拍屁股走路的方式，了斷他遭遇的困境。女人也只有在這情況被遺棄時，才深切體悟付出肉體招來的無情風雨。

在痴痴盼望阿德歸來的等待中，伊懷孕的事終於被母親識破了，甚至伊的繼父也看見了；因伊那次送錢回去時，繼父也在水果攤。繼父問伊眞相，伊抵死不肯說。曾經有的短暫的愛和幸福都逝去了，除了哭，伊又能說什麼呢？

過了半個多月，繼父到餐館來找伊。說是替伊找了一個有錢的男人，不計較伊懷有身孕，要伊領了薪水後就回家，好早日籌辦婚事。伊知道繼父的火暴脾氣，不敢當面拒絕他，只好勉強答應了。

僵持了三個月，伊知道繼父一定是收了人家的錢，等於賣了伊。伊很氣繼父在伊最痛苦時來逼伊結婚。而且事先也都沒先徵求伊的意見，聽說那男的年齡也四十了，死去的前妻沒有生育，娶伊只為生子，這樣的婚姻，伊是絕不願的。跳進去就像跳進火坑了！

伊於是又意識到自己是孤兒的命運，決定遠離台北躲掉一切。伊收拾好行李到火車站，坐車到台中去找工作。純情的伊仍然想著阿德；阿德的家在台中的鄉下，伊按著阿德寫的地址去尋找，卻根本沒人認識阿德。

然後，伊到傭工介紹所去；然後，伊被阿興和阿幸送了回來……。

五、從派出所到博愛院

七月初，伊已滿月，臉孔又恢復了青春的光澤和紅潤；只是眼神仍潛藏著迷惘和不安。

一天黃昏，阿幸又推著阿興出去遊街，伊迅速的理好衣物，趁著巷內無人的時候，抱著嬰兒快步離開了石家。在石家的一個多月，附近和阿興兄妹熟識的人，送錢、送衣物給伊，已經有許多人認得伊了。

伊在飯桌上壓了一張字條：「石媽媽，謝謝你們照顧我這麼久，我不能再麻煩你們了，以後一定會回來報答你們的大恩大德。」

伊在台中火車站附近坐上一輛野雞遊覽車。聽說走高速公路兩個小時就到台北，再坐車回到中和鄉也許九點了，母親大概還沒收攤吧？

這是伊第一次行經高速公路。車內有冷氣，窗門緊閉，玻璃是淡褐色，看不出窗外景色。伊只茫然的覺得車速飛快，一面是漸離台中依依不捨、一面是漸近台北近鄉情怯。

但是如今伊的命運就像這飛馳的車，伊只是乘客，伊是無力操縱的啊！

在石家的日子，伊曾寫了一封短信給母親，說伊生了男嬰，伊沒寫地址，因怕繼父來找麻煩。伊在石家住滿一週時，就差不多完全弄清楚石家兄妹的生活景況，心裏的愧疚更深，對他們的感激也更濃。阿幸一再留伊長住，伊知道阿幸是眞誠的，可是伊沒有身分證，滿月後要找工作不容易，萬一警察來查戶口也說不淸，怎能在他們家白吃白住呢？怎能再給他們添麻煩呢？反正囝仔已生下來了，對阿德也已死了心，回家去面對另一種現實吧。繼父也許會因著囝仔而改變態度的。

在巷口見了母親，她趕緊去雜貨店要了一個紅封套，包了紅包給她的「外孫」。收好攤相偕回到家，繼父在看電視，茶几上放著老紅酒。

「小蘭回來了，」母親笑著對繼父說：「孫子也回來了呢。」

「呃，」繼父很有興趣的側過臉：「抱過來我看看，呃，眼睛大大粒，有像小蘭！」伊很欣喜的笑了。一家人開始爲嬰兒換尿布、餵奶、擦臉，忙個不停，都沒問起伊生產和坐月的情形，彷彿這一切都像日昇月沉一樣的平常。倒是繼父入睡後，伊才悄聲把經過的情形大略說了一遍。母親淚流滿面，不敢哭出聲來。

第二天上午，伊向繼父要身份證，說要趁囝仔睡覺出去找工作。繼父很快把身份證給了伊，並叫伊放心去找工作，他會在家照顧外孫。

「妳找到工作就去上班，我每天幫妳看囝仔。」

因著以往的生活經驗，伊還不敢設想往後的生活將如何，但是這個家的改變，已經夠讓伊心滿意足了。

下午兩點多，伊的奶漲得發痛，忍不住跑回家來了。在巷口，伊對母親說：「我回來給囝仔吃奶。」恰好繼父也來了，伊問繼父囝仔乖不乖？繼父說：「乖啊，都沒哭呢，妳不再出去了吧？那我要出去一趟。」

伊小跑步回家，但是囝仔不在家。門窗都關得很好，繼父才出去，不可能這麼短的時間內有人來抱走囝仔。伊很驚慌，小跑步到巷口找母親。母親先是不信，想了想，終於說：

「這個死人，他眞做得出來！一定是他把囝仔丟掉了，妳快去派出所報案，我想他一定是上午就抱出去丟掉了，也許會被人撿到，送到派出所去！」

伊走了十多分鐘，在A派出所報了案。

繼父吃過晚飯才回來，伊壯膽把事情都說開來。繼父先不承認，堅持是他出去買煙時，未鎖上門，被人進去偷抱走。後來聽伊說在派出所報了案，把他列為涉嫌遺棄的人，他一個拳頭就掄了過來，伊無法抵抗，由著他瘋狂落拳。

「妳這沒心肝的，我一番好意要爲妳減掉麻煩好好嫁人，妳不知好歹，還要告我，要我坐牢？妳不知那裏跟人姘的雜種貨，妳還以爲那死囝仔多高貴呀？」

伊被打倒在地哭得聲嘶力竭時，母親收攤回來了。繼父不多解釋，對母親又是一頓拳脚踢，母親當然明白這禍害的由來，但她只裝作不知，伊聽到繼父說：

「明天不去把案子撤銷，我就殺掉妳！妳要跟警員說是妳自己丟掉，覺得後悔才去報案，聽到沒有？」

伊坐在地上直點頭。伊的心害怕得快窒息了。母親拉伊起來，扶伊到房裏，抱緊著伊啜泣。

次日一清早，繼父就催伊去銷案。伊去A派出所說明來意，但是警員眼尖，瞧出伊身上和臉上的青腫，「妳應該叫妳的繼父陪妳來銷案，」他說：「現在我不能受理銷案；還有，在B派出所，聽說有人送去一個囝仔，妳應該去看看。」

到了B派出所，警員告訴伊，囝仔半小時前被人抱到博愛院了，那裏有護士照顧他。他和警員對證了囝仔的長相和穿的衣服，確定他就是被繼父丟掉的囝仔。

走出B派出所，陽光很猛烈的刺著伊一夜未睡的眼睛。

伊站在路邊等公車到博愛院去。奶水漫溼了伊的胸衣，在陽光下發出陣陣酸澀的味道。

——原載一九七九年六月《女性》雜誌

菱鏡久懸

一、面對問題：蔣韻梅

冬日午後的灰白陽光，薄薄籠罩在新街鎮婦女會的台階前。名喚秀桃的三十歲婦女，走到這台階前時，腳步卻遲緩了下來。

只要走完那台階，走進蔣會長的辦公室，過往的一切就要毫無保留的暴露出來。「暴露過去」本是秀桃拜訪蔣會長的目的，然而，那一刻就在眼前時，一種潛意藏的、死去多時的羞澀卻很快在心中蠕動起來了。

一陣急狂的北風，從新街溪那邊直直吹了過來，刮到臉上是一種冷徹心肺的冰寒。秀桃縮了縮脖子，終於快步的向台階跑上去。

在新街鎮婦女會會長的辦公室裏，年近四十的會長蔣韻梅女士，正在和一家民營報派駐新街鎮的林記者聊天。自從去年利用地方派系的關係，膺選新街鎮婦女會會長後，她就急於建立聲望，提高她在新街鎮的知名度。拉攏地方記者，雖是提高知名度的手段之一，然而，如果只是拉攏而沒有實際的新聞來源，到底不是長久之計。蔣會長不愧是眼光銳利、心思敏捷，很快就從社會新聞裏發現目前兩性關係的偏差；特別是未婚男女的姻緣問題，由於受到新舊觀念的糾結，許多人的心理無法和現實契合，產生了男該娶而未娶、女當嫁而未嫁的僵局。

蔣會長上任未及一個月，就以「現代紅娘」自居，向各報地方記者發出了代辦徵婚的消息。這一計果然靈驗，蔣會長每天忙著爲徵婚的人打電話、約談、安排會面、發佈消息，各報記者也樂得常有固定而新鮮的消息來源。每天午後若沒重大新聞，就到蔣會長辦公室走動走動，抄些現成材料回去急就章；至少也會打個電話問問：「今天有什麼新人徵婚呀？」

如此的「互助合作」，蔣會長上任不及三月，知名度就比以前的老會長高出了許多。也因此，新街鎮上的婦女，只要遇到丈夫外遇、婆媳不和、女兒跟人私奔、鄰居結怨、街坊倒會等等問題，一定「去找蔣會長」。蔣會長是否眞正徹底替他們解決了問題，外人當然不得而知；然而，鎮民從地方新聞裏累積起來的印象卻是「蔣會長眞是熱心替人服務」。人前人後，蔣會長都聽到鎮民對她的好評；這已經使她下定決心要競選下一屆的縣議員了。

而秀桃，這個在新街鎮太平路邊一家女子美容院擔任師傅的苦命女子，正是慕著蔣會長樂於助人的美名，決定前去求她解決生命中已存在十三年而未決的懸案。

走完台階是一道短短的走廊；兩旁牆上貼著許多婦女會活動的海報和攝成美滿佳偶的剪報。秀桃穿越過它們，來到「會長辦公室」的門前，舉手在門上輕輕敲了三下。

門開了，是個戴眼鏡、留平頭的年輕男子，秀桃正怔著，卻聽那男子說：

「會長，妳有客人，我不打擾了，我們再通電話啊！」

那男子說完，順便朝秀桃點點頭就走了。

會長似乎沒有站起來送客，她坐在大皮圈椅裏說：「請進來啊！」秀桃走進去，順手把門關上。

會長穿著棗紅色旗袍，外罩墨綠色毛衣，戴著金邊眼鏡，交握著擱在辦公桌上的雙手，明顯的露出和旗袍同色的指甲。

「妳請坐！」會長指著面前的椅子；那是剛才林記者坐過的。

秀桃穿著銀灰色的套裝，裏面配了一件豆沙色毛衣，細長的臉雖薄施脂粉，因爲一路走來的北風吹襲，這時卻仍顯得十分單薄而且蒼白。她的眼睛是有著雙眼皮的，眼珠也還黑白分明，但一望即知是一雙生活得不太圓滿的眼睛；因爲眼眶裏浮動著一層倦怠和滄桑。這原也不足奇；凡要走進婦女會求援的女子，總是生活中有著不幸和殘缺的。

秀桃落了座，羞怯的說：

「對不起，有事來麻煩妳。」

「呀，妳別這樣客氣，」蔣會長說：「能讓人麻煩到我，這是我的光榮呀！」

會長細細審視秀桃的神情，發覺她的神情和一般來求援或辦理徵婚的女子略有不同：她看起來是那麼平穩沉靜；既不激動也不顯出過分的害羞。或許，這是一件比較特殊的個案吧？

「妳貴姓？」會長說。

「姓江，我的名喚作秀桃。」

「住在哪裏？」

「新街里太平路八十六號。」

「今年幾歲？」

「三十。」

會長邊問邊低頭在一張紙上寫下簡單的個案資料。每一個到她面前求援的人，都得先接受這一連串類似戶口調查的詢問。

「結婚了嗎？」

「沒有。」

會長抬起頭來，疑惑的看著這個自稱三十歲，看起來卻比三十歲還蒼老些而又尚未結婚的女人。

「那麼——是要辦徵婚嗎？」

「不！」秀桃快速而斷然的說：「我已經有兩個兒子！」

「哦，我懂妳的意思了；妳是不是被同居人拋棄了？」

「沒有，」秀桃又斷然的說：「我從來沒和人同居過！」

會長露出彷彿被戲弄的、不耐煩的表情。她覺得這女子像在演戲，但是演技不佳，台詞又沒背好，劇情進展慢吞吞，只是在吊觀衆的胃口，讓人忍不住心中冒火。這和那些一走到她面前就哇啦哇啦說個不停的女人，確是截然不同。會長有點兒不習慣，她的個性和例來的處事方法，都沒耐心靜坐著聽人這麼繞圈子做問答題。

會長的表情冷淡了下來：

「那麼，妳來找我是爲了什麼事？」

秀桃已看出會長的表情了；十多年來的職業磨練，她是很善於察言觀色的。

「會長，我的事情比較特殊，」秀桃溫婉的說：「我是想麻煩妳，幫忙找我兩個兒子的父親。」

「妳兒子的父親？他叫什麼名字？在哪兒做事？是哪裏人？」

「我不知道，」秀桃難爲情的說：「我什麼都不知道。」

「連名字都不知道？」會長不屑的揚高了聲音：「有這樣的事情？」

「是眞的，」秀桃誠懇的說：「是十三年前一個晚上，我被人灌醉了——」

會長交握的雙手分開了，她顯出極大興味的坐直了身子，打斷了秀桃的話：

「妳是說那一次懷了孕？可是，妳不是說有兩個兒子嗎？」

「是兩個，是雙胞胎啊。」

「啊，有這樣的事？這可眞是一件奇聞呢。妳慢慢的說，我一定盡力幫妳的忙——」

會長拿鎮尺壓住一張白紙，認眞的緊握著筆。這件奇聞一經宣佈，勢必爲新街鎮婦女會再度帶來一陣高潮；當然，蔣會長的知名度也將又大大提高了。

二、說明問題：江秀桃

我不是新街人，但是我在新街已經住了十年。我離開台中的家初到台北的時候，在三重住了兩年多，在那裏，我學會了替人燙頭髮，修指甲一類的女子美容工作，也是在那裏，我生下了雙胞胎的兒子。那時我才十七歲，精神太脆弱了，我受不了人家在背後的指指點點，後來才搬到新街鎮來。在這裏，我騙人家說我的未婚夫因爲車禍死掉了，說這個謊話，好像給我一種心理保障，使我不再覺得人家都在背後嘲笑我。過了二十歲，我告訴自己說：我已經成年了，要更堅強，把悲哀的心收起來，爲了我的孩子努力工作賺錢，讓他們過好的生活，別讓人家瞧不起。現在我自己已經買了一幢房子，跟一個朋友合開一家美容院。我不是要炫耀自己能幹或有錢，我只是要說明：到了現在才下決心出來尋找孩子的父親，並不是要他來負擔生活的責任或向他要求這些年來的補償。我今天決定這麼做，完全是爲了孩子。我的孩子已上國中一年級了，功課不錯，長得也很健康。他們小的時候，不懂得懷疑我說的謊話，上了國中，好像一下子長大了很多，他們不大相信他們的父親已因車禍死掉了，因爲我們的家中並沒有安放靈位和懸掛遺像，也從沒帶他們去掃過墓或到祖父母家去玩。自我離開台中後，我和娘家的人也從沒來往，這點也使他們疑惑。每次他們提出這些問題，我都不知道怎樣回答才好。有時隨便說個理由，日子久了就忘記，下次再說就牛頭不對馬嘴了。每當那時候，我的心就都亂糟糟！他們越來越大，懂得的事情越來越多，我怎能哄得過他們呢？怎能騙他們一輩子呢？他們心裏一定常常在懷疑我，甚至嘲笑我、看不起我！會長，妳了解我這種心情嗎？現在別人嘲笑我、看不起我，我都不怕，可是我的孩子如果看不起我，我是十二萬分害怕和痛苦的呀！我並沒有做錯什麼事，爲什麼要長期忍受這種懲罰呢？我決定出來尋找他們的父親，也許出發點也有一點自私，因爲我要讓孩子明白：做母親的我，並沒有做錯什麼事，而那個一時做錯了的父親，也該有男子漢的擔當，出面來坦承這個後果！

是的，會長，我現在就要告訴妳那件事了。剛剛我已說過，我的娘家是在台中，我的父親和母親在菜場賣水果，我有一個姐姐，兩個弟弟。我姐姐小學畢業就在菜場幫忙賣水果，我讀完初中，母親不讓我再升學，我就到台中近郊一家小型的針織工廠做女工。男女工人加起來還不到二十人。事情發生的那個冬天，已是快過年了，老闆照例要請工人吃「尾牙」。以往都是老闆娘自己煮兩三桌菜吃吃就算了，那一年因爲老闆的生意好，大家吵著要老闆到餐廳去請，老闆也就慷慨的答應了。大都很高興，彼此不斷的敬酒，那時我實在太小了，也不知自己酒量不好，人家說乾杯我就乾杯，也不知喝了多少，只是覺得頭暈暈的，肚子有點漲。吃完飯，大家就分手了。因爲那家餐廳離我家只有兩條街，我就走路回家。在路上，我一定是醉倒了，一點知覺也沒有。等我醒過來的時候，發現是在一家旅社裏，我沒有穿衣服，但是我的身旁也沒有別人。我回想了一下，了解到發生過什麼事了！我穿好衣服就跑到櫃台去問女服務生，但是她們卻說什麼也不知道，因爲那時已半夜，她們都睡了。

我不敢把這件事告訴任何人。一個女人失掉貞操，就好像臉上被人潑了硫酸，是沒臉見人的。那時我好幾次想自殺，但是想到自殺並不能洗刷我的恥辱，還會留給父母無盡的痛苦，也就只好忍耐的活下去，過一天算一天。小小年紀的我，那時怎麼也想不到會懷孕的。三個多月後，我的肚子有點鼓出來，而且我常買酸梅吃，有時也會嘔吐，不知誰那麼多嘴，我懷孕的消息就在工廠傳開了，後來傳到我父母的耳中，全家人審問了我一夜，我都不肯說出事情發生的經過。我的父親很生氣的把我打了一頓，說要把我肚子裏的胎兒打流產掉！我不知道如果眞的那樣有多痛苦，我很害怕，而且不論去工廠或回家，我看到的都是卑視的眼光，聽到的也都是嘲笑！連我的姐姐也指著鼻子罵我不要臉，我的弟弟還說我有神經病。我好像突然掉進一個冰冷的世界，沒有親情，沒有朋友，觸目所及都是讓我心寒得全身顫抖的景物和聲音。那樣恐怖的世界，我實在受不了。後來我拿了身份證和幾件換洗衣物，月初領了薪水就跑到三重來了。我到燙髮院去應徵小妹，因爲那裏可以供吃住，又可以慢慢學到一技之長。燙髮院的老闆娘當時並不知我懷孕，等後來發覺，也沒趕我走。燙髮院的女同事待我很好，分別送了不少育嬰的衣服給我，我生產時，她們也照顧我。老闆娘見我生了雙胞胎的男孩，似乎很高興，坐月子的時候，常常送蔴油酒雞給我吃。後來，她說有個妹妹結婚三、四年都沒生，問我願不願送一個給她妹妹，我毫不考慮的拒絕了。以後她對我的態度慢慢改變了，到處跟人說我的壞話，後來我才離開三重，到新街鎭來開始我們母子三人的新生活。

妳說結婚嗎？啊，會長，結婚這[illegible]事對我來說就好像夢一樣；我怎麼敢結婚呢？我怎樣向人解釋我的兩個兒子呢？十多年前我就已死了這條心，以後也不會改變了！我知道會長很關心別人的婚姻，您代人辦的徵婚活動，我也都知道，但是我——我是絕不可能結婚的了！

再過一個禮拜，今年最後一個尾牙又要到了，會長，我只希望那個現在不知在何處的孩子的父親，能早日來和我相認。我可以完全不計較他過去的錯，我也不會破壞他現在的家庭或向他提出任何非份的請求。我只希望我的孩子也和別的孩子一樣有爸爸；他們能叫一聲「爸爸」，能得到爸爸的愛，我就滿足了。

三、問題的反應之一：孔先生

會長，我姓孔，就是孔子的孔。我今年四十三歲，說起來似乎不大吉利，因為我比江小姐大了十三歲。她今年三十歲，但是當年我遇到她時候，我也正好是三十歲。

我是台北市人，現在經營一家餐廳，生活還不錯。我已經結了婚，大女兒今年十歲，二女兒也八歲了。我跟太太感情很好，今天早上我在報上看到江小姐代兒尋父的報導，我就把十三年前一個晚上偶然發生的荒唐事跟太太說了。我太太很明理，她不但沒責備我，還勸我要勇敢的到妳這裏來招認，所以今天中午在餐廳料理了一些業務後就直接到妳這裏來了。

會長，我剛剛從餐廳到妳這裏來的途中，心裏雖然很著急，可是我卻故意把車開得比平常慢，因爲今天這個新聞給我的撞擊太大了，我內心眞有無限的感觸！人的生活眞是很奇妙的，有些人一輩子只見過一次面，沒留下什麼印象，很快就忘記了，這和沒見過面實在沒什麼不同；有些人常常見面，可是話不投機，見面不如不見；有些人雖只見過一次，可是你一輩子都沒法忘掉他。會長，這妳懂我的意思了吧？我和江小姐，就屬於這最後的一種。令我意外的是：那樣的一次偶然，竟帶給她那麼大的負擔，那麼多的痛苦，這眞是太不公平、太讓我愧疚了！

但是會長，請妳相信我，當初我並不是有意的，我只能說是機緣太湊巧了。我已經說過，我是台北市人，但是江小姐的事情發生在台中，巧就巧在那天我服兵役認識的一個好朋友結婚，我特別開車到台中吃他的喜酒，吃完喜酒都快九點了，我跟幾個朋友寒喧了幾句，準備當夜就開車回台北來。現在我不記得在哪一條路上，我看到路旁有一位走路搖搖擺擺的少女，她差點就撞到我的車前來。我覺得她那樣太危險了，於是停下車看她是怎麼回事，這才發覺她滿身酒氣，醉得很厲害，已經完全不省人事了。我只好把她抱上車，開了一段路，看見一家醫院，又抱她進去請醫生開解酒的藥給她吃。醫生吩咐要趕緊帶她回家休息，我也不好意思說我和她只是萍水相逢，連她名字都不知；怎知她的家在哪兒呢？沒辦法，我又抱她上車開了一段路，看到一家旅社，我就抱她進去休息了。

這個少女長得很結實，面貌也不錯，進了旅社不久，可能因吃了解藥身上發熱，她竟將身上的衣服一件件脫光了，後來又偎到我身邊，緊抱著我，口中呢呢喃喃也不知說些什麼。我已說過，那年我才三十歲，而且未婚，平時工作忙，也很少到花街柳巷去。在那樣的情形下，深夜單獨和一個赤身露體的熱情少女在一起，難免要動心的。另一方面，因為她的熱情，我直覺的以為她可能是個風塵女子，只要給她報酬就好。事情發生後，她漸漸的睡熟了。那時是冬天，那家旅館也很簡陋，北風在外面呼呼吹著，窗櫺都跟著吱吱咯咯響。她安靜的睡著了，我也清醒過來了。坦白說，在那樣的晚上，我眞希望留下來抱著她睡到天亮，可是，第二天上午九點半要去機場接個日本來的商人，那時又沒高速公路，台中到台北開車總要五個多小時，我怎能留下來呢？

閉著眼睛想來想去，休息了一個多小時，她一直睡得很熟，我就想：萍水相逢，留下來又怎樣？對男人來說，反正只是一次豔遇，還是事業要緊！穿好衣服臨走時，我替她把被蓋好，又抽了二百元壓在她枕頭下作為酬勞。我也去櫃台付完了房錢才走。那時大概已過午夜了。

會長，記得她那天晚上是穿著紅底灰格子長褲，紅毛衣，黑色外套。如果江小姐的記性不錯，該不會否認我對她衣著的描述。如果她同意跟我見面，我願意當面跟她對證當時的情景。我相信我就是她要找的人。我希望她了解我內心對她的愧歉和誠意；特別是我只有兩個女兒，如果能讓兩個兒子歸宗，我對祖先也有個交待了。

四、問題的反應之二：丘先生

請問妳是新街鎮婦女會的蔣會長嗎？是啊？我這是長途電話，苗栗的長途電話，我姓丘，孔丘的丘，對啊，我就是看到今天報上登的江小姐的消息而打電話給妳的。什麼？長途電話太貴啊？這沒關係的，蔣會長，再貴我也得付這個錢。我的經濟情況還可以啦，這點錢還付得起。是啊，本來我是該親自去拜望妳，當面跟妳細談；如果能夠跟江小姐當面談談，那就更好了。但是今天因爲是我小妹出嫁，明天我們女方要招待他們歸寧，我是大哥，許多事要我料理，實在是走不開，等過兩天忙完了，我一定會去親自拜訪妳的。

是的，我心裏眞著急喲，我想江小姐的心裏也很著急對不對？所以我才先打這個電話給妳請妳轉告江小姐，讓她早一點知道，她要找的那個人，已經找到了！是呵！那個人就是我呵！

會長，我只有高中畢業，讀的書不多，我也沒什麼專長，現在在做建築包工，只是個工頭而已啦。但是會長妳大概也稍微懂得一點遺傳學吧？是啦，妳知道遺傳在人類學裏佔著重要的位置？我爲什麼要提遺傳學？因爲江小姐的雙胞胎，正是我家遺傳的一個大特色啊！怎樣的情形啊？我大概說給妳聽一下。我是客家人，我們的祖先來自廣東。當初是我的曾祖父離開廣東老家到台灣來，他是不是雙胞胎我不知道，但是我的祖父是雙胞胎，我的父親是雙胞胎，我姐姐是雙胞胎，我也是雙胞胎，我底下的兩個弟弟不是，但是今天出嫁的小妹也是雙胞胎；她是雙胎的老二。

妳說很有趣是不是？是啊，我們家的人也覺得很有趣。在我們附近，人家提到我們丘家，都說：「就是雙胞胎世家嘛！」妳說我這一代啊？我們也正奇怪著呢！因爲我兩個姐姐、我太太，和我同胞生的妹妹，結婚到現在都沒人生雙胞胎。我的大弟弟因爲女友別戀，受刺激太深，到現在都沒結婚，我的小弟弟結婚三年多了，太太到現在沒生孩子，我們以爲雙胞胎遺傳到我們這一代也許要告一段落了，今天看了報，我才知道並沒有告一段落呀！

當然啦，會長，我不能單憑我家有這個遺傳就空口白話來指認，我當然也有我的事實根據的。不過說起來有點對不起江小姐，當初我是抱著逢場作戲的態度，和她作了一夜夫妻就走掉的，我也沒想到就那麼一個晚上，卻奇妙的延續了我家的傳統！我眞是萬分的遺憾，因爲我知道這件事太晚了，讓江小姐獨力撫養雙胞胎兄弟，吃了那麼多的苦！如果在孩子幼小時，她就出面來說這件事，那時我尙未結婚，我一定會負責任娶她進門，善待她們母子的。現在我雖然有了妻子兒女，但和要彌補對他們母子虧欠的心願並沒有衝突，我希望江小姐不會因爲記恨我而拒絕我對他們的補償。

當時的情況嗎？是這樣的：江小姐所說的那個晚上，我不大記得是否過年前的尾牙，但我從苗栗到台中去收賬，的確是過年前不久的事。我的父親也從事建築包工的行業，那天因快過年了，我父親就叫我到台中去討一筆賬，那個建築廠老闆快黃昏才回來，他只能先付一半的賬，爲了巴結就請我去吃飯喝酒。飯後分了手，因爲天氣很冷又喝了些酒，我懶得坐夜車回苗栗，就想隨便找一家小旅館睡一夜，第二天早上再回家。就在找旅館的途中，我看到喝醉酒的江小姐，她蹲在路邊，正朝著大水溝嘔吐呢。起先，我看到她的背景，好像她隨時都會一頭栽進大水溝裏。妳想想，天氣那麼冷，大水溝又髒，萬一栽進去，那不是很糟糕嗎？我走過去扶住她，等她吐完了，她就好像全身都失去了力氣，軟綿綿的靠在我身上。我問她家住哪裏？要送她回家，可是她像完全沒知覺，沒聽進我的話，當然也沒回答我。我總不能丟下她不管，但又不能一直扶著她在夜風中走下去呀！我就想，反正我是要去住旅館，順便把她帶去，至少暫時有個地方安身，等她酒醒了再送她回家。後來我就招了一部計程車，請司機把我們送到附近的旅館去。

是啦，妳說的沒錯，本來我是一番好意，純粹要幫她的忙，哪裏知道一時的失去理智，卻害她受了那麼多年的苦呢？那時我太年輕了，又喝了酒，又沒有眞正談過戀愛，對女性本就充滿了好奇和嚮往，而且，我想反正她醉得不省人事，什麼也不知道，我的膽子才會那麼大。後來，快天亮時，她翻來翻去，斷斷續續發出幾聲呻吟，把我吵醒了。我當時很害怕她清醒過來發現我佔有了她而跟我沒完沒了，譬如說報警啦，大哭大鬧要求賠償啦，要跟我回家論婚姻啦，……這都不是當年的我有勇氣承擔的，我就悄悄下了床，穿好衣服溜出旅館。那時天已亮了，街上沒什麼人，氣溫很低，被冷風一吹，我漸漸清醒了，我很後悔，心裏很痛苦。我在旅館附近徘徊了許久，很想回去向她道歉，乾脆把收來的賬送給她作爲補償，可是想到那些可能的可怕後果，我就又膽怯了。最後，我終於還是狠下了心，一直走到一家豆漿店，吃了早點後又在街上走了一圈，然後搭第一班公路局車回苗栗。

會長，我說的這些話，沒有半句假話。十多年後才來說此話，其實是很沒面子的事，但是，我若不從實招認，江小姐怎能相信我就是他要找的人呢？什麼？她穿的衣服啊？這個——我一時想不起來啦！十多年了嘛，怎麼記得那麼清楚？我慢慢想看看，如果想起來再打電話告訴妳好不好？不過我記得她長得不太高，大概是一五六公分，還有，她的臉形有點方，嘴唇很薄，我不記得她的眼睛大不大，因爲那天晚上她根本沒睜開過眼睛啊！

好了，會長，已經佔用妳太多的時間，一切就等見面再詳談吧。請妳務必告訴江小姐：我過兩天就會來看她和孩子。我希望她和孩子都不要看不起我，給我一個彌補的機會，我一定會盡責任的愛他們的。

五、問題的反應之三：鍾先生

可敬的蔣會長：

剛剛看完報紙，我迫不及待要寫信給妳。我想我就是江小姐所要找的人。十三年前一個冬天的晚上，我確曾在台中市一條馬路邊救過一個喝醉酒的少女，但是後來發生的情節，和江小姐所說的似乎不大一樣。我想，也許是因這十三年中她精神負擔太重，記憶不大好，有些事已記不清了。其實我那天晚上一直陪伴著她，第二天早上她醒來後，我問她姓名和地址她都不肯說。當時我才十八歲，正在等待入伍通知，我也沒有女朋友，既然偶然的相遇，就是人生的一種緣分，我是很希望和她做朋友的。可是她給終不說話，不管我問什麼都搖頭，我只好認為她並不喜歡我、不願意和我做朋友，所以也就不勉強她了。走出旅館後，我很禮貌的要送她回家她也不肯，那時我年輕氣盛，扭回頭就走了。走到路的盡頭，我忍不住又走回去，在那條路上跑了半天，可是已找不到她了，那時我是在台中一家家具店做店員。目前我和朋友合夥在高雄市經營裝潢公司。兩年前我曾訂過婚，後來因未婚妻移情別戀而解除婚約。我想我和江小姐的緣分未了，如果她不嫌棄，希望有一天能和她再續前緣以補償她十多年來的委屈。特別是那兩個孩子，我一定會好好疼愛他們，給他們過好的生活，受好的教育，做他們的好父親！

最近一禮拜，因爲要趕工，我沒空去台北。請江小姐讀信後儘快回我音訊。如有必要，下禮拜我會抽空去和她面談，我心裏很著急，也許詞不達意，字也寫得很潦草，請妳不要見怪。匆此

謹祝

時安

鍾茂榮　敬上

PS：附上一張我十八歲時的照片，請轉給江小姐相認。

六、問題的反應之四：江義雄

午後三時，一輛「發財」貨車在新街鎮婦女會停住，走下一個穿米黃夾克藍色牛仔褲的青年。這青年皮膚黝黑，留平頭，身材不高，但看起來粗壯有力。他腳步俐落的跑上婦女會的台階，迎面一個小姐走出來，他禮貌的問道：

「小姐，請問蔣會長的辦公室在哪裏？」

「那邊！」小姐的手朝裏一指就走了。

青年禮貌的向小姐的背影說了一聲謝謝，一分鐘後就順利的找到了會長辦公室。

會長正在看信。她辦公桌上的信件像小山丘般堆著。和以往每一次宣布徵婚消息比起來，「江秀桃個案」不僅引起更大的轟動，信件也多了六、七倍。這些信件，除了招認者，還包括了求婚者、慰問者、擬先友後婚者、擬認乾女兒乾兒子者……。

信件之外，蔣會長還得面對無數的電話和當面求見者。這樣繁鬧的局面，已經持續了一週，蔣會長心裏雖覺得「充實」，到底有些力不從心；特別對於那些「各說各話」的當面求見者，似乎已微覺不耐煩。聽到有人敲門，她刻板的說了「請進」，及至青年走近，她才抬頭說：「請坐。」然後，免去剛開始那幾天的客套禮儀，她直截了當問道：

「你也是來招認的嗎？」——這是第十六個了，她想。

青年恭謹的答道：

「不是，我是江秀桃的弟弟，我叫江義雄。」

會長似乎像被一陣寒風吹醒：「江秀桃的弟弟？你要來找你姐姐是不是？」

「是是，」青年說：「剛剛我已經在新街鎮上問了好幾家美容院，都沒找到我姐姐，人家叫我來找妳，說妳一定可以幫我找到，我是今天上午從台中來的。」

會長懷疑的看著青年：「新聞都發布那麼多天了，你現在才來？是你自己要來還是父母叫你來的？」除了懷疑，會長的語氣還微帶責備。

「是我們全家人的意思，」青年說：「我們家的人都在菜場賣菜或賣水果，平常不大看報，我二姐的消息，是昨天我偶然在一張舊報紙上看到的。昨天晚上我們全家人都在商量這件事，後來決定由我開車來找我二姐。我二姐太好強了，在外面吃苦都不讓我們知道。這十多年，我們根本不知道她在那裏。我媽有時作惡夢，夢到我二姐已跳海自殺了，醒過來就大哭個沒完，把我爸又大罵一頓。當年要不是我爸打她，她也許不會離家出走的。還有我，那時我太小了，我常恥笑她，罵她神經病，我眞是後悔死了！特別是現在知道她是被人害的，我更是不安，我要是見了她，一定要跪下來向她道歉！」

青年低沉的說著，憨厚的臉上，淚水靜靜淌落。他低下頭，從褲袋裏掏出毛巾，緩緩擦著臉。會長不禁深深的嘆了一口氣。

「會長，」青年又說：「妳可不可以現在就告訴我，到底我二姐住在哪裏？我今天一定要找到她啊！我爸爸媽媽都在家等消息，我今晚就要趕回台中了！」

「我怕——不行，」會長沉吟了一下：「至少，也得先徵求她的意見，如果她答應了就沒問題，如果她不答應，那也沒辦法呀！」

「為什麼不答應？」青年大聲的說：「我是他的弟弟，不是外人呀！難道她眞的一輩子都要和娘家的人斷絕往來？」

「我只是說『如果』，並沒有一定呀！她住的地方沒有電話，我一時也沒法和她聯絡上。這些天，她都是每天上午十時打一個公用電話和我聯絡。」

「我不相信，」青年生氣的說：「她既然和人合開美容院，店裏一定有電話。」

「沒有錯啊，她店裏是有電話，可是自從消息公布後，她已經不敢到店裏去了。她和兒子住的那幢公寓，離她店裏不遠，但是沒有電話！」

「那麼請妳告訴我，她的美容院叫什麼名字？在哪一條路？這些報上都沒寫出來。妳如果告訴我正確的名稱，我自己去找，我相信我二姐會見我的！」

會長不以爲然的笑了，她翻弄著桌上的信件說：「剛剛我不是告訴過你了嗎？沒有徵得她同意，我不能貿然這麼做！這些天她情緒很不平靜，因爲替孩子找父親這件事並不順利，而且，依目前的情形來看，可能也不會有任何結果。」

「妳是說，那個男的並沒有出面來招認？」

「不不，」會長苦笑了一下：「情形恰好相反，出面來招認的人太多了，到目前爲止有十五個。你想想，她要找的只是一個，而且她當時醉得不省人事，對那個男的毫無印象，偏偏出來招認的十五個男的，都說十三年前一個冬天晚上在台中有過一次搭救醉酒少女的豔遇，每個人都說得言之鑿鑿，現在就是送去給最高法院審判，可能也無從宣判呢。」

「可以驗血型啊！」青年單純的說。

「那也很難，血型就那麼四種，十五個人裏面，難免會有相同的。總之，你二姐昨天告訴我，說她心更亂了，但也冷了，不打算和任何招認的男士見面，因爲她實在無法確認哪一個才是眞正的孩子們的父親。自從消息見報後，有不少男士私自在新街鎮上的美容院一家家探問，要和你二姐當面招認，有五、六個人找到她的美容院去，幸好都被她很技巧的否認了。這種情況，當然是很讓她痛苦的，所以這三、四天來，她已經暫時不到店裏去了，等事情平息過後再說。」

「有些人也許是開玩笑的，這種人最可惡，故意來攪亂事情，害我二姐更痛苦！」

「我想，開玩笑倒不至於，但是，昨天下午你二姐曾到我辦公室來，我們研究的結果，發現一個很可怕的事實，那就是十三年前的冬天，不管是哪個晚上，在台中一個地方竟然就有十五位少女喝醉酒，而且有十五位男士藉著搭救之便，佔了少女的便宜後揚長而去，這個事實，眞是讓我們大吃一驚！女孩子除非確認自己酒量很好，否則最好不要隨便喝酒。有些人以灌醉別人爲樂，這種人最要不得！至於趁女孩子酒醉而佔人家便宜，這種男人簡直就是禽獸！所以你二姐說不準備招認了，我也很贊成；這種德行的男人，認來給孩子做父親又有什麼好處？還不如乾脆沒有，自己教養反而單純！」

蔣會長的語氣，似是十分的氣憤。一週來的操心、忙碌、忍耐，因爲面對一個身分完全不同的人而崩潰了；這個人是江秀桃的弟弟，是可以坦率相與、痛陳是非、說出心中憤懣的人！

「我們婦女會已經決定，下個月開始舉辦一個『女子安全講座』，要教她們各種防身術，各種拒絕男人非分要求的方法。當然，也要教她們怎樣拒絕喝過量的酒；對她們分析各種酒的酒性。現在這社會越來越複雜了，許多男人都存著遊戲人生的態度，根本不負責任，受害的都是女人！所以女人更應該懂得怎樣保護自己啊！譬如你二姐，如果那天晚上不喝太多的酒，怎會有現在這種憾事呢？」

會長攤著雙手，義正詞嚴的說著，好像這時已站在「女子安全講座」的講台上，面對一羣需要安全教育的無知少女；似乎完全忘了眼前只是一個憨厚而內心充滿焦慮的青年。

尾聲、春節好還鄉

舊曆三十的下午，秀桃不得不回到店裏，幫許多要歡度新年的婦女整理出讓她們滿意的髮式。十多年來，和許多從事美容院工作的婦女一樣，秀桃其實從未嚐過「過年」的滋味；因爲年三十總要不停的爲客人做頭、梳頭，要一直忙到深夜十二點多，有時連吃晚飯的時間都沒有，即使眞的有家，恐怕也沒空品嚐「圍爐團圓」的滋味。因而也就無暇感懷身世了。

倒是到了年初一，秀桃心裏意興闌珊，卻又得打起精神和兩個兒子說說笑笑，上街走走，表示也和別人一樣的歡喜過新年。美容院有三天的年假，又正逢孩子們放寒假，秀桃也會趁這假期帶孩子們到近郊風景區玩一趟或看場電影。一年之中，也只有這幾天是她清閒逍遙的日子。

今年的春節，秀桃的計劃改變了。年三十的中午，她就和街尾一個計程車司機講妥價錢，初一的上午九點鐘來接他們母子直赴台中。

經過半個多月來的折騰，秀桃對於「代兒尋父」已經徹底死了心。招認者和求婚者，在她心中已如湖泊沉石，激不起漣漪了。

初一的上午，孩子們一早就醒來了。鞭炮聲中，母子三人興奮的穿戴齊整，提著禮物和行李下樓。在樓梯間遇到同年的大偉，孩子們興奮的異口同聲說道：

「大偉，我們要回外公家去嘢！」

——原載一九七九年九月《女性》雜誌

論季季小說中的男女關係

吳錦發

男女關係的「疏離感」在台灣文學中的社會意義

一個社會的結構可以被視爲一種抽象的圓，當社會中的每一個份子都有堅定的向心力，使得這一個圓呈現一種緊密的結合時，這便是個健全的社會，它的各個部門便能和諧的運作，但是，相反的，當社會中的許多份子開始向外圍逸散時，它結構上的功能將逐一喪失，整個圓甚或因之崩潰，這種社會份子向圓的外圍逸散的現象，就稱之爲「疏離」。

這種疏離現象也可以把它縮小爲個體來看待，當一個人的心理狀態，可以接納外來的各種刺激，而在心理上形成某一種完整的概念判斷，並做成適當之反應時，這便是一個健全完整之個體，而當一個人的心理狀態，無法或有意拒斥外來的刺激，躲避正當的反應時，這便是一種「疏離」。

「疏離」可以被視爲個人對巨大的社會事實一種無力感的表現，也可以被視爲是一種「自棄」更深入地追究下去，疏離更可以被視爲一種「社會反抗」，尤其我們從文學的層面來加以探究的時候，這個涵意就更加地明確了。

譬如，當我們研究日據下的台灣文學時，我們可以發現一個很有意義的事實，那便是除了皇民文學，那些眞正具有民族反抗意識的台灣文學作品，譬如〈鵝媽媽出嫁〉、〈亞細亞的孤兒〉、〈一桿稱仔〉……等都出現有大量的「疏離意識」，所謂「疏離意識」當然是相對於日本統治者而言的，對於日本統治者的「疏離」（打馬虎眼，說言不由衷的話，不理不睬），事實上便是對統治者的一種反抗，表現這種疏離態度便是一種「不合作」的態度，也就是寧可「自棄」也不求「瓦全」的態度，這一種態度，如果往更有趣的一個層面上去看，那就更有意思啦，譬如從「台灣文學日據經驗中的男女關係」這個角度看，當我們遍讀了描寫日據經驗的台灣小說（皇民文學除外）之後，會發現那些台灣作家在小說中處理男女關係時，如果其中一方牽涉到統治者（尤其男方是日本人尤甚）常常會表現出強烈的「疏離意識」，這種疏離意識在男女緊要關頭的對白中尤其表現得強烈，是什麼原因使得他（她）們無法衝破藩籬，緊密地結合呢？我認爲台灣作家在處理這類男女關係時，之所以會有此種傾向是很可以了解的，因爲在台灣作家意識中，處在當時日方嚴密思想控制下，小說中的男女關係，事實上是一個「民族認同」的象徵，這是那個時代台灣作家心中的一種「共識」，因此，小說中台、日男女關係的疏離，便有著「民族反抗」的意義了！相對的，當男、女關係是兩個台灣人時，那麼他們的男女關係就呈現「緊密結合」的傾向，而且是愈有「台灣土味」的女人愈是熱烈，也即是說男女關係的緊密度和台灣化的傾向呈正比例。

自然，台灣光復之後，這種「民族反抗」的條件和意義已經不存在了，但是它卻依舊存在著另一種反抗的含意，那便是它轉移到爭取「男女平權」的層次上來了。

由於台灣光復初期的社會結構中，仍遺留有相當程度的因被殖民而殘存的封建理念，在這些封建理念中最明顯的便是男女地位的不平等。台灣的社會除了早期承受了封建中國的傳統男性沙文主義的觀念之外，經過日本五十年的殖民統治，男性至上觀念非但沒有改變，反而更受到當時日本民族「武士風」的推波助瀾，更加地變本加厲，於是台灣的女性在「三從四德」的固有持守之外，更加上了跪坐低首，唶聲不絕。

這種處處以男性沙文主義爲基則，訂定種種限制女性的社會規範的社會結構，三十多年來由於社會的變遷，已經有了前所未有的變革，台灣女性在這三十多年中，拜社會現代化之賜，而有了更多受教育的機會，而且大量地加入台灣經濟生產的行列，掌握了一部分的經濟實權，因之，逐漸有了反抗的力量，這種力量呈現在社會現象上，便是女權運動的勃興以及新女性主義的抬頭，而呈現在文學的領域內的，便是出現了大量的女性作家，這些女作家中有一部分並在自己作品中的各個層面，對於以往封建、落伍的男性沙文主義提出了相當程度的反抗與抨擊，這其中又因爲每一個作家個性、氣質上的差異，呈現在作品中的反抗姿態因之而有所不同。

在作品中採取正面、單刀直入反抗姿態的有曾心儀、李昂、郭良蕙以及最近的蕭颯……等，而採取比較溫和、迂迴姿態的則有季季、心岱、施淑青……等人，其中我現在想談的是季季這個女作家。

研究季季文學的一個方向

季季在台灣光復後的女作家羣中是一個很特殊的例子，她的特殊源自於兩個方面，一是她寫作年齡的早熟，另一方面則是她所獨具的社會透視。

季季於六十年代的初期，高中畢業之後，就因著對文學愛好的執著，拒絕了聯考，跑到台北當起職業作家，差不多到了六十年代中期她的佳作便已連連出籠，奠定了她在文壇中獨樹一幟的位置，如此早熟的文學才思，在台灣女作家羣中實在並不多見。

更值得重視的，季季不但在文學上起步得早，成名得早，而且，對一個二十歲出頭並沒有受過專業性社會科學訓練的女作家來說，她竟能在文學中表現出如此驚人的社會透視力，的確令人嘆服。尤其在那個懷鄉主義、虛無主義盛行於台灣文壇的年代，一個初出茅蘆的年輕女作家竟有如此清明的判斷力，在很短的時間內走出文學的迷障，肯定地寫出大量對現實社會具有犀利批判力的作品來，我們不得不說她在文學方面實在具有不凡的才情吧！當然，以今天來省視季季在那個年代裏的一些作品，也不乏失敗之作，但我總認為檢討一個作家的成就，不應該著眼於她（他）有多少失敗之作，而應該是看她有多少成功之作才對，即使是今日，台灣文學的問題，也不在於我們有太多失敗的作品，而在於我們沒有多量的好作品。

而當我們把台灣光復以來所有女作家的作品，拿來做一個總省視的時候，我們便可以清晰地看見季季在六十、七十年代女作家羣中的重要性了。

從台灣光復起到七十年代中期，台灣社會出現的女作家，數量之多非但是在中國文學史上絕無僅有，即使是在外國，這種例子實在也不多見，在這個期間，台灣女作家作品之多幾乎可以與男作家並駕齊驅，甚至可以說有過之而無不及，這無可否認的，當然是拜台灣社會變遷、經濟急速成長之賜，女性有了更多受教育的機會，但另外一方面的原因，則有可能是因為那個物質生活快速豐美，文學尺度卻又還有著嚴厲箝制的年代，女性作家們無關痛癢的風花雪月的作品較容易為文學市場所接納吧！

若果從這個角度來分析，那麼大量專以描寫風花雪月為能事的女作家羣的出現，就非但不是一個值得驕傲的事情，而反倒是對那個年代的台灣文壇一種頗具諷刺意義的現象了。

那個年代的台灣女性作家，或許誠如葉石濤先生所言的：

「可惜女作家的現實觀照大都是膚淺的，容易看到現實世界齷齪的瑣屑事情，卻看不到推動現實世界的那巨大的歷史之手，特別令人覺得遺憾的是大多數的台灣女作家似乎都不太了解台灣社會變遷的歷史，設若不了解以往台灣民衆被壓迫被蹂躪的歷史，那麼如何了解台灣女性在台灣各階段的歷史裏，爲本身和民衆的解放而奮鬥不息的特殊意義和價值？難怪有些台灣女作家的作品就墮落爲美麗的謊言和幻想的故事了。」

從文藝社會學的觀點來看，我頗能贊成葉氏對那個年代台灣女作家犀利而毫不留情的批判，從台灣社會變遷的歷史來說，我們很容易地便可以看清台灣的女性，一向是被男性壓迫得相當嚴重的第二性，這個現象尤其是在六十年代以前的農民和勞工階層爲然，大量女工流入都市邊緣的加工區遭受到資本家無情的剝削與壓榨，那個年代的台灣女性一方面要在家庭從事保育子女，維持家庭和協的單調勞動，一方面還得和男性一樣承擔著自外而來的如經濟的、政治的、文化的繁複衝擊，那麼那個年代我們大量出現的女作家們到底爲我們自己的女性們說了些什麼話呢?到現在爲止,我依舊不明白,當台灣的女性在加工出口區受盡了壓迫、剝削的時候,台灣的文學竟只有楊青矗這個「台灣在室男」在那裏高聲疾呼,爲台灣的女性大抱不平,卽使是今日,台灣的女性作家除李昂、曾心儀、蕭颯……等幾位,也還是在大談「撒哈拉沙漠」,大談「寧爲女人」?大談「無怨的青春」,台灣的女作家到底寧爲怎樣的女人?要怎麼樣的青春呢?我不得不這樣說,我們有良知的女作家們,妳們到底在哪裏?

今日,當我們重新檢視六十年代中期到七十年代初期的台灣女性文學時,幸好有了幾個以季季爲首的女作家才不至於使我們太過於失望。

季季在那個年代的作品雖然沒有直接描寫到許多台灣女性不公平的處境,沒有直接犀利地指謫當時台灣社會對女性的不正義、不人道,但是她在她作品中提供的大量社會性的參與,以及大量對社會的關懷,確是以女性爲本位的,也因爲有以季季爲首的少數這幾個女作家在做這樣的努力,才沒有使那個年代的女作家們全部變成做白日夢的一羣。

季季的作品由於產量特別豐富,誠然是包涵著相當多方面的,我們卽使以「季季文學中的社會參與」這個母題來看,也不是三言兩語能說得清楚的,因爲從這個母題出發,我們依舊可以設定許多指標,而從各個指標去設定一個子題,引申出一大篇的看法,所以在此，我想僅就以這個母題中抽出一個子題，以季季小說中處理的「男女關係」來看看它們社會學上的意義。

「疏離」是季季小說中男女關係的基調

截至目前爲止季季已出版的單行本已有《屬於十七歲的》（短篇小說）、《誰是最後的玫瑰》（短篇小說）、《異鄉之死》（短篇小說）、《月亮的背面》（短篇小說）、《蝶舞》（短篇小說）、《誰開生命的玩笑》（短篇小說）、《我不要哭》（長篇小說）、《我的故事》（長篇小說）、《拾玉鐲》（短篇小說）、《季季自選集》（短篇小說）、《夜歌》（散文）、《澀果》（短篇小說）、《泥人與狗》（短篇小說）等一共十三本。

這樣洋洋灑灑百萬多字的總創作量，要逐篇細讀，並且從這中間抽出一個主題，加以細細分析，事實上是一件很累人的事，況且季季作品中的風格呈現非常多的變貌，這一方面的原因也許是如季季自承的，有些作品是在生活壓力下以非常短的時間完成的，而另一方面的原因，我想和季季的性格有密切的關係，從季季的諸多作品中所使用的技巧以及所探討的諸多主題。我們可以說季季是一個喜歡求變的作家，從十七、八歲到現在爲止，季季的作品似乎一直都在蛻變當中，「不斷的變」從好的方面來說，固然是表示一個作家有不拘泥於一種形式風格而不斷創新的旺盛創作力，但是從另一個方面來說，似乎也可以解釋成，這位作家仍在摸索探試之中，還未尋找到支配這個社會、歷史的主要脈動，而以全部的生命力緊抓著這個巨大的主題，深深挖掘下去。對於季季，我想，這兩方面的原因都有吧！對於前者，我認為這是季季做為一個才華橫溢的作家應該珍惜的，對於後者，我認為，那是季季今後應該更加努力的地方。

雖然季季的作品擁有那麼多的變貌，呈現出極不穩定的風格，但是，很奇怪的，我們在遍讀了季季的作品之後，卻很容易地便可以發現季季小說中有一個主題的闡釋卻是極為一貫的，那便是她小說中對男女關係的看法。我們在季季那麼大量有關男女關係的小說描寫中，似乎很難找到一個浪漫的、令人心碎的唯美情愛描寫，我們似乎只清晰地感受到一種難以捉摸、充滿不信任以及疏離感的男女關係。這樣的感覺尤其是在我們讀到她〈杯底的臉〉以及〈塑膠葫蘆〉兩篇小說時，就顯得格外強烈與透徹了，到現在為止我仍覺得季季在這篇小說中所處理的男女對白，是台灣小說截至目前為止對男女疏離感極為傑出的描寫之一。

以下不妨就讓我們來看看這兩篇小說中一些片斷的描寫：

她在我面前說：

生氣沒有？我遲到了。

然後頑皮的笑著坐下來。

怎麼搞的?我說。

媽媽死掉了。她說。

什麼時候?

……

那樣妳怎麼來?

那又不是我的母親。

爸爸呢?

他問我到哪裏?我說到台中看朋友。

這時她停下來要了一杯檸檬水,然後說她想抽根煙。我爲她點上了煙,她用一種深沉的眼光看著我。我也看著她,但她的眼光很奇怪,我想我是受不了那樣使人費解的凝視,終於把視線移開(她的嘴巴馬上漾出一絲笑)……。(〈塑膠葫蘆〉)

這是多麼冷漠的一段描寫,在這裏我們似乎嗅不到一絲絲男女約會時的浪漫氣氛,這如何浪漫得起來呢?季季竟然安排了這個女主角在死去繼母的早上,穿著紅衣服去赴男朋友的約會,這是一次多麼冷酷的約會!

在這一段描寫中，我們更可以發現，季季爲處理他們的對白時，有意地省去了對白的括弧，以及雙方對白時的動作描寫，只用那些冰冷的詞句，來交代他（她）們一來一往的對白，連談到「媽媽死掉了。」也那麼若無其事的，這眞是令人毛骨悚然的冷漠描寫！像這樣冷漠的男女關係描寫在季季的其他小說中卻比比皆是，譬如：

①

父親走回來的時候，帶了這個汽球給我。

她說完把汽球擺到桌子上來，用手撫摸著它，發出均勻而震人心弦的顫音。我說：

爲什麼買一個黑的呢？

我的父親說，因爲我的母親死掉了。

因爲哪一個母親呢？

啊，我不曉得，不要管是哪一個吧。總之，兩個都已只是人世裏的冰石。有一天我們都終將成爲人世裏的冰石，雖然在另外一個地方，也許冰石正是一種主宰的象徵。

我們不要說這個話吧！阿洋！

我對她低聲的叫喊起來：

請不要對我提這個罷！我們沒有來世。（〈塑膠葫蘆〉）

②

那是一種可怕的聲音，我坦白的對她說。

我不覺得呢。她說。

我不喜歡。停止那樣的撫摸動作和聲音吧。

她仍然不停止，並且口裏哼起 Summer Time 那首歌來。

阿洋！停止吧！

我再一次對她說。我實在是怕那樣的聲音了，幾乎使我想拿一把刀子刺進自己的胸膛裏。

你這個不講理的傢伙。

她突然停止哼歌，很生氣的罵著我。這時的眼神浮滿憤怒和怨氣。我聽了愣了一下，說不出話來。難道因爲我們叫她停止玩汽球的動作而剝奪了她的快樂麼？在我們互相遠程而來見面的時候，她竟以那汽球做爲快樂的中心而忽視著我的存在麼？我比那個汽球還不如麼？……（〈塑膠葫蘆〉）

③

「喂，妳在想什麼？」他說。

「想厭倦和噁心。」

「對我?」

「也許。百分之百是那樣。」

「別開玩笑。我問妳一個問題。」

「好。說罷。」

「妳要答應我不生氣,並且要衷心回答。」

「好,怎麼樣?」

「妳認爲第一次見面就向人求婚是不是很滑稽?是不是不合理和不可能?」

爲什麼又問我這類問題呢?我不知道怎麼回答才是最正確的?也許世間眞有那樣傳奇,也許根本沒有。但是我根本不知道要怎樣回答,而我又迷迷糊糊先答應了要回答他,因此我就隨便回答一句:

「也許不是吧。」

「對啦!不是。世間傳奇的事多得很呢!」

「嗯!多得很呢!」我說,隨便附加一句。

……(略)

「怎樣?妳突然不說話了。」

「什麼?」我又扔一個石子下水。「我向妳求婚。」

我不耐煩起來，把手心那一大把石子狠狠扔下水去，一聲清脆的迴響突破了採石機的聲音。我舒服的嘆了一口氣，勝利的笑了，然後說：「我要走了。我想陳該睡醒了。」（〈沒有感覺是什麼感覺〉）

④

唉，我所要求的，也只是這種表面啊！我對我自己說。然則這樣的要求也不能滿足我的扁臉海洋的幻想而這個傢伙竟又對我說這些理論，我不耐煩起來了！好吧。你是海洋。我是風。我走了吧。眞正要走了！再見情人！我心裏想著，更加不耐煩起來。

「不談這個吧。」我說。

「嗯？不談？」

「是，不要談。」

「妳是比風更不穩定的人。」他說。

「什麼——？」我說。希望看到他說這話時的態度。然則他說：

「沒什麼。不談了。」（〈褐色念珠〉）

⑤

喂，你是誰。

什麼？

你是誰？我不知道你是誰？

這麼大了，還調皮！他說。

不，不是調皮，是我忘記你的名字。

怎麼會呢？剛才妳還叫著我呀！

眞的，我突然忘記你的名字，我覺得很好笑，和一個我不知道名字的人坐在一起。

很奇妙是不是？他說：阿富，我是阿富啊。

哦。阿富。不是奇妙，我覺得很惡劣。把一天交給你，想起來是沒有道理的。這種陰沉落雨的天氣，在家睡覺多好？卻把一天都交給了你。（〈杯底的臉〉）

以上的例子也只不過是我隨手從季季的諸多小說中摭拾起來的幾個片斷而已，其他像這麼冷漠的男女關係描寫在她不同階段的小說羣如〈秋霞仔再嫁〉、〈寂寞之冬〉、〈野火〉、〈月亮的背面〉、〈手〉、〈異鄉之死〉、〈許諾記〉……等等作品中也屢見不鮮，從這些作品中，我們看到季季在處理這些男女關係時，無論男女雙方是已婚、未婚、或已婚後「離婚」再重逢，所有的男女關係，她都不知不覺的一概賦予一種低沉的基調，似乎在季季的筆下我們很難看到歌頌「愛情」與「婚姻」的描寫，我們看到的只是對於「愛情」與「婚姻」充滿了懷疑、惶惑以及極度無安全感的描寫，在這些極無安全感的男女關係描寫中，男人完全失去了「雄武」的形象，他們常常也是惶惑、苦悶、懦弱甚至逃得連影子也不見的。我們清楚地感覺到季季由於宅心仁厚，雖然沒有嚴厲地指責男性在兩性關係中，由於男性沙文主義思想而帶給女性無可彌補的傷害，但是隱隱然之間還是可以感受到她對於男性，自私、不負責任的質性的厭憎與不信任。也許正因爲是這種原因，才促成季季在處理小說中的男女關係時，老把他們處理成「疏離」的狀態吧！或許……，我們似乎可以這麼想，在季季的心靈世界裏，男人永遠不會是女性救贖的來源，甚至，可以這麼說，在很多時候裏男人常常還比女性來得懦弱與自私的吧！所以在季季的小說中除了少數幾篇如〈屬於十七歲的〉中塑造了那個喜歡穿紅襯衫的「瘋狗」之外，我們似乎沒再看到幾個「夠氣魄」「夠像個男子漢」的男人，女性的救贖之道，依照季季的描寫，倒反而常是來自於女性自身的母性與憐憫之心呢！從這個角度看起來，我們還能不凝視季季小說中男女疏離關係的社會涵意嗎？我們還能不注意到季季在安排這種男女關係時的「社會反抗」意義嗎？我想季季把筆尖朝向今日我們社會的婚姻關係時，對女性的境遇，誠然是有著憤怒與悲憫之意的，只是她畢竟是一個含蓄而不喜歡咄咄逼人的作家罷了。

對於季季小說中所描寫的男女關係的疏離感，如果以社會學的觀點來看，我認爲它最起碼具有以下的涵意。

A. 對不平等的男女關係的反抗

像李昂一般，季季的小說在很多方面也反應了對我們社會傳統的男女關係諸多的不滿，只是季季在表達這種不滿的時候，沒有像李昂來得那般疾言厲色，甚至嚴厲到像「殺夫」裏描寫的，拿把菜刀把「他」給「作掉」，對於女性地位的不平，大部分的場合裏，季季採取了比較溫和的嘲弄的姿態，譬如在〈塑膠葫蘆〉這篇小說裏，阿洋眼看著生身的母親被父親拋棄之後走上了自殺之路，那個時候她的內心也只是這樣想著「我想起我母親逝世時的模樣，差不多臉上也都被她們自己的愚蠢，被她們對於生命堅持力的柔弱塗上了如此殘酷陰森的色彩。」（請注意，季季在這裏用了「愚蠢」和「柔弱」這兩個字眼。）

生身母親被父親拋棄而自殺身死之後，繼任的後母也沒有例外，又成了另一個被父親拋棄而自殺身死的女性。

眼看著兩個母親，被父親寵愛，又被拋棄，然後同樣選擇了自我毀滅的道路，在這篇小說裏季季雖然沒有安排洋子對她父親的控訴，但是她卻安排了在後母死的那個早上，在她父親的面前，穿了「大紅」的羊毛衫，一條「紅」窄裙，若無其事地去赴男朋友的約會，「紅」色的衣服在中國人是「喜樂」的象徵，在「喪禮」中是絕對要避免的，但是季季在這裏卻做了這樣的安排，她內心中的嘲弄之意，還不夠明白嗎？

也許有人會誤會季季在小說中一而再、再而三地安排這種「疏離」態度，來表示對傳統婚姻制度及人際關係裏男性對女性不公平待遇的反抗未免過於「阿Q」，我卻不這麼想，畢竟對一個男人而言，再也沒有比被一個女性「睬也不睬」更羞辱的事了！女性對男性採取「疏離」的反抗，才是眞正令男性感到「丟臉」而覺得應該好好去反省的啊！從這個觀點來看，季季在安排小說中「男女疏離關係」時，眞是充滿著巧思的哪！

像這種以「疏離」表示「反抗」的例子，在季季小說中可以說是不勝枚舉，這也同時說明了，季季屢次在小說中作這樣的安排，實在是有著她特定的「反抗」之意的。

B. 對生命「存在」意義的質疑

季季於六十年代初期崛起於台灣文壇，而活躍於六十年代中期，這一段時間正是台灣文壇新舊交替、一片紛雜的時期。

這一段時期，台灣文壇有著三股代表不同意義的文學潮流在激盪糾纏著。明的方面有二股勢力的聲音，完全佔住了台灣文壇的空間，一股是大量由大陸來台的作家不斷地製造著深負歷史陰影的「懷鄉文學」·;另一股是由來台第二代大陸籍作家爲首,標榜「現代」的作家。

這一派表面標榜「現代」,主張小說技巧完全從西方做橫的移植的作家,實則是因爲他們一方面對「原鄉故土」已沒有了多大的記憶,「原鄉」對他們已是夢幻一樣的東西,另一方面他們卻又無法對養之、育之的大地表示認同、感恩之意,於是便自欺欺人地大量移植了所謂西方的「存在主義」作品到台灣來,並以之爲「現代」用以鄙視在各種壓力下正以極痛苦極緩慢速度成長的本土化文學。事實上我們都知道「存在主義」在西方是一個極嚴肅,對人類處境極富反省性的一種思潮,但是這麼「嚴肅」的思潮,經過移植到本地之後,卻完全變了質,變成了頹廢,對人生充滿了絕望、蒼白呻吟的畸型兒,更令人感慨的是,這種被曲解了的「存在主義」思潮,卻在六十年代的台灣知識青年界廣爲流行,深深植入了每一位青年學生心中,其在青年學生中產生的荒謬影響,誠如陳映眞先生在某次演講中說過的:「常使得他們逃學在外,捧讀著那些自己也莫名所以的東西,流下感傷的眼淚來!」

那便是這樣充滿著荒謬、墮落的年代,整個台灣文壇就被這種莫名其妙的愁慘雲霧籠罩住了,大量的作品之中盡是一些「無何有之鄉」的呻吟、夢囈之聲,而僅有極少數屈指可數的作家,屈身伏地,眞正充滿關懷感恩默默地傾聽這塊大地埋藏在地心深處的慈愛之音。

季季崛起於這樣的年代，季季的作品中，無可避免的，當然也沾染了或多或少這種蒼白的色彩，幸好季季畢竟是一個深富省思力的作家，很快地便衝過了這層迷障，走入她深邃的文學世界中去了。

但是因爲現在提到她小說中「疏離感」的問題，所以我不得不提出她幾篇早期深受那些荒謬主義影響的作品來討論討論，在她所有的作品中，我最不喜歡的便是一篇名爲〈擁抱我們的草原〉近似散文體的小說，這篇文章的本意本來是有點在譴責那個年代荒蕪、失去理想，整天「只會看三流小說和低級電影」或者「只像一絲遊魂，東遊西蕩」的青年人的，但是令人不解的是，「她」在譴責了這樣的年輕人之後，最後渴望的竟然是「我們在等待一種戰爭來充實我們，從有形到無形。我們強烈的在懷念故鄉的旋律裏懷念起喜馬拉雅山、塞外、江南、長白山、黑龍江畔、邊疆盆地、桂林山水。以及：西湖、天壇。……我們在渴盼，我們早點擁抱那片無垠的草原。」

原以爲走出荒謬的「存在」懷惑之後「我」終將甩脫「疏離」而緊緊擁抱有生育之恩的大地了，不想這篇小說的結局竟是「我」渴望戰爭，渴望那另一個仍不失爲荒謬的夢中的「大草原」，「我」竟沒有省察到要掙脫「疏離」的唯一救贖之道是拋棄任何形式的夢幻，而從脚下踩著的大地開始愛起，從我們觸摸得到的人民開始擁抱起，而不是向著「渺茫的空幻之境」不斷做出擁抱的姿態卽可的。

因之，「擁抱我們的草原」中的男女必得分開、必得「疏離」，乃是可以想見的必然結局。

那麼，除了夢幻的「草原」季季小說中的男女們是否便找到了「存在」的實義了呢？在季季小說中，事實上很多男女疏離關係的描寫，正是爲了表達「她們」對這種「存在」實義的迷惑的！人到底是爲什麼而「存在」？活著的意義到底在哪裏？「有一天，我們都終將成爲人世裏的冰石，雖然在另一個地方，也許冰石正是一種主宰的象徵。」「你能幫忙我什麼？你在我生命裏，只不過是一個汽球！」

啊！生命竟只是冰石！只是汽球嗎？這便是關鍵了！就因爲季季小說人物的觀念裏生命只是冰石、汽球，所以隨附的「愛情」也就在這個先存在的命題下變成了如糞土般的東西了吧！那麼還有什麼是值得愛的呢？「疏離」吧！因爲卽使緊緊地擁抱在一起又能如何？「在她的生命裏，或許我眞的只是一個汽球。她在我的生命裏，我也只好把她說成汽球了。除了這樣，我沒辦法找出更好的解釋來說明我們相互的存在價值。」

正因爲季季在早期受到那時文壇上這種頹廢風氣的影響，於是她早期的幾篇作品中，有一些部分也或多或少地有了這種「時髦病」的存在，這種空幻地要求擁抱「大草原」及懷疑生命如「冰石」「汽球」等，對「生命存在本質」的疑惑，遂也造成了她小說中「男女疏離關係」的一部分原因了。

C. 對歷史悲運的省思

無疑的，在中國近代史上，一九四九年之後，大陸與台灣的隔絕，對大部分中國人而言是一個十足的悲劇，尤其是對一些大陸撤退到台灣來，因而在三十多年中失去了返鄉機會的大陸人而言，他們的痛苦那就不只是「悲劇」兩個字所能涵蓋得了了，在中國人的觀念裏，人與土地的關係十足是植物性的，所謂植物性就是說，人像一棵樹一樣，適合某一種土質、某一種氣候帶之後，如果硬要把它移植到另一個地方、另一個氣候帶，縱使給它更豐富的養分，但是大部分的結果仍是它無法適應新的環境，而終至生存受到了扭曲，甚或因之枯萎而死！以這樣的比喩，用以形容這些歷史悲劇的受害人，毋寧也是恰當的吧！

對於這些歷史悲運下的受害者，作家白先勇、陳映眞、宋澤萊……都有過極生動的描寫，相同於白先勇、陳映眞的悲劇處理傾向，季季在處理這些人物的結局時，也常以悲劇做爲結束，所不同的只是季季在替這些悲劇故事圈下最後的句點之前，她在故事中常安排了更多本地人對他們的悲憫，這些悲憫雖然最後並沒有扭轉他們悲劇的結果，但是最起碼季季已經在作品中安排了一種救贖的可能！由於這種可能，才使得我們對於他們的人生不至於完全絕望！也由於季季安排了這種可能，才使得他們的生命在「絕與續」之間因一念之差而有了轉變！就像〈異鄉之死〉，這篇小說中交代的一般，崔老師最後雖然死了，經過火葬變成了「無國界的天空底一絲煙雲。」但是也就因爲他對自己的生存沒有在懷鄉的哀傷中完全絕望，而在他四十四歲那年娶了一個「丈夫被日軍征調到菲律賓而死在那兒」的台灣寡婦，而在四十五歲那年替他生下了一個兒子，這個兒子便是季季給他的一個「希望」吧！一種死後救贖的可能吧！最起碼她不像陳映眞在〈將軍族〉中安排得那麼絕！連一點點在現世「結合」的希望也不給他們而把結合虛妄地安排在「可能的下一輩子」，這就是季季「溫情」與寬厚的地方。

雖然季季替他們很溫情地安排了一些救贖的可能，但季季並沒有溫情到安排他們在這裏快快樂樂過著「樂不思蜀」的日子，這些人還是時時刻刻不忘「那兒的各色水果，葡萄啦、蘋果啦、梨啦，更是又多又好吃，尤其是水蜜桃，一個可以滴出一碗蜜汁來，台灣哪有這樣好的東西啊！」「他提起家鄉的遼闊：『不像台灣這一點點，從南到北，幾個小時就到了』他提起那裏種種的好，種種的美，種種的友情和親情。」

總之，季季小說中的大陸人總是都背負著一些龐大的惡夢的，這些惡夢使得他們縱使娶了台灣的女人爲妻之後仍然無法安睡，這些惡夢甚至嚴重到使得他們在男女關係上面也有了巨大的「疏離感」，如〈異鄉之死〉中的崔老師和他的台灣妻子，還有那個理化老師甚至娶得的太太最後也氣憤跑回娘家了，另外那個袁老師和她外交官的丈夫也是如此。更明顯的是〈野火〉那篇小說中那個歉疚地在墓前燒衣服給他天國的妻子穿的老人，這些人「多多少少總活在一種陰影裏，一種失鄉而又思鄉的陰影裏。」

就由於這個無所不在的陰影，使得他們在這個社會上變成了十足的「失去機能的人」甚至「男女關係」也不例外！「疏離」遂成了他們在人際關係上共同的特徵。

我對季季小說藝術的一些看法

季季在同輩的女作家中，的確是才華出衆的一位，我們在遍讀了她的作品之後，不得不爲她對社會現象多樣性的觸角有所嘆服，在她龐大的作品羣中，我們約略可以看出她作品的四種不同的發展軌跡，第一種是最早期的，以收集在《屬於十七歲的》這本書裏的諸個篇章爲主，在這些作品中，我們看到了她大量充塞著虛無、漂泊色彩的描寫，肯定受到那個年代流行於年輕人中間的頽廢主義的影響，在這個作品羣中，比較值得注意的是，季季在小說中運用的那種冷冽的筆調；冰冷的、緩慢的文字流動使得作品充塞著沉鬱的風格，而在這沉鬱的風格中卻不時閃現在季季對人生觀察的犀利眼光，這是一個充滿才情，而卻對社會現象背後的社會變遷歷史，還未有全盤洞察力的年輕作家的初試啼聲之作吧，她看到了人類生存現實上荒謬的一面，而卻粗率地把這些人生現象歸結到一個連作者也並不十分了解的虛無主義上去。這些作品最大的缺失便是充塞了太多概念性以及幾乎接近天眞的理想主義色彩。

第二類小說羣是自傳性頗爲濃厚的作品，這個時候季季已經有了更深刻的社會經驗，也有了婚姻、爲人母親的體驗，並且對女性在我們社會上的各種不公平遭遇有了更深厚的體會與思考，於是這個階段，她創作了許多有關愛情與婚姻帶給女性身心創傷的故事，這個系列探討得很廣，包括了她孩提時代到少女時代的回憶，以及她本身對婚姻、愛情的體驗，包括在這系列的作品比較代表性的有〈異鄉之死〉、〈野火〉、〈許諾記〉、〈河裏的香蕉樹〉、〈月亮的背面〉、〈手〉……等。

這系列的作品，季季在小說藝術上最大的成就在於她的小說文字已臻相當洗鍊的地步。在敍述文字方面，她已能完全把握文字帶來的速度、重量感，並且運用自如；在對白方面則完全掌握到了對白的多義性，以及利用對白的僵凝造成疏離的感覺，甚至巧妙運用了從一來一往的對白中把時間狀態凝固或抽離等高度的寫作技巧。

除了技巧外的另一項成就便是，季季不再把人生的一些悲痛、荒謬遭遇歸結於虛無主義的觀點上，而找到更踏實、更實際的社會原因，並且對生命的延續賦予了更大的尊重和歌頌，尤其是她肯定母性所帶給女性救贖的希望的描繪，眞是動人心弦，一個十足堅強的台灣女性塑像，在這個階段，隱隱然地聳立了起來。

季季第三類的作品是摻雜著浪漫與寫實，乍視之下好似游離現實，實則是紮根現實的作品，這一系列的作品使我不禁聯想到北歐一些自然主義的著作，譬如她的〈琴手〉這篇小說，使我很自然地便聯想到瑞典的一篇名爲〈永恒的悲歌〉的小說，它們同樣的以一種極其浪漫充滿巧思的筆調，交待了一個令人感傷的故事，而當我們讀完了這個故事還沉迷在淒迷的情節中時，我們卻忽然領悟了它背後犀利的社會與人性指控，使人不禁悚然心驚、汗流浹背。

這個系列的作品也是季季最爲人詬病的部分，有些不了解眞相的評論者，總以爲季季老脫不掉浪漫的氣質而指責她，而季季似乎也並不了解自己這種作品的可貴，依我的看法，這類作品才是季季的寶藏，是季季最具前瞻性、最有特殊風格的作品，這種作品風格在那個年代中的台灣女性作家中可以說是少有的，它當然不同於一般女性作家自以爲浪漫的膚淺的東西，因爲除了浪漫的風格之外，浪漫的背後必須有犀利的社會指控才成，這樣的作品要在那個年代的台灣作家中去找，似乎只有陳映眞可以比擬，但季季的特色是她比陳映眞多了一份女性婉約之情，可惜這類作品季季創作得太少了，只得〈琴手〉等少數幾篇而已。

季季第四類作品是以幾年前創作的〈雞〉、〈拾玉鐲〉爲主的，充滿幽默、嘲諷的寫實主義作品，從這兩篇作品中我們可以看見季季已完全放棄了早期虛無主義的色彩，並且也逐漸脫去了浪漫的外衣，改以犀利、深富社會性的嘲弄筆調，到了這個階段，季季對這個社會的種種切切似乎有了更瞭然於胸的看法了，對社會不平、不正義的現象似乎也有了比較急切的針貶，這種風格轉變有點近似庫頁島之行後的契訶夫，季季有了「更大的勇氣」不客氣地展現了她的看法，從某一個角度來看，我覺得季季逐漸有了巨匠的姿態了，她除了「看到現實世界的瑣屑事情」之外，也逐漸看到了「推動現實社會的那巨大的歷史之手」了，但令人迷惑的是，就在這最緊要的關頭，季季卻停筆了，以致使得我們對一個「女巨匠」的誕生有了挫折，什麼原因使「季季」退縮了呢？季季曾爲她早期的一些作品辯護說「因爲我要活下去」所以必須靠它們換稿費生活，那麼現在的季季對生活是否比較無虞了？她停了筆的事實，實在也反應了台灣作家某一個層面的無奈吧！

再拿起筆來吧！我只能如斯地鼓勵季季，並且願意重複名評論家葉石濤先生的一段話，作爲本文的結束，一方面也用來給季季作爲再出發時的自我砥勵。

「我常覺得奇怪，爲什麼至今還沒有出現取材於台灣各階段歷史的結構宏偉、氣勢磅礡的小說？在那先民篳路藍縷以啓山林的時代裏，婦女曾經同她的伴侶並肩開闢荒原，甚至扛起槍來抵抗日本侵台軍，盡了保鄉衛土之責呢！那些勤勞堅毅的女性形象爲什麼從不出現在我們的小說裏？如果我們小說的題材仍然自囿在齷齪的日常物質生活上，我們很難鑄造描寫無名英雄形象的民族文學。」

——原載一九八四年八月廿七～九月一日《自立晚報》

季季小說評論引得

許素蘭　編

說明：

1. 本引得，依發表或出版日期之先後順序排列，以一九九一年十二月卅一日以前國內發表者爲限；海外出版者列爲附錄。
2. 若有遺漏或舛誤，容後補正。

篇名	作者	刊(書)名	卷期(出版者)	出版日期
1. 讀季季的〈假日與蘋果〉	隱地	自由青年	三三：三	一九六五年二月
2. 讀季季的〈擁抱我們的草原〉	隱地	自由青年	三四：五	一九六五年九月
3. 〈拾玉鐲〉附註	鄭傑光	六十三年短篇小說選	書評書目	一九七五年三月

4. 季季論——台灣婦女生活中的「詩與眞實」	葉石濤	台灣文藝	六一	一九七八年十二月
5. 解剖季季的神話——季季作品討論會	王津平 梁景峯	台灣文藝	六一	一九七八年十二月
6. 試析構成季季小說的幾種風貌	花　村	台灣文藝	六一	一九七八年十二月
7. 生命中可以逆流的河——試論季季的生命觀	彭瑞金	台灣文藝	六一	一九七八年十二月
8.〈雞〉簡介：市民生活的小調	彭瑞金	一九七八台灣小說選	文華	一九七九年五月
9.〈雞〉簡介：市民生活的小調	彭瑞金	泥土的香味	東大	一九八〇年四月
10. 生命中可以逆流的河——試論季季的生命觀	彭瑞金	泥土的香味	東大	一九八〇年四月
11. 論季季小說中的男女關係	吳錦發	自立晚報		一九八四年八月廿七日～九月一日

附錄

方美芬 編

篇名	作者	刊(報)名	卷期	出版日期
1.未婚媽媽的哀愁——讀季季小說集《澀果》	張默雲	福建文學	一九八二：二	一九八二年二月

季季注：對我作品的評論文章不止以上這些。但我對個人資料一向疏於整理，未能在此一一補足，謹向那些作者致歉並致謝。

季季生平寫作年表

方美芬　編
季季　增訂

一九四四年　1歲　十二月十一日（農曆十月二十六日）生於台灣雲林縣二崙鄉永定村。本名李瑞月，是李日長、廖素夫婦的第一個孩子。有六妹一弟。（註一）

一九四六年　3歲　戰後缺抗生素，大弟新輝因急性腸炎夭折。

一九五一年　7歲　入永定國民小學就讀。

一九五七年　13歲　永定國校畢業，考入省立虎尾女中初中部。

一九五九年　15歲　開始發表校園短文於台灣新聞報。

一九六〇年　16歲　初中畢業，考入省立虎尾女中高中部，發表第一篇小說〈小雙辮〉於《虎女青年》。

一九六一年　17歲　大量發表新詩、散文、小說習作於《雲林青年》、《野風》、《亞洲文學》。

一九六二年　18歲　以〈明天〉獲《亞洲文學》小說徵文首獎。

一九六三年　19歲　七月，虎尾女中高中畢業，參加救國團文藝寫作研究隊，由於開訓日期與大專聯考相撞，毅然決定放棄聯考。結訓時獲小說創作組首獎。

一九六四年　20歲　三月八日帶著一篇題名〈一把青花花的豆子〉短篇小說和隨身衣物北上，定居永和，開始了專業寫作生活。並在台大夜間部補習班修讀修辭學與理則學。

三月三十日發表〈假日與蘋果〉於《中央日報》。

一九六五年　21歲

五月，小說〈一把青花花的豆子〉發表於《皇冠》二十一卷三期。

六月，與高陽、聶華苓、於梨華、朱西寧、司馬中原、段彩華、馮馮、瓊瑤、琦君等成名作家同時簽約爲第一批「皇冠基本作家」。相繼發表〈午日〉、〈雨後〉、〈花串〉、〈山崩〉、〈舞台〉、〈沒有感覺是什麼感覺〉等。全年發表小說十篇。

一九六六年　22歲

一月，小說〈紅色戰役〉發表於《皇冠》二十二卷五期。

四月，小說〈屬於十七歲的〉發表於《聯合報》。

五月，小說〈汽水與煙〉發表於《皇冠》二十三卷三期。〈擁抱我們的草原〉發表於《幼獅文藝》。結婚。

六月，《塑膠葫蘆》發表於《聯合報》。七月，〈來自荒塚的脚步〉發表於《中國時報》。

十月，〈希利的紅燈〉發表於《聯合報》。

十二月，小說〈聖誕節的童話〉發表於《皇冠》二十四卷四期。

全年發表小說十一篇。

一九六七年　23歲

由皇冠出版社出版第一本小說集《屬於十七歲的》，收十八篇作品。

十一月，生子昇儒。

十二月，中篇〈夏日啊，什麼是您最後的玫瑰〉連載於十三日至二十五日《聯合報》。

全年發表二中篇一短篇。

十二月九日，獲救國團第六屆青年學藝大競賽最佳散文獎。發表〈只有寂寞的心〉等小說五篇。

一九六八年　24歲　二月，發表中篇小說〈杯底的臉〉於《皇冠》雜誌。
四月，小說集《誰是最後的玫瑰》由水牛出版社出版。
五月十八～十二月十日發表長篇小說〈野草〉於《自立晚報》。

一九六九年　25歲　發表〈尋找一條河〉、〈河裡的香蕉樹〉於《幼獅文藝》；〈異鄉之死〉於《中國時報》。
五月，小說集《泥人與狗》由皇冠出版社出版。

一九七〇年　26歲　一月，小說集《異鄉之死》由晚蟬書店出版。
八月，長篇小說《我不要哭》由皇冠出版社出版。
發表短篇小說〈幸福與噩夢〉、〈超渡〉、〈月亮的背面〉、〈鐘聲〉、〈我的庇護神〉、〈無聲之城〉及中篇小說〈秋霞仔再嫁〉。

一九七一年　27歲　五月，生女小曼。
十一月，在台北地方法院公證協議離婚。
攜子女返永定。衣物、藏書被變賣一空。
十二月底，遷居內湖。仍以寫作收入撫養兒女。

一九七二年　28歲　發表短篇〈蛇辮與傘〉、中篇〈寂寞之冬〉及書摘評介美國女作家維拉・凱瑟長篇小說〈我的安東妮亞〉。
發表短篇小說〈黃玲的星期天〉、〈琴手〉、〈玫瑰之死〉、〈吠〉、〈群鷹兀自飛〉、〈我不叫碧芹〉、〈兩種月色〉、〈貓魂〉、〈跨〉、〈磁道之外〉；散文〈舊衣的聯想〉及書摘評介美籍猶太裔作家瑪拉末長篇小說〈夥計〉。

一九七三年　29歲　發表短篇〈猴戲〉、〈債〉、〈鬼屋裡的女人〉、〈手〉、〈一葉扁舟〉、〈夢中記〉、〈鑰匙〉。長篇〈我的故事〉三月二十日起在《民族晚報》連載。
六月，小說集《月亮的背面》由大地出版社出版。遷回永和定居。

一九七四年　30歲　長篇小說〈我的故事〉四月三十日於《民族晚報》連載畢。
發表短篇〈拾玉鐲〉、〈花魂〉、〈蝶舞〉、〈大印〉及散文〈我的鼻子〉、〈春夜底回想〉、〈戀歌〉、〈鄉下老婦〉、〈再見，翁螺仔〉、〈木瓜樹〉、〈一個雞胸的人〉、〈順着竿兒——看竹〉、〈你底呼聲〉、〈抽屜〉。

一九七五年　31歲　發表散文〈她底背影〉、〈存心忍耐〉、〈黃昏〉及短篇小說〈綠佛像〉、〈喜宴〉、〈失鐲記〉。改寫〈一葉扁舟〉爲〈許諾記〉。
二月，長篇小說《我的故事》由皇冠出版社出版。

一九七六年　32歲　發表散文〈一天裡的兩件事〉、〈羊的故事〉、〈夢幻樹〉、〈暗影生異彩〉、〈風景〉、〈號聲〉、〈丟丟銅仔的旅程〉及小說〈野火〉、〈痂〉、〈胖先生〉、〈小小羊兒〉、〈誰開生命的玩笑〉。
八月，散文集《夜歌》由爾雅出版社出版；小說集《蝶舞》由皇冠出版社出版。
十月，小說集《拾玉鐲》由慧龍出版社出版；選集《季季自選集》由文豪出版社出版。
主編《六十五年短篇小說陸》（書評書目社）。

一九七七年　33歲　發表散文〈山中燈火〉、〈協奏四章〉、〈北回歸線以南三章〉、〈鄉土〉、〈初夏二章〉、〈收獲〉及小說〈紫紅蔻丹〉、〈水妹在台北〉、〈阿伯住在哪裡〉、〈我無罪〉、〈金銀窩〉、〈木球〉。十月在《婦女雜誌》發表報導文學〈未婚媽媽的漫長旅途〉。

一九七八年 34歲 一月，小說集《異鄉之死》由大地出版社再版。

十二月，進入聯合報副刊組工作。

發表散文〈末嬸婆太的白馬王國〉、〈讀書〉、〈百合記〉、〈聽之三部曲〉、〈淚的告白〉、〈一段里程幾句心聲——告別專業寫作一年〉；小說〈客串〉、〈愁冬〉（未婚媽媽系列故事之一）、〈雞〉。

四月，小說集《誰開生命的玩笑》由皇冠出版社出版。

一九七九年 35歲

繼續發表未婚媽媽系列故事〈遺珠記〉、〈傷春〉、〈初夏〉、〈苦夏〉、〈熱夏〉、〈秋割〉、〈菱鏡久懸〉、〈禮物〉、〈鑰匙在誰手裡〉；散文〈懸崖•溫室、竹籬〉、〈艷陽照在舟山路〉。九月起在《書評書目》發表「每月短篇小說評介」：〈孤立而擺盪的小社會——介紹東年的《賊》〉；〈餘音繞樑《香格里拉》——王禎和〉；〈冷水潑殘生——黃凡的「賴索」〉等。

十二月，「未婚媽媽系列故事」小說集《澀果》由爾雅出版社出版。

主編《六十八年短篇小說選》（書評書目社）。

一九八〇年 36歲 第一本小說集《屬於十七歲的》由皇冠出版社換新封面改版發行。

任中國時報「人間」副刊撰述委員。所寫多爲訪問稿。

一九八一年 37歲 發表散文〈小草之未知〉，書評〈兩性關係的時代抽樣——評「十一個女人」〉。

一九八二年 38歲 編選散文集《說夢》由爾雅出版社出版。

發表散文〈燈節前夜〉、〈攝氏20—25度〉、〈寫給你的故事序篇〉及故事一——六：〈額〉、〈契〉、〈約〉、〈結〉、〈果〉、〈還〉。

一九八三年　39歲　主編《一九八二年台灣散文選》由（前衛出版社出版）。

一九八五年　41歲　發表散文〈黃昏來到好漢坡〉（十二月三十一日《自立晚報》）。

一九八六年　42歲　發表散文〈永定三傑漸凋零——追念切列大伯及他們的時代〉（一月二十六日《中國時報》）、〈油菜花和炊煙〉（三月四日《中國時報》）。

發表散文〈柯錫杰搜巡在中國的邊陲上〉（三月一、二日《中國時報》）、〈傾斜大峽谷〉（十一月十九日《中國時報》）、〈古典頭腦浪漫心腸——訪梁實秋先生〉（十一月二十日《中國時報》）。

一九八七年　43歲　發表散文〈走廊外的院子〉（九月二十三日《中國時報》）。

七月，散文集《攝氏20—25度》由爾雅出版社出版。

主編《七十五年短篇小說選》（爾雅出版社出版）。

小說集《異鄉之死》由大地出版社三版印刷。

一九八八年　44歲　任中國時報副刊組主任兼「人間」副刊主編。赴美國艾荷華大學參加「國際作家寫作計劃」。發表散文〈遙遠的樹——懷念離開「人間」的朋友王志明〉（六月十三日《中國時報》）、〈跨國對談——鏡子與夢的交談〉（九月二十四、五日《中國時報》）、〈文學的聯合國——十位各國作家學者看諾貝爾文學獎〉（十月十四、十五日《中國時報》）。

主編《七十六年十短篇小說選》（爾雅出版社）、《美麗——第11屆時報文學獎得獎作品集》（時報文化出版公司）。

一九八九年　45歲　主編《鮮血流在花開的季節：六四歷史的起訴書（一九八九）》和《語錄狂：第12屆時報文學獎作品集》由時報文化出版公司出版。

一九九〇年　46歲　主編《四十歲的心情》和《時報文學獎史料索引》，由時報文化出版公司出版。發表散文〈我的孩子在廣場〉（五月十三日《中國時報》）。〈閱讀「四十歲的心情」的心情〉（九月二十八日《中國時報》）。小說集《月亮的背面》由大地出版社重排出版。

一九九一年　47歲　任中國時報主筆。發表散文〈蝴蝶座位〉（五月二十六日《中國時報》）、〈二十塊錢的命運〉（六月十七日《中國時報》）、〈白與黑〉（八月十二日《中國時報》）以及書評《江山有待》（席慕蓉著）、論評〈誰要短暫的掌聲——側看近年台灣小說發展〉（十月二十一至二十三日《自立早報》）。

一九九二年　48歲　任〈中國時報周刊〉副總編輯。撰寫長篇小說〈婚姻情史〉。

註一：以前所見「一九四五年一月十一日」是我的戶口申報日期；這裡所列才是眞正的出生年月日。

註二：一九八三年迄今，由於工作忙碌，發表作品皆未登記、整理，暫難逐一詳作增訂。

國家圖書館出版品預行編目資料

季季集／季季作

初版．台北市：前衛，1993 [民82]

424面；15×21公分．－－(台灣作家全集，短篇小說卷，戰後第二代：14)

ISBN 978-957-8994-61-4(精裝)

857.63　　83000264

台灣作家全集・短篇小說卷／戰後第二代⑭

季季集

著　　者　季季

編　　者　林瑞明

出 版 者　前衛出版社

11261台北市北投區立功街79巷9號1樓

Tel: 02-28978119　Fax: 02-28930462

郵政劃撥：05625551

E-mail:a4791@ms15.hinet.net

http://www.avanguard.com.tw

出版總監　林文欽

法律顧問　南國春秋法律事務所林峰正律師

出版日期　1993年12月初版第一刷

2007年11月初版第五刷

總 經 銷　紅螞蟻圖書公司

台北市內湖舊宗路二段121巷28號4樓

Tel: 02-27953656　Fax: 02-27954100

Printed in Taiwan　ISBN 978-957-8994-61-4

定　　價　新台幣350元